ソウル行最終便

安東能明

祥伝社文庫

目次

第一章　半導体

1

低い空から朝日が鶴見川に当たり、胡麻油のようなとろんとした川面が映えていた。橋を渡った先にある研究所のビルも、同様に薄ピンク色に染められ、きょうも城壁さながら悠然とした佇まいを見せている。

　ここまで来たら、もう腹をくくるしかないではないか。手に入れたこと自体、奇跡なのだ。あとはどう活用するかにかかっている。そのためには、何としても関門をくぐらなければ……。どうか無事に通り越せますように。自分に言い聞かせる。

　橋を渡ってすぐ、久保卓也はタクシーを路肩に停めさせた。支払いをすませ、ゆっくりとおそるおそる降り立った。ガレージを開けたばかりの自動車修理工場の主と目が合ったが、挨拶もせずに研究所に向かって歩き出す。近所の住民の中には、警察の協力者もいるので、親しくしてはならない。

歩いてもわずか一分に満たない道のりが長く感じられた。靴底を減らすのが恐ろしい。夏も終わりだというのに、腋の下から汗がしたたり落ちる。

研究所の敷地に入った。総ガラス張りの壁面が、無言の圧力をかけるようにのしかかってくる。うまくやり過ごせるだろうか。

もう後戻りなどできない。やり通すしかない。

たかだか一、二分、いや、十数秒足らずを我慢すればいいのだ。それだけで、自分が生き残れるかどうかが決まる。力む必要など、どこにもない。ただいつも通り、通り抜ければそれだけで終わる。すべてにケリがつく。将来の展望が開ける。

玄関に達する。するすると自動ドアが開いた。

受付カウンターの案内嬢は、まだ姿を見せていなかった。問題は左手にいるガードマンだ。制服姿を目の端がとらえたとたん、胃のあたりが縮こまった。

痩せて骨張った体つき。鷲鼻を前に向け、手をうしろに組んで、杭のように立っている。

どうしてきょうに限って、こいつが……。

腐りかけた柿の葉のような顔色が不気味だった。これまで、さほど気になる男ではなかったのに、きょうは違う。制帽も半袖の制服も白いバンドも、不吉なものに映った。

先月もUSBメモリをポケットに忍ばせた客に気づいて通報した。それが目の前にいる吉岡という警備員だ。見たところ五十代なかば。

研究所への出入りに会社側は異様なほど神経をとがらせていた。研究所内からデータを持ち出すのはむろん、研究所内へデータを持ち込むのも厳禁だ。このため、入退室の際には必ずゲート型の金属探知機を通過しなければならない。

その金属探知機にしても、検知率を高めるため、あえて感度を強めに設定している。登録値以上の金属を身につけたまま通過しようとするとアラームが鳴るようになっているのだ。

だが大丈夫。気づかれるわけがない。

気を取り直して金属探知機に向かった。靴音は響かなかった。それでも、心臓の動悸が高まってくる。手のひらににじみ出てくる汗を感じた。それに気づかれぬよう拳を強く握る。

ゲートまで半歩。慌てて握りしめていたブリーフケースをゲートわきの小机に置かれたトレーにのせた。腕時計と懐のスマートフォンや小銭の入った財布も同じようにする。いつもしていることなのに。落ち着け、勘繰られるぞ。

覚悟を決めてゲートに足を踏み入れた。さらに一歩、足を前に踏み出したとき、全身は金属探知機をくぐっていた。無音だった。

首筋からどっと汗がしたたり落ちるのがわかった。いかにも暑いというように、手でそのあたりを拭った。もういいだろう。うまくいった。

それでもなお、緊張が解けないのは、間近に立っている忠実で不吉な番犬のせいだった。

目深にかぶった制帽が動いたのでドキリとした。日々黙って突っ立っている気味の悪い存在が、寄りつきがたい岩のように感じられる。これまで一度として挨拶の言葉すら交わしたことがない。それをまるで禁止されているように、愛想の一欠片もなかった。海草のような薄い髪が制帽からはみ出ている。その人形みたいな冷々とした目に捉えられて、足がすくんだ。黄味がかった目が雨滴のように感じられ、無遠慮に久保の足から胸元へはい上がってくる。

突然、背後から腕を摑まれて目をつむりそうになった。わけがわからなかった。

アラームは鳴らなかったではないか。なのに何故？

吉岡が手にしているトレーを見て、胸のつかえが下りた。

腕時計をはめ、スマホと財布を懐に収めてブリーフケースを手に取る。

まったくどうかしている。親切心で吉岡は持ち物を返してくれたのだ。

よっぽど自分は慌てているように見られただろうか？

昨日、会社に入ったばかりの新人のように思われてしまっただろうか。

むしろそう思ってくれたほうがいいと思った。一秒でも早く、ここを去らねばならない。

仕度を終えて、通り過ぎようとしたその瞬間、冷たい岩が動いた。腰の革帯にあるサックから、ハンディタイプの金属探知機を取り出したのだ。右腕を伸ばし、今度はむんずと左肩を押さえつけられた。身動きが取れなくなった。

激しい動悸を悟られまいとして、口を固く閉じた。しかし、吉岡の目は、こちらの顔を向いていなかった。無機質な表情で探知機を久保の上半身に当てていく。

ズボンのチャックのところで小さくそれが震えた。金属に反応したのだ。ボタンを押すと、震えが止まった。探知機が腰から下、足元へと舐めるように動かされていく。靴の上まで来たとき、息が止まった。

反応はなかった。

吉岡がすっくと立ち上がると、右肩を摑まれてその場で後ろ向きにさせられた。

後頭部から上半身、そしてズボンから靴へと探知機が動いていく。靴のかかとにそれが当てられたとき、またしても心拍数が上がった。しかし今度も反応はなかった。

どっと安堵のため息が漏れる。いまのは、聞きつけられなかったか？

「どうぞ」

はじめて聞く岩の声だった。意外に高かった。

「あ、ありがと」

口から出た言葉に驚いた。何という間抜け。

こんなに乱暴な警備員に向ける言葉か。

声には出さず罵(ののし)りながら、その場で回転して歩を前に進める。

少しずつ吉岡が離れていく。角を曲がればエレベーターがある。

気にする必要など毛ほどもなかった。取り越し苦労だ。

それは仕方がないとみずからを慰(なぐさ)める。それだけの物(ブツ)を運んでいるのだから。

そのときだった。肩に指が置かれるのを感じた。ほんの数グラムの力なのに、万力(まんりき)ではさまれたように動けなくなった。振り返ることもできず、黙って突っ立っているしかなかった。

ぎっと音を立てて、すぐ横にあるドアが開かれるのが見えた。

わけなくその中に押し込まれると、油断のない吉岡の顔がこちらを覗(のぞ)いていた。

身動きの取れない息苦しさを感じた。感知されなかったではないか。

いまさら何用があるのだ……。

目が異様に殺気立っている。

握りしめていたブリーフケースをもぎ取られる。

「おい」

吉岡は無言のまま手早くクリップを開け、中を覗き込みながら内容物を取り出す。最近読むようになったビジネス書とPC専門雑誌。システム手帳。口臭予防用のガムとハンドクリーム。革製の名刺入れと札入れ。そのほかペンケースやノートなどが広がる。間違ってもデジタル関連のアイテムは持ち込めない。

ティッシュの入った小袋の中身まで調べる。

見ていると少しずつ落ち着いてきた。自分の態度が不自然であったため、あらぬ疑いをかけられてしまったようだった。しかし、見るべきものを見れば終わるはずだ。

ブリーフケースの中など、いくら探してもなにも出てこない。

吉岡の平たい顔がこちらを向いた。警戒するような険しい目でにらみつけられ、肝が冷えた。

「いったい、何を探しているんだ？」

つい口から洩れたものの、今度は後悔しなかった。

それにしても、まだ疑いが解けていないのか。それほど自分の態度がまずかったか。

「仕事ですので」とまったく意に介さない感じで言うと、吉岡はボディチェックをはじめた。

腕から胸、腹、腰、背中、尻と撫で回される。股間の上から左右の腰ポケットに移り、なおも下へ下へと調べが進んでいく。気味が悪くなってきた。異様な執念だった。

靴を脱げと言われて、刺すような震えが背中を駆けめぐった。

足首を掴まれ、力まかせに靴を剝ぎ取られた。

何をされているのか、わからなくなってきた。この男は千里眼なのか。

それとも、特別なものを嗅ぎ分ける能力でも備わっているのか。

吉岡は久保のプレーントウシューズをひっくり返し、靴底を見ている。

ナイフで突かれたような痛みが胸元に走った。恐怖で視界が歪み、目の前で行われている行為が信じられない。舌をもぎ取られたように、何もしゃべれなくなった。汗だけが全身に浮き出てくる。

　そのわずかな亀裂に吉岡の汚れた指の爪が当てられたかと思うと、パズルを解くようにすっと靴底そのものが外された。その中に青っぽく鈍い光を放つアダプターに入ったマイクロＳＤカードがあった。

　湿った目でこちらの顔を見てから、吉岡はそれを指でこじ開けるようにして取り外した。

万事休すだった。茶番はもうおしまいだ。

あんたが優秀なのはわかったから。もういい。なにもするな。

これから順を追って訳を話す。そうすれば誰でも納得できる話だ。

簡単なことではないか。ばかばかしい。

しかし吉岡は依然として敵意に満ちた目で部屋の隅にあるスチール机の前の椅子を指し、座れと命じた。スマホを出せと言われてその通りにした。

「待っていろ、動くな」

それだけ言うと、吉岡は扉を勢いよく開けて飛び出していった。

申し開きの言葉を考えているうちに、重い不安が胸の奥からこみ上げてきた。

決して行ってはならない行為をしでかしてしまった。懲罰は避けられないと思った。

自分も、そして上の人間も。厳しい会社だ。いや、軍隊と言ってもいいかもしれない。

規律を乱すことは許されない。どんな場合でも。

たとえ味方に有利な情報を持ち込もうとも、その手段が間違っていれば銃殺刑に値する。

自分はいまそれに近いことをしてしまったのか……。

体から力が抜けていくのがわかった。何をしても手遅れだった。

五分ほどが瞬く間に過ぎた。

奇妙だった。多くの人間がなだれ込んでくるのを覚悟していたのに、静かなままだった。

それからまた十分が過ぎた。何も起きなかった。

それでも吉岡の命令は絶対だった。見えない鎖に繋がれているように、そこから一センチたりとも動けなかった。

2

赤羽(あかばね)駅東口の雑居ビルが立ち並ぶ一角にあるバービル。外壁は赤茶けて、総タイル張りの一階入り口に、メイド風の服を着た少女がもたれかかっている。

赤羽中央署生活安全課少年第一係の疋田(ひきた)務(つとむ)係長は、手にした小型無線機を口に当てた。

「そっちは押さえたか？」

「押さえました。いつでもどうぞ」ビルの裏口で待機している捜査員が言った。

疋田は腕時計を見た。午後八時五十二分。

無線機にべつの捜査員の連絡が入った。隣の店で待機している班だ。「店内は女性従業員五名、男性客四名。打ち込みに気づいていない」

「望月有紗(もちづきありさ)はいるな」

「おります」

「店長と金成愛(キムソンエ)は？」

「同じく、います」

「よし、かかるぞ」

「了解」

疋田は目の前にいるふたりに声をかける。

「真子、野々山、準備はいいか？」

「はい」小宮真子巡査部長がショルダーバッグの中にある逮捕状を見せる。

野々山幸平巡査は手錠をふたつ眼前にかざした。

「スエさん、行けるな？」

「いつでも」末松孝志巡査部長が答える。

「着手」疋田はスライドドアを開けてミニバンから飛び降りた。

車道を横切り、バービル一階から一気に階段を上った。狭い通路に入った。

右手の店のドアが開き、交信したばかりの捜査員が姿を見せる。

それを横目に、突き当たりまで進む。

ユリの造花がかかったドアに、リップス66と書かれた小さな看板が掲げてある。ガールズバーだ。

息を止め、ドアノブをひねった。何の抵抗もなくスッとドアが内側に開く。

店内は水槽の中にでもいるかのように、青っぽい透明な照明で満たされている。

手前にはスツールに腰かけている男とカウンター越しに女がひとり。

左手奥のソファで男性客らが、フロアレディらと談笑している。

ぱっと昼間のように店内が明るくなった。捜査員が照明を切り替えたのだ。

ソファにいる女たちの背筋が伸び、カウンター内でシェイカーを振っていた女の手が止まった。

「警察です。動かないでよ」末松の声が三十平米の狭い店内に響いた。

男たちは身じろぎもせず、面食らった顔で成り行きを見守っている。

「動かない、動かない」ビデオを手にした捜査員がソファにいる男女を撮影している。

サラリーマン風の男の横にいる茶髪の女の子の前に小宮がひざまずいた。「望月有紗さんね？」

白い長袖シャツにミニスカートだ。女の子はマスカラを濃く入れた目を瞬いて、うなずいた。

「ここにいちゃいけないのわかってる？」

小宮が声をかけると望月は、小さく頭を縦に振った。

キッチン入り口の陰から首を出して様子を窺（うかが）っている男がいた。

疋田は野々山とともに、カウンターを回り込んで男の前に立った。首にストールを巻いている。華奢（きゃしゃ）な体つきだ。壁にあてがった手の指に、アンティークの指輪が光っている。

「店長兼オーナーの松村晴康（まつむらはるやす）さん？」疋田が声をかけた。

男は石のように硬い表情で、疋田を見つめた。

「あなたに児童福祉法違反、それから風俗営業法違反容疑で逮捕状が出ている。これ」有紗を落ち着かせた小宮が、逮捕状を見せる。

まじまじと見ながら、「届出してあるけど」と松村が口にする。

「届出？」野々山が声を荒らげる。「深夜酒類提供のこと？　あれは何？　女の子たち、ぴったり体を張りつけて接待してるぞ」

客の隣に座って接待するためには、風俗営業の新1号営業の許可がいるのに、店はとっていない。それだけではなく、十八歳未満の女の子を雇い、売春にまで手を染めさせている。

改めて店を見渡した。

カウンターの中にもソファにも、その女の姿はなかった。

そのとき裏手から悲鳴のような声が上がった。

しまったと疋田は思った。シンクの上にある窓を開いて、下を覗き込んだ。

細い路地を駆け抜けていく女の後ろ姿が見えた。三十メートルほどおいて、男の捜査員がそのあとを追いかけている。

小刻(こきざ)みに足を動かし、滑(すべ)るように走っていく。いつ抜け出た？　レンタカー会社の看板の立つ角に吸い込まれるように女は消えた。大回りで同じところを曲がっていく捜査員を見ながら、疋田は胸の奥で地団駄(じだんだ)を踏んだ。

急いでトイレを調べた。潜り戸が開いて、鉄骨の非常階段が見える。

こんなところに出口があったとは。

裏手を封鎖していた捜査員をどうやってかいくぐって行ったのか。

彼女を捕まえなければ、きょうの打ち込みの意味がない。

逮捕容疑の説明をしている部下に外へ出ると言い残し、疋田は潜り戸から非常階段に出た。急勾配の階段を下り、誰もいなくなった路地を走った。

レンタカー会社を左に曲がった。赤羽東本通りに出る。片側二車線の通りの向こうだ。二十四時間営業の牛丼専門店の前で、捜査員が両手を膝にあてがい息をついていた。

信号がちょうど青になり、通りを駆け渡った。

疋田に気づいた捜査員が顔を上げた。苦しそうに右手で道路を指しながら、「ここにいたタクシーに乗られて」とだけ洩らすと、また膝に手を置いた。

戻るように呼びかけ、点滅をはじめた信号を急いで渡った。

リップス66に戻った。松村は手錠をはめられ、引き続き現場の説明を受けている。

疋田に気づいた小宮が、ソファを離れて近づいて来た。「その顔は、もしかして？」

「逃げられた」

疋田が言うと、末松と野々山も驚いた顔で振り向いた。

女性に接待させる風俗営業新1号営業の許可をリップス66は受けていない。加えて、十八歳未満の少女を雇い、接待や呼び込みをさせているため、より罪の重い児童福祉法違反を適用することになる。発端は匿名のタレコミだ。『高校生に売春させているアガシがいる』と。

内偵の結果、その女がキム・ソンエという二十九歳の韓国人女性だとわかった。このため、一年前に観光ビザで来日し、九十日の滞在期間を過ぎても出国しなかった。このため、入国管理法のオーバーステイ容疑での逮捕状も出ているのだ。半年前まで同じ赤羽にあるコリアンバーでホステスとして働き、このときも売春容疑が持たれている。リップス66に移ってからも、〝店外デート〟と称してみずから売春を行い、同店で働く十六歳の望月有紗を店外デートに誘って売春させていた管理売春容疑がかかっている。

そのキム・ソンエを取り逃がしてしまったのだ。

「野々山、十条のアパート。急行してくれ」

疋田が言うと野々山は同じ生活安全課の捜査員に声をかけて、あわただしく店を出ていった。

キム・ソンエは同じ韓国籍の女性が住んでいる十条のアパートに同居しているのだ。

しかし、いまさらそこに出向いても……。

疋田はべつの捜査員に声をかけ、キムが売春に使っていたビジネスホテルに出向くように命令した。

レジを調べていた末松に呼ばれた。「小銭以外のカネが残っていないんですよ」

たしかに中には小銭しかない。「松村に訊いてみたのか?」

「夕方から七人ほど客があって、五万ほど売り上げが入っていたはずだと言うんですけどね」

松村にキム・ソンエのロッカーに案内させた。中にはハンドバッグがあった。化粧ポーチのほかに、財布と携帯電話も入っていた。財布には札で二万六千円と小銭が収まっていた。

「レジのカネはひょっとして、ソンエが持ち出した?」

「それしかないって松村は言っています」

打ち込みに入ったと同時に、ロッカーに入っていたものを取りに行くのでは間に合わないと思い、レジのカネを奪って逃げた?

女たちの口上を捜査員らが聞き取っている。それを中止させて、キム・ソンエの立ち回り先について訊いてみたが、手がかりは得られなかった。

望月有紗が小宮に連れられて店を出て行く。

最後に残った女が店から連行されても、疋田はひとりで店に残り、あちこちを探した。

小一時間かけても手がかりはなかった。店を出たのは午後十時を回っていた。

3

大河原聡（おおがわらさとし）は乗ってきたソウル発アシアナ便から、定刻通り午後十時半に羽田（はねだ）空港に降り立った。国際線ターミナル玄関ロビーで高容徹（コヨンチョル）の出迎えを受け、保安部員の運転するセダンに乗り込んだ。空港の敷地を出るまで、互いに口をきかなかった。

環八（かんぱち）通りに入ったところで、待ちきれないように高が口を開いた。「……まだ見つかっていない……」

韓国語で言われたので、語尾がうまく聞き取れなかった。

「住んでいる場所は？」大河原が日本語で訊いた。

「近くです。鶴見小学校の西側のアパート」高は日本語で答えた。そこそこ正確だ。

豊かな髪をくっきりと七三に分け、切れ長の目尻に深いシワがよっている。ＫＣＩＡ（大韓民国中央情報部）を前身とする韓国国家情報院出身の四十歳。日本における保安責任者はいま、落ち着きなく体を動かし、動揺に耐えていることがわかる。

「戻っていないのか？」

「部員を張りつけてありますが、戻って来た形跡はないです」

「会社から出てアパートに寄らなかったのか？」

「そこまでわかりませんよ」高は言った。「いったん戻ってきて、また出て行ったかもしれない」

役員待遇の大河原に尊敬語を使うまでの日本語能力は高にはない。

「久保は何と言っている？」

核心に触れると、高は黙ってうなずき、頑固そうな目つきで大河原を見やった。「靴底に隠していたマイクロSDカードを奪われたとだけ。あなたが来るまでは、何も話さないと。困ったものだ。いったい何なんです？　あれは？」

靴底に隠す……。

それにしても……本物なのか。

「……吉岡はもう勤め出して何年になる？」大河原は訊いた。

「今月で七年と七ケ月」

「何歳だ？」

「五十五歳です。家族はいません」

「うちで働く前は、何をしていた？」

「ガードマン、ずっとガードマンだ」

「しかし、どうしてそいつが……」

「さあ。こちらが訊きたいです」

「責任者はおまえだろうが」

高は憎悪と猜疑が混じった目で大河原を振り返った。

しばらく、互いの熱が冷めるのを待った。

「研究所の社員で、その警備員の知り合いはいるのか？」改めて大河原は口にした。

研究所の警備は一括して警備専門会社に委託している。吉岡はその会社の契約社員なのだ。

「お互いに用事はないから、知り合いなんていないと思いますよ。研究所は警備員との私的なつきあいを禁止しているし」

「それでも、毎日顔を合わせているうちに、顔見知りのひとりやふたりはできるんじゃないか？　そのあたりの感触はどうなんだ」

高の仕事のひとつは研究所の職員の管理だ。情報の持ち出しや持ち込みを監視しているのだ。

「研究所の社員は五人くらいですからね。でも、警備員とつきあっているなんて、聞いたことがない」

どこまでが本当で、どこからうそなのかわからない答えだった。

「研究所のひとりひとりに訊くしかないか……」

「もうやってますよ」ぶすっと言うと高は黙り込んだ。

大河原はこの十月の誕生日で四十八歳になる生粋の日本人だ。五年前まで日本を代表する家電メーカー、フロンテの開発課長をしていた。それがいまでは、韓国を代表する総合家電メーカー、チムサングループの役員に収まっている。チムサンはテレビとスマホの世界シェアトップを誇り、年間総売上高は二十兆円。グループ全体で韓国GNPの二割を稼ぎ出す韓国最大の企業だ。そのチムサンの会長から直々に電話をもらい移籍を果たしたのだ。しかも、役員待遇として。

セダンがチムサン横浜研究所に着くと、大河原たちは地下駐車場から建物内に入った。エレベーターで五階まで上がる。扉が開くと太った丸い体の男が待ち構えていた。研究所所長の鄭昌鎬だ。大河原と同じ役員待遇なのだが、内気な性格で知られ、神経質にこちらを一瞥するだけで目を合わせようとしない。

「8Kだな」ぽろりと鄭は洩らしたので、大河原は驚いた。

「久保は8Kだと認めているのか?」

「ようやく」

「入手経路は言っているか?」

「部下だろう。あんたの口から訊けよ」白々しい口調で鄭は言う。

特別室の鍵を開けて中に通された。すると、ソファの片隅に縮こまって座っていた男が、大河原を振り返った。痩せた頰に血の色が上るのが見えた。久保卓也は日陰で伸びた植物のように細い体を、どうにか持ち上げてその場に立った。

身振りで座るようにと示しながら、その前に腰を下ろす。

高がドアの横に立ち、鄭は重役席に落ち着いて、てらりと禿げた頭を窓側に向けた。

挨拶もせずに大河原はいきなり、「本物だったのか？」と切り出した。

ひと月以上も同じ服を着ていたような、シワだらけになった背広の裾を摑み、「……間違いなく本物のはずです」と久保は応じた。

赤く充血した目が訴えかけているものを感じ取り、大河原は事態が容易ならぬところまで切迫していることを悟った。

久保はSDカードを奪われたときの状況を子細に語った。それは、アダプターにおさめられたマイクロSDカードで、裏にマジックペンでQと書かれたインデックスが貼られていたという。自分の態度がふだんと違って、おどおどしていたために疑われ、ボディチェックをされてしまった。アダプターが見つかったとき、中身を問われることもなかった。

いま思うと、吉岡は何か合点がいったような顔で部屋を去っていった。

職務上、吉岡は社員の所属を知っている。久保が大河原の直属の部下であることも。ふだんは韓国にいる大河原が、何の製品を担当しているのかは、社内では広範囲に知れ渡っているのも事実だ。その大河原の部下の久保が、血相を変えたことからして、マイクロSDカードに入っているものが、とてつもない価値を持っていると勘で悟ったとしか考えられなかったという。

入手経路は訊くまでもなかった。この半年間、どうにかしてそれを入手するように督励していたのは、ほかでもない大河原自身であるからだ。

「フロンテ側は察知していると思うか？」ふたたび大河原は訊いた。

「それは、わからないです。でも……」それだけ言うのがせいぜいだった。

セキュリティーが緩かった日本企業も、最近では厳しくなっていると聞く。重大な企業秘密が隠されたコンピューターシステムの奥の院にアクセスしただけで、記録が残される。アクセス権限を持った正社員であろうとなかろうと、盗み出した当人は、すでに察知されているはずである。

重大な尋問に立ち会っている以上、大河原以外の人間にも、いまさら隠し立てはできない。

「日野だな？」

大河原が口にした名前を久保は否定せず、ただ大きく一度うなずいた。

日野雄太はフロンテの高画質テレビ開発本部に所属している。そこは、現行のハイビジョンテレビの十六倍の画素数を持つ超高画質テレビ、略称８Ｋの開発にあたっている。世界的規模でハード面の開発競争が繰り広げられ、現在では、映像そのものを作り出すソフトウェア技術――画像エンジンの開発が最重要視されている。日野はその画像エンジン開発部隊のサブリーダーを務めているのだ。その日野が秘密裏に会社のシステムから、その画像エンジンに関するソフトウェアを盗み出して、久保に渡した。久保はそれを警備員の吉岡に奪われたのだ。

「何をこそこそ話している！」重役席の机をどんと叩き、鄭が席を離れて久保の前に立ちはだかった。「いま我々がもっとも必要としているものを盗まれて、よく平気でいやがる」

　意味のわからない韓国語でまくしたてられ、久保は身を低くして縮こまった。

「今年、上半期の業績がはじめて下降した。貴様ら日本人のせいだぞ」鄭は顔を真っ赤にして吠え立てる。「二十兆ウォン……わかるか？　二兆円の減収だ」

「いきなり何だ」大河原はすかさず席を立ち、鄭をにらみつけた。「薄型テレビもスマホも、世界シェアトップだぞ。それこそ、誰のおかげだと思ってるんだ」

「ほざくな。おまえたちが、陰でこそこそとやっているから、こんな事態に陥るんだ。さっさと取り戻してこい」

　大河原は開いた口がふさがらなかった。たしかに、やり方としてはまずい。違法だし、何より人の道に反している。しかしそれを是とするのが、チムサンのやり方ではないか。

　高が苦い顔でやりとりを聞いている。

　しかしここで、それについて言い争っても意味はない。それより、いかにしてこの事態を乗り切るか。そこに目を向けなければならない。

大河原は座り直して、目の前にいる部下に言い聞かせるように口を開いた。「幸い、この上半期の４Ｋテレビのシェアはうちがトップだ。そう簡単に、フロンテが追いつけるわけがない」

ですがと久保が言いかけたのをやめさせた。「たとえ盗まれたマイクロＳＤカードに収まっていたプログラムが優れたものであったとしても、うちの優位は揺るぎない」

久保はなにかを必死で訴えようとしているが、その意味するところは容易に察しがついた。

――フロンテが作ったプログラムにはとても太刀打ちできない。

そう言っているのだ。

しかし現実に、久保にしろ大河原にしろ、その映像そのものを見ていないし、ここでの判断は避けるべきだった。

何を思ったのか、鄭が歩み寄ってきて、背広の内ポケットから一枚の紙を取り出し、大河原の眼前にかざした。

評価レポート　フロンテ開発試験室

新画像エンジンＱ５の評価

８Ｋ技術の基本にある「精細感」は当社のみならず他社においても、確立しつつある技術であり、一歩踏み込んだ未知の領域への飛躍が求められている。それは、色と光の織りなす圧倒的な表現力の獲得である。新画像エンジンＱ５は、この点において、これまで表現できなかった光彩や陰影そして濃淡を圧倒的な精度で表現できている。それに加えて、現行のＨＤ映像を完璧に８Ｋ画像に変換する機能を併せ持ち、画面隅々まで焦点が合っている。まさに、人類の〝目〟の領域に達した革命的と言っていいできだ。来年一月にラスベガスで開かれるＣＥＳ（セス：家電見本市）が楽しみでならない。Ｑ５を搭載する８Ｋテレビが登場するはずである。来たるべき８Ｋテレビ市場において、トップシェアを獲得する核となる名機誕生を心から喜びたい。

手に力がこもっていた。

フロンテの社内の評価レポートがどうしてここにあるのか、大河原はしばらく理解に苦しんだ。しかしそれも、チムサンの情報網が吸い取ったのだろうと思い直し、記載されている映像スペックの細かなデータを見た。眺（なが）めているうちに、文書が本物であることを大河原は悟った。報告書の責任者である山根信男（やまねのぶお）はかつて自分の部下だった。どんなときでも、うそはつかない男だ。

脇から見ている久保の目も血走っていた。

さすがだ、これほどのものは、フロンテにしか作り得ない、と。

そんな大切なものを一度は手にしたのに、みすみす横取りされてしまった……。

そう言いたげな目だ。

それは大河原にしても同じことだった。

やることはひとつしかない。何としてでもQ5を奪い返す。

携帯の着信音が響いた。高の携帯だった。

「通せ」高が携帯に向かって話すと、ドアが開いた。廊下で待機していた数人の男に背中を押されて、小柄だが、がっしりした体つきの男がつんのめるように部屋に入ってきた。

「林(イム)」と高が呼びかけた男は、卑屈そうな視線を高に送ったあと、すぐに目をそらした。

高と同じ保安部に属する部下で、三年前に入社し、去年、研究所に配属されたという。元韓国の警官らしかった。

高が林の胸ぐらを摑んで、「こいつが吉岡を連れて、何度かセメント通りの焼肉屋に行ったそうです」

瞬時に反応したのは、やはり鄭だった。いまにも食いつきそうな顔で、「いつ行った?」と怒鳴(どな)り声を上げた。

「夏に一度です。疲れた疲れたって、言うもんだから」林がおずおずと答える。

「それだけか?」ふたたび鄭が質問を放った。

林は上目遣いに、「えっと、六月と四月にも……気のいいやつなんで待機室でよく、焼(しょう)

酎をもらったりして」

「研究所で酒を飲むやつがいるかっ」鄭がまた、怒鳴った。

「所長、少し控えろ」大河原が言った。「その焼肉屋で吉岡と何か話したのか？」

「特別な話なんて、しなかったです。ただ、焼肉を食べたあとは決まって、チョゴリの店に……」

「コリアンバー？　どこだ？」

林が口にしたバーの名前を高も知っているようだった。同じ川崎の桜本にあるバーのようだった。

「で、吉岡はそこに行ったのか？」

「まだ聞いていません。高部長がなんでも教えろって言ったから、申し出ました」

大河原は失望した。そんなところから吉岡の行方がわかるはずがないと思った。

4

翌日。

美容院を出てふと一番街のほうに目をやると、見かけない男が店の入っているビルの階段にしゃがみ込んでいた。気分でも悪いのだろうか。両脚に肘をあてがい、頭を抱え込むようにうつむいている。アルコールの入る時間でもないのに。

それでも気になって前を通りかかると、男が顔を上げた。うつけたようにぼんやりと目を見開いて、金化精（キムファジョン）に目をくれた。

六十手前だろうか。痩せた体をだぶっとした半袖シャツに包み、作業ズボンを穿（は）いている。目のまわりの隈（くま）が不気味なほど濃くて、ひどくだるそうだ。ファジョンから目線を離すと男は薄い髪の間から、透けて見える頭皮に手をあてがい、なにやらつぶやいた。

「……ミズキって知らんかね」

自分の店の名前が洩れたので、ファジョンは歩みを止めて男を振り返った。

お店のことかしらねと尋（たず）ねると、男は探るような目でじろじろと見、「韓国バーだよ」と吐き出した。

とりたてて危険そうにも見えないが、用心に越したことはないと思った。

何も答えずに通り過ぎようとすると、男から、「宮下（みやした）さんに用事がある」と呼びかけられた。

夫の名前まで出されたら、無視するわけにもいかなかった。

ついてきてくださいと日本語で声をかけると、男はむっくりと立ち上がり、一段一段踏みしめるように階段をついて二階まで上ってきた。

「水姫（ミズキ）」と書かれたドアの鍵を開けて中に通した。

カウンターを回り込み、入り口に一番近いスツールにもたれかかった男と正対した。

「宮下に何の用かしら？」

「会って渡したいものがある」

「あ、そう」

とりあえず、水道水をコップに満たして男の前に置いた。

男はうまそうにゴクゴクと飲み干した。

「宮下の頼み事？」

男は首を横に振った。

「失礼だけど、まだお名前を聞いていなかったわね」

「吉岡勝義（かつよし）と言えばわかる」

「……わたし、宮下の家内ですけど、存じ上げないわ。どちらの吉岡さんかしら？」

「鶴見の吉岡だ」そう言い、男は痩せた手をカウンターに投げ出した。「急いでいるんだ。早く電話してくれ」

連絡を取らなければ、吉岡と名乗る男は立ち去る気配を見せなかった。

ファジョンはハンドバッグを抱え、キッチンに入った。夫の携帯に電話をかけた。

やはり、圏外らしく通じなかった。昨日、夫は新潟（にいがた）の妙高（みょうこう）にある友人の別荘に出かけた。そこは携帯の電波が届かない山中にあるらしく、ゆうべかけてみたが、つながらなかったのだ。

男の元に戻り、電話が通じないことを話すと、吉岡はあっさりとカウンターから身を引いた。

どうしましょうかと尋ねると、吉岡はキョロキョロとカウンターの上を見た。

ファジョンが紙とボールペンを差し出すと、吉岡はぎこちない筆遣いで携帯の番号をメモして寄こした。まだなにかあるのかもしれないと思って見ていると、その場で背を向けて店を出ていった。

急いでいるというわりに、電話番号も住まいの住所も訊かず、どことなく投げやりな態度に思えた。とりあえず携帯のメールに用件を打ち込み、夫に送っておいた。

ハンドバッグに携帯をしまおうとしたとき、携帯が鳴った。また公衆電話からだ。

オフボタンを押して、着信を切った。

それでもすぐまた、かかってきた。今朝から四度目だ。仕方がなく、オンボタンを押す。

「どうして出ないのよ」突っかかるような声がして携帯を耳から離した。

思った通り、妹からだった。

さんざん罵る声がしたので、相手が黙るまで放っておいた。

ようやく途切れがちになったころ、「こっちに用事はないわよ」と口をきいた。

「本当に冷たいのね、あんたって人は」また突っかかってくる。

「どっちかしら」といなした。

「ものすごく小銭がかかるのよ、公衆電話って。聞いてる？」

「そんなに大声出さなくても、ちゃんと聞こえてる」

「追われてるのよ、わたし」まるでファジョンのせいだと言わんばかりだ。「おカネもないし携帯もないし。どうしてくれるのよ」

電話ボックスの中で地団駄を踏んでいるのが見て取れるようだ。

「どこにいるの？」

「えー、ここ？　上野よ、上野」

「まああ、遠いところまで行ってしまって」

大方、知り合いのところに転がり込んでいるのだろう。

「からかってるの！　もう必死だったんだよ。おまわりに追われて」

どうせまた、売春容疑に違いない。

おとなしくこの店で働いていればよかったものを。

「わたしに、どうしろっていうの？」

「だから、おカネと携帯。すぐ持ってきて」

「あいにく、行けないわ」

「えー、うそぉー、人でなし――」

また喚き出したので、携帯から耳を離した。

ファジョンは妹のソンエより、三つ年上の三十二歳。日本人の男性と結婚していて、籍も入れてある。二年前にその夫と自分が貯めたカネでコリアンバーをはじめたのだ。

ころ合いを見計らって、また声をかける。「上野ならお店もいっぱいあるし、すぐ雇ってくれるよ」

「姉さん、こんなところで働かせる気？　もう信じられない」

「信じられないはこっちのセリフよ」言うと携帯のオフボタンを押した。

そのまま、一分ほど待ってみたが、電話はかかってこなかった。

壁時計を見ると、午後一時を回っていた。きょうは二時に水回りの修繕で業者がやってくる。

買い置きのスパゲティを茹でて食べ、食器を片づけていると、業者がやってきた。パイプの下に溜まったゴミを取り、水洩れしているパイプを取りかえて帰って行った。

カウンター下にあるキムチ樽から一晩分のキムチを取り出して、適当な大きさに切ってから冷蔵庫にしまう。

女の子たちの給料明細が作りかけだったのを思い出して、ノートパソコンで作業をはじめた。自宅には仕事を持ち込まない主義だ。

気がつけば四時を回っていた。ヨンギが出勤してきた。去年の暮れから働き出した大邱出身の二十二歳。学生ビザを持っている。バーで働くのは違法になるが、五人いる女の子の中で一番まじめな子だ。

「早いね。授業はないの？」ファジョンは訊いた。

「きょうの授業は午前中だけですから。えっと、何をしようかな？」

「まだ勤務時間じゃないから、おカネは出ないわよ」

「いいんです。アパートにいても仕方ないし」

「それじゃあ、お通しのポテトサラダが切れてるんだけど」

「そうでしたね」

ヨンギは野菜の収納庫からジャガイモを取り出して、皮をむき始めた。

「今度のお休み、どこかおいしいところに連れて行ってあげるわ」

「わ、うれしい、お寿司がいいな」ヨンギは言うと、顔を上げてドアを見やった。

見かけない男が入ってきた。キム・ファジョンさんはいるか、となめらかな韓国語で訊かれた。気味悪いほど色白の顔だ。四十前後。丁寧に髪を整え、つんとして影の濃い冷たい感じのする韓国人。

わたしですと答えると、男は歩み寄ってきた。

ファジョンはノートパソコンのふたを閉めた。

男はスーツの懐から抜き取ったものをカウンターに置いた。

顔写真だ。身分証明用写真のようだ。壁際に立ち、少し緊張した面持ちで写っている。

「この男が来なかったか？」男は言った。

ファジョンは面食らった。いきなり何を言い出すかと思えば。

「あの……あなたはどちらさまですか？」

男の体から発散されているものを感じて、それ以上は訊けなかった。

韓国の刑事、もしくはそれに近い筋の人間が発散するそれとしか思えなかった。

ファジョンは写真に目を落としながら、「来ていませんよ」と男の顔を見ないで答えた。

「電話はなかったか？」男は言った。「吉岡という名前だ」

細い目で息を凝らすように見られて、体がこわばった。

あると言えばどうなるだろうか。その逆の答えをしたら……。

「……ありません」

男はそれ以上訊いてこなかった。隣にいるヨンギに一瞥をくれて、店を出て行った。

「ヨシオカ……そんなお客さんいましたっけ？」ヨンギが訊いてくる。

「いないはずよ。そんな人」

「ですよね」

妙なことが続く日だと思った。

ノートパソコンを開いて、作業を再開する。

ファジョンは昼、店に招き入れた男の顔を思い出した。あの男が夫の名前を持ち出さなかったら、いまの男には、吉岡が来たことを話していただろう。そのほうが後腐れがないからだ。

吉岡という男は何か事情があって、男に追いかけられているのだろう。新潟に出かけている夫が気になった。メールは届いただろうか。そんなことを考えながら入力をしていると、たびたび間違えた。

「ママ、サムゲタンのスープがなくなっていますよ」

ヨンギに言われてはっとした。二週間に一度、釜山から取り寄せているのだ。店の売りでもあるので欠かすわけにはいかない。自宅に取りに戻らないと。

店を出るとき、カウンターの隅にガムテープが置かれているのに気づいた。先ほどの業者が使ったのだろうか。傘立ての引き出しに入れてから、店をあとにする。

自宅は歩いて十分ほどだ。途中思い出して、マヨネーズや乾き物を買ってからマンションに入った。段ボールの中からサムゲタンの素と冷麵のパックを取り出して、買い物でふくらんだレジ袋の中に放り込む。

店の中は、三人の女の子が出勤してきていて、にぎやかだった。食材を冷蔵庫に入れ、彼女たちにサムゲタンを作るように言った。そのあとも今晩の仕事の段取りについてあれこれ考えているうちに、ファジョンは奇妙な来訪者のことをすっかり忘れていた。

5

警視庁の十三階は、ふだん通りの静寂を保っていた。地域部を統括する地域総務課とその奥手には地域部長室がある。エレベーターホールをはさんで、その反対側には、くすんだクリーム色のドアが連なっている。公安部の外事一課と外事二課の部屋である。ロシアと欧州を担当する外事一課長の部屋からは、桜田通りをはさんで法務省の赤煉瓦の建物が見えるが、いまは張り詰めた雰囲気が充満していて、折本初男警部は外を振り返る余裕はなかった。

課長席を背にして、広々とした部屋のソファには、相川外事一課長と折本が並んで座り、対面には到着したばかりの神奈川県警の塚原外事課長、そして警察庁警備局外事課理事官の服部が腰を落ち着けている。折本以外は全員キャリア警察官だ。

「久保卓也は昨日、出社してからずっと、研究所内にいるようです」

今年三十二歳になる塚原外事課長が言うと、相川外事一課長の目が光った。塚原より八つ年上の四十歳。セルフレームのメガネが似合う将来の警視総監候補だ。

「というと軟禁されているのか？」相川が低い声で言った。

「そう考えられます」塚原が答える。「研究所近くにあるコンビニのオーナーがわれわれの協力者なのですが、彼によると、久保は昨日のシフトだと、ふだんよりも三十分近く早く出社して、夕方の六時前後に退社するはずなのに、姿を見せなかったそうです。きょうの朝になっても出社してこなかったので、どうしたんだろうと思っていたらしくて」

「久保がフロンテに在籍していた年数は何年だっけ？」

「十二年と三ケ月。ずっと高品位テレビの開発部隊でした」

相川は折本を横目で見た。「……やっぱり、あれか」

折本はうなずき返した。

「警備員、何て言いましたっけ？」塚原が改めて訊いた。「見つかりましたか」

「吉岡勝義。そっちで見つけてくれなくちゃ無理だよ」と言いながら、相川は塚原を見やった。

「相川くん、そう責めるなって」服部がとりなすように言う。「警視庁がメインになるとしても、神奈川に足場があったほうがいいぞ」

公安畑を歩く三人の中では、最年長の服部だ。いま、その役目は、警視庁と神奈川県警を無難にとりまとめて合同捜査に向けさせることにある。

相川は真顔に戻り、

「うちでも所轄に号令をかけて捜させていますが、なしのつぶてですよ。な」

とまたしても、折本に相づちを求めた。

折本は五十二歳になる叩き上げの公安刑事だ。外事二課で、朝鮮半島を長く担当してきた。現在は、課が変わり、戦略物資監視の役目を担う外事一課第五係の係長を拝命している。自分以外の三人は全員年下であるものの、階級はすべて上だ。折本はとりあえず、

「いなくなって、まだ、間もないですから」

と口にした。

神奈川県の警備会社に勤務する警視庁OBの協力者から、韓国の総合家電メーカー、チムサンの横浜研究所の警備員が行方不明になったという連絡が、外事二課を通して折本の元に入ったのは昨日の夕刻のことだった。OBは住まい近くの大森警察署の警備課に情報を伝え、そこから外事二課に上がってきたのだ。ただちにその情報は、チムサンの監視を担当する折本の元に回された。

チムサンはここ十年来、日本企業の情報を盗用し、大量の技術者を引き抜くことにより、日本の先端技術を根こそぎ奪ってきた。年を経るにつれて手口は巧妙になり、悪質化の一途をたどっている。そのせいで日本のハイテク産業は回復不可能なダメージを被っていた。それは警視庁としても看過できない事態だった。そして、チムサンの非合法スパイ活動の拠点が、横浜の鶴見にある研究所なのだ。同研究所は外事二課の指定注意団体であり、第五係の折本の班がその監視活動に当たっている。

「研究所の警備体制はどうなってるのかね？」服部が訊いた。

「横浜にある地場の警備会社に一括して委託しています。吉岡はその会社から派遣されている警備員ですが……吉岡が行方不明になったのと久保卓也の軟禁に関係があるのですか？」塚原が訊いた。

「だから、あなたに研究所の視察をさせたんじゃないか」服部が言った。

警視庁の外事一課から警察庁の警備部に情報を上げた結果、ただちに神奈川県警外事課に同研究所への視察命令が下ったのだ。

「たしかに、いつもと違って研究所のクルマの出入りが激しくなりました。そのあと、ソウル発の便で大河原聡が羽田に降り立ったのは事実ですが」塚原が答える。

大河原聡は第五係でも、最重要の監視対象者だ。フロンテの高品位テレビの開発課長という要職にありながら、五年前にライバルのチムサンに引き抜かれた。みやげ代わりに自らが持ち込んだフロンテの技術により、４Ｋテレビの品質を上げ、チムサン製品を世界のトップシェアに押し上げた人物だからだ。

「チムサン横浜研究所の視察ポイントは作ってあるか？」服部が塚原に訊いた。

「うちの陣容をご存じと思いますが、なかなかそこまでは手が回りません」

「だめじゃないか。スパイの巣窟（そうくつ）だぞ、あそこは」

「……それはわかっておりますが」と塚原は弁明じみた口調で言うと、相川を見やった。

相川はそれを受けるように、「〝おおひん〟には、いつもうちの者をやっていますから」と口にした。

京浜工業地帯には、日本統治下にあった当時の朝鮮から多くの人間が渡ってきた。中でも川崎区の桜本や浜町、池上町あたりを中心に住み着き、おおひん地区と呼ばれるようになった。場所柄、コリアンバーや焼肉店などが店を構え、横浜研究所の韓国人が頻繁に通っている。

同胞人同士で飲んで騒いで女遊びをする彼らは、第五係の恰好の視察対象なのだ。

「ゆうべ、ネタが入ってから、うちの人間を送り込んだ」相川は続ける。「どうも横浜研究所の保安部の連中が、遊び抜きで駆け回っているらしい」

横浜研究所に所属する保安部は、日本におけるチムサンの非合法活動すべてを仕切っているのだ。

「吉岡を捜している？」塚本が訊いた。

「おそらく。きょうになって、フロンテにも探りを入れてみた。向こうも大慌てだったよ」相川が言う。「どうも、次期主力の８Ｋテレビに使う映像関連のソフトを勝手に持ち出した社員がいるらしくて」

「本当ですか？」塚原も驚いた様子だった。「よく認めましたね」

「向こうも協力的だよ。証拠はすべて出すというくらいだから。一罰百戒の意味をこめて、どんなことでも協力させてもらうと申し出てきている」

「見せしめにする腹ですか」

「そこまで日本の企業も追い込まれているっていう証だな」服部が付け足した。

　会社を辞めていく技術者が、勝手にデータを持ち去っていくのは、これまでにも何度もあった。しかし、今度に限っては、現役の社員による犯行のようである。会社側もさすがに見過ごすわけにはいかないのだろう。

「持ち出した社員は特定できているのですか？」改めて塚原が訊いた。

「入社八年目の日野雄太という男らしい。いま本社のセキュリティー部門の担当が本人を呼び出して尋問している。まだ黙秘しているらしいが、いずれは落ちるだろう」

「……いずれは社員の逮捕という結末？　社のダメージは考えないのですかね？」

「もうそんな悠長なことは言っていられない時代だよ」服部があいだに入った。

「なるほど。仰るとおりです」塚原は言った。「ひょっとして、その社員というのは久保の後輩か何かですか？」

「久保の五年下の後輩らしい」相川が答えた。「ふたりとも、画像エンジンのソフトウェアの開発を担当していた。どうだ。この一連の動きが偶然に思えるか？」

「それは……」塚原は言葉を詰まらせた。

　それを待っていたように服部が口を開いた。「日野がデータを盗み出し、それを久保に渡した。久保はそれをチムサンの研究所に持ち込もうとしたが、そこで何らかの事故があった。それに関係しているのが警備員の吉岡という男ということになるが」

「それで慌てて、大河原も韓国から駆けつけて来た。よっぽどの事態ですね」塚原が続ける。「研究所へのデータの持ち込みやその反対の持ち出しは厳重に禁止されているはずです。しかしあえて久保がやったとしたら……」

「それを見つけたのが吉岡という警備員」相川が言った。「そいつは持ち込もうとしたデータを横取りしたあげくに、とんずらしたというのがわれわれの読みだ」

「そのデータを取り返すために、研究所の連中も血眼になっている。いや、なりつつあるというのですね」

相川はうなずいた。「われわれの筋読みが間違っているのを祈るのみだ。なにしろ、その画像エンジンは桁外れのもののようだし。そいつがまたチムサンに持って行かれたら、それこそフロンテは終わりだと言っている」

そこまでは折本も聞いていなかったので驚いた。

「確認しておくぞ。われわれの目標は、研究所の人間が見つける前に、吉岡という警備員を確保すること。同時に奪われたソフトウェアを取り返す。このふたつになるな」服部が塚原に訊いた。「で、研究所の保安部の陣容はどの程度まで把握しているのかね?」

「おおよその人員と主だった者、数名……」塚原の歯切れは悪かった。

「いいから、何人いる？」相川が訊いた。

「十五名から二十名のあいだ。全員韓国人で固めています。出身は国家情報院と警察、それから軍隊経験者で占められていると聞いています」塚原が答える。

「元警官がよその国に行って産業スパイか。まったく考えられないよな」相川が折本の顔を見て言った。

「とにかく合同のオペレーションということで」服部が続ける。「捜査本部は第六機動隊の本部に置くということでいいね？」

「その旨、うちの部長も承知しています」相川が答える。

　第六機動隊の本部は、品川区の勝島にある。第二方面本部の敷地内で隣接しているのだ。

「塚原くん、うまくやればでかい金星になる。外事は一体というのを見せてやろうじゃないか」

　相川が言うと、塚原はうなずいた。「うちの総力をあげてかかります。ちなみに、警視庁の陣容はどうなりますか？」

　相川が目配せしてきたので、折本は口を開いた。「第五係はウラ、オモテの作業班すべて投入しています。必要に応じて外事二課から四十人ほど応援を仰ぎます。最大、五十名態勢で」

「頼んだぞ」服部が戒めるように続ける。「韓国オールスター対日本警察の勝負だ。負けるわけにはいかんぞ」

「承知しました」相川が太い声で言った。

第二章　尋問

1

　小宮ともうひとりの生活安全課の係員が、カーテンを少し開けた窓から、油断のない視線を注いでいた。

「動きはあったか？」

　疋田が問いかけると小宮が口を開いた。「二時間ほど前、買い物ついでに自宅のマンションに戻りました。それからすぐまた店に帰ってきて。このまま開店のようですね」

　疋田も窓から下を見た。通りの角にあるバービルだ。キム・ソンエの姉であるキム・ファジョンが経営するコリアンバー「水姫」が二階にある。赤羽一番街の北の外れ。このあたりまで来ると通りを歩く客はぐっと減る。

「従業員は？」

「もう四人入っています」

「ファジョンは昼過ぎに店に入ったんだって？」

「この先にある美容院から直接」小宮は思い出したようにつけ加える。「そういえば、ビルの前に変な男がいて一緒に店に入っていきました」

「変な男？」

　小宮は一時ごろ、ビルの階段に座っていた男がファジョンとともに店に入ったのを見ていた。しばらくして、その男だけが出てきて、赤羽駅方向に去って行った。また、四時近くになると店の前に黒塗りのセダンが停まり、背広を着た男が二階に上がっていった。その男はすぐ二階から降りてきて、セダンとともに消えた。肝心のキム・ソンエは現れていないようだ。

「松村はどうでしたか？」小宮が訊いてくる。

「二係に任せている。風営法違反は認めたが、福祉法違反のほうは時間がかかりそうだ」

　十八歳未満の少女を男に紹介し、わいせつな行為をさせた場合、児童福祉法の〝淫行させる行為〟が適用される。十年以下の懲役もしくは三百万円以下の罰金という重罪だ。こうした福祉法違反は警察において、もっとも忌むべきものとしてとらえられる。

「福祉の主犯格は、キム・ソンエですからね。松村はソンエの行いを知っていたのかしら？」

「おそらく、知っていて見逃していたはずだが、きょう接見した弁護士から、認めるなと言われているだろう」

「やっぱり、ソンエを捕らないといけないですね」

「すべては彼女の口からだな」

最大のターゲットのキム・ソンエを取り逃がしてしまい、ひと月間にわたる内偵の成果は霧散してしまったのだ。逮捕できれば自身の不法滞在容疑および売春行為と合わせて、実刑に持ち込めるだろう。

「ファジョンの自宅はどうだ？」疋田は訊いた。

キム・ソンエが立ち回るとすれば、店よりも末松と野々山が張り込んでいる姉の自宅のマンションのほうが可能性が高かった。

「まったく動きはないです」小宮が答える。

「ファジョンの旦那は？」

「姿を見せていません。末松さんが一度、マンションの中に入って様子を窺ってきたそうです。部屋には誰もいないようだと言ってました」苛立ちを隠せない顔で小宮が続ける。「昨日のきょうですから、自宅にも店にもソンエは寄りつかないんじゃないかしら……」

疋田も同感だった。半年前まで、ソンエは水姫に勤めていた。そのあと、鶯谷のデリヘルで体を売るようになった。普通ならそのときの知り合いのアパートに転がり込んでいる可能性が最も高い。ところが、いまのソンエはカネの持ち合わせが少ないし、生活に必要不可欠な携帯電話も持っていない。ファジョンの周辺を監視していれば早晩現れるはず……しかし。

「姉さんを説得したほうが早いかな」

疋田がつぶやいたのに小宮が反応した。「そのほうが手っ取り早いかも。ソンエを嫌っているみたいだし」

捜査の過程で、キム・ファジョンとは面識がある。ファジョンは妹が水姫にいたとき、売春しているのを知っている様子が窺われた。その関係で妙な噂が立つのを恐れて、あえて自らの妹をやめさせた節があるのだ。

もうこれ以上、待っても仕方がないのかもしれない。

「マコ、行ってみよう」

疋田が声をかけると小宮は少し驚いた顔で振り返った。「店にですか？」

「ほかにないだろ。行くぞ」

疋田は拠点をあとにした。雑居ビルまで歩いて二分弱の道のりだ。あれこれ考える暇はなかった。説得するしかない。店の前に達したときそう心に決めていた。

ドアを開けると女の子たちがいっせいに疋田を振り返った。

その中のひとりがキッチンに走り込んでいった。ミディアムヘアの女が出てきた。ほっそりした体つきだ。平面的で少し顎が張っている顔立ち。ピンクのブラウスにダークグレーのスカートという服装。若いわりにママとしての貫禄がある。落ち着いた細い目で疋田を見るなり、その表情がこわばった。

キム・ファジョンは、ドアを後ろ手に閉めると、疋田を店の外に誘った。機嫌を窺うような上目遣いで疋田を見やった。

「妹さん、来てる？」さりげなく疋田は切り出した。

「いえ、来てないですよ」とファジョンはきれいな日本語で答える。

「わかってるかしら？」小宮が横から声をかけた。「ゆうべのこと」

ファジョンは眉根のあたりを曇らせ、

「……もしかして、勤めている店に？」

と半分認めるような口ぶりで言った。

「オーナーも検挙してね。妹さんは残念ながら逃げてしまった」

ファジョンは韓国語で何かつぶやいたあと、「それは申し訳ございませんでした」と頭を下げた。

「前にも言ったけど、子どもに悪いことをするよう誘ったりするから、警察も放っておけなくてさ。わかる？　そのあたり」

「それは本当かどうかわかりませんけど、していたとしたらダメです。本当にいけないよ」

　協力的な態度を見せたので疋田は安堵した。判断は間違っていなかったようだ。

「それでね、お姉さん」小宮が代わった。「彼女が出頭してくれたら、うちだけじゃなくて、妹さん自身も助かるのよ。一週間か二週間、警察に泊まってもらうようになるけど、そのあいだに罪を認めれば、釈放される可能性が高いの。そのあとは、わかるでしょ？」

「国外退去？」

　ファジョンが申し訳なさそうに口にしたので、疋田は励ますような感じで口を開いた。

「刑務所に入る必要はたぶんないから」

　ファジョンは神妙な面持ちで耳を傾けている。

「でもね、これ以上悪いことをすると、刑務所に入ってもらわなくちゃいけなくなるかもしれない」疋田は続ける。「それを避けるためには、一日も早く出頭してもらわないと。わかるね？」

　ファジョンは覚悟を決めたような顔でうなずいた。

「お姉さんからもよく言ってね」

　小宮がつけ加えると、ファジョンは困り顔で、

「韓国……戻るところがなくて」

　と小声で言った。

本音を聞かされたような気がして、疋田は小宮と顔を見合わせた。

キム姉妹の出身はソウル近郊の九龍(クーロン)と聞いたことがある。そこは、韓国でも低所得者が住み着いている地区らしい。

しかも最近はウォン安でエネルギーや食料事情も悪く、輸入品を中心に物価が割高になり、庶民の生活は日本よりもずっと苦しいはずだ。だからといって、日本で犯罪を重ねてもいいという法はないのだが。

「とにかく任せてもらえないかな」疋田は声をかけた。「お姉さんがその気になれば、きっと彼女は立ち直ることができる。われわれもそれに力を貸すから」

「ありがとう(カンサムニダ)」とファジョンは言った。

「ではこれでね」疋田はそう言い残して、店を離れた。

通りに出て、夕闇が濃くなっていく一番街を歩いた。バービルの軒先(のきさき)にあるネオンサインが原色の輝きを放ちはじめている。

「お姉さんも、だいぶ参っているようですね」小宮が言った。

「それはそうだろ。妹が妹だ」

「ソンエを警察に差し出すと思いますか?」

「ないな」

「オーバーステイのまま、ずっと体を売って生きていくつもりかしら」

「そう長くは続けられない」

風俗で稼ぐために来日する韓国人女性は多い。中でも人気のある韓流デリヘルは、ＪＲ山手線の日暮里や大塚から鶯谷へ移っている。鶯谷のホテル街では、デリヘル嬢がホテルをはしごして稼いでいるのだ。ただ、警察から手配されているソンエがそれを続けられる時間は少ないはずだ。

「そろそろ戻りますか」

「そうしよう」

疋田と小宮は道を変えて張り込み拠点に向かった。

2

都営アパートのような古びたマンションだ。コンクリートの壁に雨だれのシミが伝い、配管がむき出しになっている。三階まで階段専用の蛍光灯が灯っていた。通りから少しへこんだ玄関口が見えてきたので、大河原は徐行するように命じた。泉ハイツの表札が目にとまる。ガラス戸が一枚はまった簡素な造りだ。

「走れ」

大河原が確認すると、高が運転手にスピードを上げさせた。

路地の先で右折させ、スナックの横にあるコインパーキングにセダンを停めさせる。赤羽駅前の繁華街が至近にあるのに、静かなものだった。一戸建ての住宅と小ぶりなマンションが交互に建っている。川崎の下町とさほど変わりはない。

隣にいる高がデジタルビデオのモニター画面を差し出した。高の部下がマンションの一階にある郵便ポストを撮影したものだ。

右端、三〇一号室のポストに宮下昌義の文字が書き込まれている。

二時間前、水姫から出てきたキム・ファジョンが入っていった部屋だ。そこで彼女は宮下昌義とふたりで暮らしているようだ。

大河原はようやく謎が解けたような気がした。それにしてもと思った。栃木出身で三人兄弟の末っ子の宮下は、田舎にも帰ることができず、よりによって赤羽くんだりに落ち着いていたとは。

この土地に知り合いでもいたのか。長いつきあいで、そんなことはおくびにも出さなかった。宮下とはフロンテで二十年来、ともに働いた間柄だ。五年前、大河原がチムサンに移ったときもついてきた。それから二年、宮下は一足先に韓国をあとにしていた。別れて以降、メール一本届かず風の噂すら聞かない有様だった。

昨晩、研究所の保安部は全員総出で、川崎の桜本周辺を徹夜で走り回った。保安部のみならず、研究所の韓国人たちは、桜本近辺のコリアンバーにふだんから足繁く通っている。そして、たいがいは馴染みの店を持ち、観光ビザで入国してそこで働く韓国人女と情を通じている。もちろん対価はカネだ。

保安部員はそうした女たちに訊いて回り、夜更けになって、警備員の吉岡がたびたび顔を見せていたコリアンバーを見つけた。そこで働く女の携帯に、昨日の夕刻、吉岡から電話が入っていたのだ。『宮下の女が店を出したらしいが、それはどこだ』という問い合わせ内容だった。

女は宮下という名前など聞いたこともなく、一も二もなく、知らないと答えた。それでも食い下がってきたので、ふたりほどべつの韓国人女の電話番号を教えた。部員らがそのふたりに当たったところ、片方の女が、『たしか赤羽あたりでコリアンバーを開店させたらしいわよ』と記憶をたどってくれた。その言葉を頼りに、研究所の保安部員が赤羽に入ったのが、きょうの午前十一時。

コリアンバーを手がかりに一帯を調べたところ、三時過ぎ、横浜研究所で待機していた大河原の元に、水姫にたどり着いたとの連絡が入った。ママはキム・ファジョンという女らしかった。

どことなくその名前に聞き覚えがあり、店の張り込みをさせた。ファジョンの自宅もわかった。そして、盗み撮りさせた写真を見て驚いた。

キム・ファジョンの顔には、うっすらと記憶があった。

チムサンに移籍する前後、会社側からソウルの北倉洞（ブッチャンドン）の高級クラブで接待を受けていた時期がある。そのとき、何度かついた女のうちのひとりだった。それが縁で、宮下と所帯を持つようになったとは。しかも日本で……。

水姫に出向いた高がファジョンに吉岡の写真を見せたところ、知っているような、知らないような、どちらともとれる態度だったという。そのあと、店を張り込ませているあいだに、大河原は電車で赤羽に駆けつけたのだ。

ふたを開けてみれば、吉岡と宮下とは横浜研究所でもたびたび顔を合わせた仲だった。役員身分の大河原と違って、宮下は頻繁（ひんぱん）に韓国と日本のあいだを行き来していた。日本にいたときは、横浜研究所を拠点にしていたのだ。その際、宮下が吉岡を川崎の桜本にあるコリアンバーに連れていって酒を飲ませたことも、一度や二度ではなかったようだ。吉岡は宮下の仕事の中身もそのときに聞かされていたのだろう。その吉岡が赤羽に姿を見せたのも道理と言えば道理だった。

いずれにしろ、ここまで来たら見つけたも同然だった。水姫と泉ハイツさえ監視下に置けば、盗人（ぬすっと）は必ず現れる。こんなところでモタモタしていては、時間の無駄以外の何物でもない。

吉岡が果たして宮下と会ったのかどうか。焦眉（しょうび）の急はそれのみ。

万が一、会っていたら……。そう思うと震（ふる）えが来た。

「ハイツに戻れ」大河原は運転手に命令した。

「あそこへは、戻らないほうがいい」高が脇から言った。「宮下もいないし」

「いいから」

なおも肩をつつくと、高が大河原の腕に手をあてがった。「どうも、様子がおかしいんだ」

「何が？」

場合によっては、直接、泉ハイツに乗り込んで、直談判(じかだんぱん)してやる気だった。

高は大河原の手をのけさせた。「やつの部屋を嗅(か)ぎ回っている日本人がいる」

「吉岡か？」

「違う。あれはたぶん警察官だ」

「警官？」胃のあたりにちくりと痛みが走った。

８Ｋを日本の警察が嗅ぎつけた？　あり得ない。

ではなぜ？

高が大河原を振り返った。「ハイツの手前の四つ角にラーメン屋がある。連中はその二階にいるんだ」

「……張り込んでいるのか？」

ますます大河原は混乱した。警官が大挙して宮下を張っている？

何か、やつはしでかしたのか？

「とにかく、いまはまずい」ふたたび高が言った。

「そういう問題じゃないだろ。吉岡を捕まえるにはあそこしかない」

高は思案げな顔を大河原に向けた。「問題があるとしたら、店のほうだ」

「コリアンバーがどうした？」

「風俗営業の法律があるだろ？」

「風営法か？」

高はうなずいた。「店の許可を取っていないとか、働いている女がいわくつきとか、そんな話かもしれない。いま、部下が駅前の盛り場で聞き込みをしている。何かわかったら連絡が入る」

大河原はむかっと来た。

「バーがらみで、小うるさい警官どもが動いているだと？　話にならん」

大河原は言いながらドアを開けた。

外に出ようとすると、高が叱りつけるように、

「どこに行くんだ？」

「水姫に決まっている。直接ママと会って、話をつけてくる」

尻を浮かせたところを高に押さえつけられた。

「そんなことしてみろ。すぐ警察が嗅ぎつけて、何もかもおじゃんになるぞ」

「わかったようなことを抜かすな。韓国人のくせしやがって」

高はこめかみに赤い筋を浮かせて大河原の胸元を摑(つか)んだ。「こっちの存在がばれてもいいのか？」

「ばれるようなことを、しているのか」

ちっと唇を嚙(か)みしめながら、高の手が大河原から離れた。

大河原はドアを閉めた。

ここは韓国の元スパイの顔を立ててやるべきか。

「何か方策は？」大河原は改めて訊いた。

「張り込むにしても、場所が肝心だ。できれば屋内のほうがいいが、適当な店がない」

「これから不動産屋に行って、張り込み用のマンションの部屋を借りるのか？　悠長(ゆうちょう)な話はやめてくれ」

「どうすれば気がすむんだ？　まさか三〇一号室に忍び込んで、宮下を待つのか？」

「妙案だな。おれが行って待っててもいいぞ」

高は呆(あき)れ顔になった。「……頼むから素人(しろうと)が口をはさまないでくれ。相手は警察なんだ。舐(な)めてかかったらしっぺ返しをくらうぞ」

どことなく進退が窮(きわ)まったような気がして、大河原は背もたれに深く身を預けた。

そのとき懐の携帯が鳴った。こんなときに何者だ。

引き抜いて着信を切ろうとしたとき、その文字が浮かんでいたので、慌ててオンボタンを押した。

「……着いたよ」高いキーの韓国語だ。

「あ、はい……どちらにですか？」大河原はへりくだって韓国語で訊いた。

「羽田だよ。たったいま着いた。ひとりだ」

大河原は混乱の極みに達した。

横にいる高が通話している相手に気づいたらしく、目を見開いている。

「……そう仰られても」

「何か困ることでも？」

「いや、ないです。ありませんが……でも」

「ぼくが来ては困るかな？」

「めっそうもありません。お迎えは出ておりますよね？」

「いや、ない」

頭から下半身へ、血が沈んでいくような気がした。

いったいどういうことなのか。水原の本社を出るとき、秘書室に電話で簡単な報告をしただけなのだ。それに迎えに出る者もいないとは。

「これから、横浜研究所へ向かうから」

「あ……ホテルへは？」

大河原が訊く前に、電話が切れてしまった。

コールバックする気にはとてもなれなかった。

お忍びであるにせよ、そうではないにせよ、チムサングループ会長の御曹司(おんぞうし)、チムサン電子副社長兼最高執行責任者(COO)の崔英大(チェヨンデ)が直々(じきじき)に来日するとは……。

3

宮下昌義が赤羽公園に着いたとき、日はとっぷりと暮れていた。まわりを高いビルで囲まれた公園内には、まだ犬の散歩やウォーキングを楽しむ人の姿があった。待ち合わせ場所にしていた時計台の前に、吉岡の姿はなかった。

フラップ式の携帯を開いて時間を見た。午後七時五分。

約束の時間を五分オーバーしている。それでも、向こうから会いたいと申し出てきたのだ。いなくなることはないだろう。

ファジョンから送られてきたメールにあった〝鶴見の吉岡〟を名乗る男に電話をかけたのは、妙高高原駅で上り電車を待っているときだった。しばらく話し込んだ末、ようやくその男がチムサン横浜研究所の警備員であることを思い出した。

用件を訊いても答えず、ただ会いたいと押しまくられた。研究所にいたとき、多少の世話にもなったので会うことにしたのだ。それにしても、興奮した話しぶりがどことなく異様だったが。

ピチャピチャと音がして振り向いた。公園の真ん中に噴水があり、いっせいに放水をはじめた。

赤羽会館側のベンチだ。外灯に照らされるように、白っぽい半袖シャツを着た細身の男がうなだれた恰好で座っていた。

ゆっくり近づいてみる。髪の毛が薄い男だった。作業ズボンにかなりくたびれた革靴。

吉岡さん、と声をかけてみた。

すると男は顔を上げて、眉間にくっきりとシワを寄せながら、宮下の顔を覗き込んだ。痩せて筋張った顔は昔と変わらない。しばらく視線を交わすうちに、精気の乏しかった表情に血の気が通い出した。

「時計台は向こうだけどな」

宮下が言うと、吉岡は重たげに口を開いた。「さっきまで、いたんだよ」

腕時計をはめていない。

「ずっとあそこで待っていたのか？」

「アーケードをぶらぶらしていた」

「こっちははじめて？」

　吉岡がうなずいた。

　宮下は並んで腰を下ろした。「それで、気になる店でもあった？」

「ない」

「遠かっただろ？」

「ああ、遠かった」しみじみとした口調で吉岡は言う。

　以前は暗さにも張りがあったが、いまはそれすらない。大事なものをなくしたような浮かない顔つきだ。

「よくおれのところがわかったな？」

　宮下の質問に吉岡は曖昧(あいまい)な答えをした。

「きょう、会社は休みだったのか？」続けて訊いてみる。

「いや……」どことなく、吉岡は言いよどんだ。

「桜本の焼肉屋に行ってるか？」

「あんたが辞(や)めてから、行ってないよ」

「……そうか、あのころは世話になったな」

「なーに」

横浜研究所で同室だった韓国人部長に、何回か川崎のコリアンバーに連れていってもらったことがあった。バーでチムサンの部長だと紹介されたとたん、女たちの目の色が変わった。はじめて会ったにもかかわらず、猫なで声ですり寄ってきた。名刺を欲しがり、つい一度、渡したことがあった。

それからが大変だった。毎日朝になると、研究所のデスクに電話がかかってきて、『会いたいで～す（マンナゴシポヨ）』と甘い声で吹きかけられた。秘書がまず電話に出るので、ひどく不審がられた。困り果てて、時折り、言葉を交わす吉岡に洩（も）らした。

すると吉岡は、わたしのほうから注意しておきましょう、と言ってくれた。

その日を境に女から電話はかかって来なくなったのだ。

噴水がひときわ華やかになった。中央にある馬に乗った少年の塑像（そぞう）を囲むように、回転式の噴水がくるくる回って円を描くように夜の空に銀色の雫（しずく）を放ち出した。

「飯はまだだろ？　どこか、そのへんで食うか」宮下が言った。

「食べたよ。いまでも、電機メーカーに勤めているのか？」

どことなく本題に早く入りたがっているようだ。宮下に関心があるようでいて、その実は自分の身のほうを案じている様子が窺われる。

「もう、そっちはこりごりだ。いまは女房に食わせてもらっているよ」

吉岡は宮下の目を見つめた。「……あの話は本当だったんだな？」

いつの話なのか宮下にはすぐにわからなかった。「おれが三年前に辞めたときのこと？」と言ってみる。

「悪い話ばかり聞いている」

やはり、そのときの悶着（もんちゃく）について関心があるようだ。しかし、いまここで吉岡がなぜ、そんな話を持ち出してくるのか。

「まあ想像に任すさ。いまはすっきりしてるよ」

それはうそなのだが、いまここで話しても仕方がないことだ。

「でも、いざとなれば再就職はできるだろ？」と吉岡はまたしても奇妙なことを訊いてきた。

「まあ、無理すれば、どこか拾ってくれるところがあるかもしれないけどさ」宮下は改めて吉岡に向き直った。「それがどうかした？」

「見てくれ」

吉岡は作業ズボンのポケットから、四つ折りにした紙を寄こした。三枚ある。Ａ４だ。広げてみると、馴染み深い文字列が印刷されていた。コンピューターのソースプログラムだ。書き出しのコメント欄に記入されている文字が目に飛び込んできて、思わず、うんと声が出た。

/*　Q5 ver.1.2　2017.9.21　*/
/*　　　　　by M.M　*/

そのあとの記述を食い入るように見つめた。二枚目、そして三枚目。

間違いない。映像処理のプログラムの冒頭部分だ。８Kテレビの。関数の定義や配列変数の記述の仕方、何より作り手の個性が出る複合文……一字一句、はっきりと見覚えがある。いや、脳裏(のうり)に焼き付いている。by M.Mの文字。宮下自身が六年ほど前に書いたプログラムに他ならなかった。そのときはまだQ5ではなく、Q1だったが……。

どうしてこんなものを、吉岡は見せるのか？

門外不出のプログラムを、なぜ吉岡が持っているのか？

紙から目を離すと、こちらを見つめる吉岡の視線が絡(から)みついた。

何も言わなくてもわかるだろうという顔つきだ。

「昨日の朝、研究所に久保が持ってきた」吉岡がぼろりと洩らした。

「久保……フロンテの久保か？」

フロンテの高画質テレビ開発本部の後輩に、同じ名前の男がいた。そいつか？

吉岡は深々とうなずいた。「この三月にフロンテを辞めて、研究所に移ってきた」

久保は韓国のチムサン本部にいる大河原の部下として雇われていると吉岡はつけ加え

わけがわからない。宮下は紙をかざした。「久保は知っている。どうしてこれをおまえが持っているんだ？」

吉岡は訥々とした話し方で、マイクロSDカードを入手したいきさつを話した。もう研究所には戻れないという、虫のいい言葉で締めくくった。それはある意味で強奪に近かった。しかも、その話が本当ならば、マイクロSDカードの中身はフロンテの最新式の画像エンジンになるではないか。六年間という技術の世界では無限に近い時間の累積を経た完璧な画像処理プログラム……。

ふと我に返った。マイクロSDカードを入手したあと、吉岡はどうしたのか？　パソコンは触ったことがないはずだったが。

「吉岡さん、これは、あんたが印刷したのか？」もう一度、宮下は訊いた。

「そこの電器屋で印刷してもらった」と、吉岡はアーケードのほうを指さした。

家電量販店に入り店員に声をかけて印刷させたようである。

店員にプログラミングの知識が多少あったので、冒頭部分を印刷したのかもしれない。

「そのマイクロSDカードを見せてくれ」

宮下が言うと、今度はズボンの左手のポケットから、一枚の紙を取り出して寄こした。

映像処理をする六つのソースプログラムとそれにかかわるパラメータが格納されたバイ

ナリファイルが八つ。合わせて十四個のファイルが印刷されている。韓国メーカーが不得手にするはずのHD画像から8K画像への変換プログラムも含まれていた。

「マイクロSDカードに入っていたファイルの一覧表？」宮下は訊いた。

吉岡はうなずき、「店員に印刷させた」とこともなげに言った。

噴水の放水がやんで、静かになった。建物をはさんで、赤羽東本通りを走るクルマの音が聞こえてくる。

「ひょっとしてあんた、いま、マイクロSDカードを持っていないのか？」続けて宮下は訊いた。

こっくりとうなずいた吉岡を見て、どことなく思惑が透けて見えてきたものの、相手の腹は依然として読めない。

「家にあるとして」間を取って用心深く言葉を選んだ。「そのマイクロSDカード、どうしたいの？」

ようやく目的地が見えてきたかのように吉岡の目が光った。「引き取ってくれんか？」

途中から読めてきたものの、あらためて切り出されると、驚きで言葉を失った。

この自分が最新式の画像エンジンプログラムを入手してどうなるというのだ？

不意に万能の力を得たような気がして、頭の中で様々な思考の矢が飛び交った。目の前に大型液晶画面が降りてきて、隅々までくっきりした大瀑布の映像が見えてきた。中空にかかる虹も絶壁に生える苔もすべてが実物と違わない。滝を横切るダイサギの群れの一羽一羽が画面から浮き出て来るようだった。それは、何十年も自分が夢に見てきた８Ｋテレビの映像のように思えた。

じっとこちらを見ている吉岡の視線に気づいて、酔いが覚めた気分だった。

どうかしていると思った。

いまさら、こんな物を手に入れたからと言って、どうなるというのだ……。

エアポケットに入ったように思考が止まった。

改めて紙に目を落とした。

このプログラムは、本物なのか？

「カネがいる」唐突に吉岡は口にした。

いきなり現実に引き戻された。まじまじと目の前の男を見た。

吉岡は深い井戸を覗き込むようにつぶやいた。「……給料はぜんぶ持っていかれるし、このまえは無理やり、借り入れさせられた」

「サラ金か？」

訊くと吉岡は目を赤くしてうなずいた。

「どれくらいある？」続けて宮下は訊く。

吉岡は消費者金融の名前を四つあげ、さらに、違法業者の名前も口にした。そのあと、

「全部で三百万残っている」と、結んだ。

「しかし、どうしてまたそんなに？」

「競輪」

三年前も、気晴らしに競輪をやっていることは聞いていたが、深みにはまってしまったらしい。

「弁護士に相談したのか？　法定金利を超えた貸し付けは違法だぞ」

吉岡は蒼くこわばった顔で、宮下を見るなりうなだれた。「……やつらが近くに来ている。この前は監禁された」

悪質な手合いに捕まっているようだ。

「あんた、おれと取引したかったのか？」

最後にと思って宮下が口にすると、雲間から日が差し込んだような顔で吉岡が顎を上げた。

「そうしてくれるか？」

宮下は悪魔に魅入られたような気分で、「いくらだ」と口にした。

「さっき言った金額」

「三百万で、マイクロＳＤカードをくれるのか？」

「それでいい」

信じられない話に、宮下は考えあぐねた。

いまさら、そんな物を手に入れて、どうなるというのだ。だいたいが、不法な手段で奪い取った物ではないか。久保にしても、どこから入手したのか。フロンテの社員から譲り受けたとしか考えられない。だとしたら、なおのことまずい。

だが、と宮下は考え直した。チムサンで二年間働いた経験が頭をもたげてきた。

おれがいま、チムサンの社員だったらどうするか。目の前に、とんでもない宝物が転がっている。わずかなカネで、それを自分の物にすることができる、またとない機会なのだ。こんなうまい話など、金輪際あり得ない。

盗んだ物であろうが何だろうが、製品が優秀であればそれでいい。たとえ訴えられたとしても、逆に裁判を起こして延々と引き延ばせばそれですむ。

チムサンに限らず、韓国や中国の企業は似たようなものだ。不法な手段で手に入れた物であっても、堂々と使い切る。いや、そもそも自分で開発するよりも他社の優秀な製品をぶんどるほうが手っ取り早い。トップがそう考えているのだ。

危うい思考に陥ってしまったものの、それを是とする自分がいて、宮下は少なからず驚いた。取引に応じるとしたら……。いやその前に……。

果たして、そのマイクロSDカードは本物なのか？

吉岡に訊いても判断できないに決まっている。それでも訊かずにはいられなかった。

「あんたが調べてくれよ」こともなげに吉岡が言った。

その通りだと思った。まずはそこからはじまる。

「カネは用意する」宮下は踏ん切りをつけるように言った。「いつまでに欲しい？」

吉岡はすがるような顔で、

「早ければ早いほどいい」

「わかった。明日の朝十時にここで。マイクロSDカードを持ってきてくれるな」

吉岡の顔が引きつった。「もっと早いほうがいい」

どうした？　それほど切羽詰まってるのか？

現金を用意するには、それなりに時間がかかる。それでも、ここは言うことを聞くに越したことはない。

「では九時半でどうだ？」

「いい、それでいい」ようやく笑みが浮かんだ。

「これから川崎に帰るのか？」

「戻らん」また不機嫌そうに言う。

マイクロSDカードを入手した前後の状況を考えれば、チムサン横浜研究所は大慌てのはずだ。一刻も早く吉岡を見つけるべく、必死になってあとを追っているだろう。そんなところに帰れないのは、もっともだった。

「こっちに泊まりか？」

吉岡は一番街の北外れにあるカプセルホテルの名前を口にした。水姫とは目と鼻の先だ。二千円ほどで泊まれるはずだ。しかし、そんなところに、マイクロSDカードを置いているのか？　危なっかしいにもほどがある。

「それなら、うちに来いよ」

「気が向いたらな」

取引の前だ。相手方の自宅に泊まることに、吉岡なりに抵抗があるのかもしれない。それでもやはりマイクロSDカードが気になる。

「夜中でもいつでもいいぞ。カードも持ってきてもらえれば一番いい」

この男から一刻も早くもらい受けたほうがいいに決まっている。宮下は自分の住所を手帳に書いてそこだけ破って渡した。

その紙をポケットに入れて吉岡は腰を上げた。挨拶もしないでアーケードのほうに向かって歩き出した。歩き去って行く後ろ姿を見送りながら、酒を飲んでもいないのに酔っているような気分になってきた。閉ざされていた世界に、引き戻されるような感覚がある。

仕事に打ち込んでいたときの愉悦（ゆえつ）と似たものが血の中にめぐり出していた。疼（うず）くような喜びさえあった。カネには換えがたい情熱と似たそれが、まだ自分の中に残っていたのが意外でもあった。

もしマイクロSDカードが本物なら……六年前に自分が作ったものが、飛躍的に進歩しているとしたなら……見てみたい、その映像を。一分でも一秒でも早く。

そのためには、いくつかの準備がいる。チムサン側が手を回す前に、会わなければならない人間の顔と名前が脳裏を駆けめぐった。ぐずぐずしてはいられない。

仕事に就いていたときの、頭と体が戻っていた。準備するべきことが、矢継ぎ早に去来してくる。それでもなお、自分が渇望していたものを感じないわけにはいかなかった。

4

ウトウトしかかっていた。手元をまさぐってみたが、スマホはなかった。店に置き忘れてきたのだ。話し声が聞こえて耳をそばだてた。玄関脇の事務所からだ。キム・ソンエは、壁から背中を離して重い腰を上げた。

リビングに敷きっぱなしの布団を踏みつけて、狭い廊下を歩く。もう夕食の時間はとっくに過ぎているだろう。二間続く洋室のドアは開いたままで、そこにいた四、五人の女の子たちは、出かけていなかった。

部屋脇のドアを開けて中を覗いた。タバコをくゆらせながら、片手にボールペンを持ち、ママの允智が電話で話し込んでいる。流暢な日本語だ。

「はい、はい、マジェスティね、えっと、二十四号……大丈夫よ、一時間もかかるわけないでしょ。二十分で着くから。待っててね、いい？　うんうん……」

机にあるマールボロメンソールの箱から一本取り出し、口にくわえる。ユンジに顔を近づけると、百円ライターで火をつけてくれた。空っぽの胃の中に、思いきり吸い込む。

「あんた、まだいたの？」

電話を終えたユンジに韓国語で訊かれた。ぽってりした土色の顔だ。頬（ほお）のあたりに毛穴が浮き出ている。今年で四十五歳になるはずだ。

答える気力は湧（わ）いてこない。昨夜遅く、タクシーでたどり着いてからは、午前中いっぱい寝ていた。女の子たちと昼食を取って、また横になってしまったのだ。

玄関ドアが開く音がした。ばたばたと足音を立てて、若い女の子が部屋に入ってくるなり、コンビニのレジ袋をテーブルにのせ、あわただしく中身を取り出す。

「ごはんなんか食べている余裕はないよ」

ユンジが韓国語で呼びかけたが、女は嫌々（いやいや）をしながら、弁当のふたを開ける。

小顔だ。アイメイクをしっかり入れている。まゆ毛は太さをキープしていて、ナチュラルなままだ。それがすっと通った鼻筋とTの字になっている。自分と似ている。

ユンジは華奢（きゃしゃ）な女の腕を引っ張り、「だめだって、さっさと支度支度（したくしたく）」と、容赦（ようしゃ）なくそこから引き離す。

「帰ってきたばかりなのにー」女は未練たっぷりに口にするが、ユンジの言葉には逆らえない。

部屋から追い出しながら、「お化粧するんでしょ、さ、早く早く。五分でタクシー来るわよ」と声を上げる。

「困ったもんだわ。きょうはまだ二人目なのに」ユンジは事務机に腰を落ち着ける。

「あの子何歳？」ソンエは訊いてみた。

「二十一」

「ママの子？」

ユンジは指を三本立てた。「三百万よ。さっさと返してもらわなくちゃ困るわ」

「そう……」

ソウルのヤミ金融から生活費や整形費用を借りて日本にやってきたのだ。そのカネは、ママのユンジが立て替えている。

女の子が日本語を話せないのは学生ではない証拠だ。借金して整形して日本に行けば儲かると、甘い言葉をささやかれて日本にやってくる。ビザなし渡航の九十日間で、一日の休みもなく二十四時間、この事務所兼用の寮に寝泊まりして働きづめに働く。でも黒字を出せる子は稀だ。

ユンジがコンビニの袋から夕刊紙を取り出して中身を読みはじめた。

手つかずの弁当は、デミグラスソースのたっぷりかかったハンバーグ弁当だ。当たり前のようにソンエは箸を使ってハンバーグを切り取り、口に放り込む。飲み下さないうちに、ご飯も頰ばった。

廊下を走る音がしたので、またユンジが外に出る。

「あんた、ピル飲んでるの?」とユンジ。

「もちろん」女が答える。

「生でやるのよ。リピートしてくれるから」

「わかってる」

何度も聞かされた言葉が耳につく。避妊具を使わないのが、日本人の男を引きつけるミソなのだ。

玄関のドアを開ける音がする。

ほかの階のボタンを押すのよ、とユンジが呼びかける。

韓デリの寮として使っているのが、住民にばれるとまずいからだ。

戻ってきたユンジに、女の子たちの取り分を訊いてみた。

「六四に決まりよ」とユンジは答える。

韓デリは八十分、二万円が相場だから、ママの取り分は八千円になる。五人いる女の子が一日三回、客を取るとして、毎日十二万円が転がり込んでくる計算だ。私のときと変わりはないようだ。

「まだあんた、ソウルで〝チケット茶房〟をやる気なの？」ユンジに訊かれた。

コーヒーの注文を取り、届けるついでに体を売る商売だ。日本の韓デリと似ている。

ご飯を噛みながら、「その前に……ここをやめる前、相談したじゃない……」とソンエは口にしてみる。

「あんたがママをやるって話？」ユンジが新聞を読みながら訊いてくる。「わたしがここまでになるのに、どれくらいかかってると思うの？」

ユンジ自身、長いこと売春婦をやってきた。ようやく貯めたカネで韓デリの店を持つようになったのだ。

でも、とソンエは思う。

五百万――。

それだけあれば、小さなマンションを借りて、ふたりずつぐらいなら身請けできる。四、五年はしっかりとカネを貯めて、それから母の待つ韓国に帰ってもいい。そのころには、別の生計を立てる目処もつくかもしれない。焼肉のお店や美容院。何でもいい。人を雇うのだ。それまでは絶対に捕まらない。

ユンジは開いたままの夕刊をソンエの前に持ってきた。

広告らしい枠の上の日本語をつつく。「あんただよね？」

「何々？」

日本語は読めない。

「赤羽のガールズバーが摘発されたって書いてあるの。あんたじゃない？」

思わず、「そうね」と顔をそらした。

ここまで大事になっているとは、ソンエも気づかなかったようだ。

リップス66で一緒に働いていた高校生に、売春の手ほどきをして、手数料を取ったせいかもしれない。

でも、向こうから教えてくれとせがまれたからだ。

客から洩れたのだろうか。

最近はガールズバーで働く韓国人女性も増えてきた。自分と同じように性を売る女も多いのだ。

「ちょっと困るなー。ここ、見つかったらやばいよ」

本気でユンジは言い、ソンエの顔をにらみつけた。

「大丈夫だって、ここが見つかるわけないじゃん」

言ってみたものの、どことなく寒々しい気がした。

ここにやって来て、丸一日。もう一日はおいてくれない。かといって、よそへ移るあてもなかった。ビジネスホテルはおろか、簡易宿泊所のようなところにも泊まれない。顔を出して外を出歩くのは、捕まえてくださいと言っているようなものだ。また姉のファジョンの顔が浮かんだ。マンションを訪ねてみようか。電話では突き放されても、面と向かって会えば何とかしてくれるかもしれない。まさか、姉のところまで警察が行って見張っているはずがない。少なくとも韓国の警察はたかだか売春で、そんな面倒なことはしない。日本だって事情は同じはずだ。それでも、行く前にもう一度、電話しなくては。

そう思うといくらか気が楽になって、また食欲が出てきた。

5

「もう一度訊く。ネットにアクセスして不正を働いた覚えはないか？」川上は語気を荒らげた。

「ありませんよ」日野雄太は低い、挑みかかるような声で答え、ペットボトルの水をあおるように飲む。

日野を連れ込んで、かれこれ五時間が過ぎようとしている。十階にあるこの部屋のドアはロックされていないが、ドアとエレベーターの前にそれぞれ監視する人間が立っている。

雑談には応じるものの、８Ｋプログラムについて触れると、日野は貝のように口を閉ざしてしまう。なだめすかしてみるものの、ここ一時間は「トイレに行かせてくれ」と言うだけになってしまった。

長く伸ばした髪とぽってりした頰のせいで、実際の年齢より日野は若く見えた。ふっくらした子供のように小さな唇が、ひどく自己中心的なものを感じさせる。特にこの場面では。

五反田（ごたんだ）にあるフロンテ・テレビ技術研究所、略称ＦＴラボから、次期主力８Ｋテレビに搭載する予定だった新画像エンジンが盗まれた可能性がある、との報告が、川上が本部長を務めるセキュリティー本部にもたらされたのは午前十一時。

先月から今月にかけて、内部犯行と思われる顧客情報の流出事件が発生し、それに対応するためセキュリティー部員が二名、ＦＴラボに出向いて、ネットワーク関連の調査をしていた。顧客情報が収められているホストコンピューターは、別の建物にあるが、ＦＴラボもネットワークを通じてつながっているため、念のために調査を入れた。

その過程で、ＦＴラボに所属する日野雄太の不審な動きにたどり着いた。その結果、８Ｋプログラムの抜き取りが、日野による仕業（しわざ）と推定できる証拠が見つかったのだ。

「内部調査が行われているのは知っていたね？」川上は訊いた。

「知らないわけがないじゃないですか」日野は気色（けしき）ばんだ。「ぼくが顧客情報を盗んだ証拠でもあるんですか？」

「たぶん、きみはやっていない」

「じゃあ、どうして、こんなところに缶詰めにされるんですか?」

ここはJR大崎駅にほど近いビジネスホテルだ。フロンテ不動産系列のホテルなので、大抵のことは融通が利く。たとえば、プログラムを盗み出した社員に対する尋問などにも。

「全員を個別に呼んで聞き取り調査をすることになってさ」川上はデスクに肘をついた姿勢で訊いた。座っている椅子は部屋の備品だ。「たまたま、きみが最初になっただけだから。せっかくの機会だし、ラボの様子を聞かせてくれないかな？」

「はあ」日野は不承不承うなずく。

「FTラボのメインコンピューターの中には、どれくらいの情報量がインプットされているのかね？」

「途方もない量です」

「その中には、新画像エンジンのプログラムなんかも入ってるよね？」

日野は髪の毛をしごきながら、「もちろん入ってます。決まってるじゃないですか」と口にした。

ようやく、まともな答えが返ってきた。空きっ腹がこたえているのだろうか。

日野は窓際に置かれたパイプ椅子に座っている。昼過ぎに呼び出して以降、水以外に食べるものは与えていない。

ここは慎重にかからなければ。

「まあ、そう言うな。こうして話をするのも、わたしの仕事なんだから」

フロンテに入社して二十年間、川上はずっと法務部に籍を置いていた。七年前から情報セキュリティーを担当するようになり、いまは社長室リスクマネジメントも兼任する担当部長としてフロンテ全体の情報セキュリティー部門を任されている。

「きみのラボを見せてもらった」川上は続ける。「テレビの試作品が何台もあるし、デジカメやビデオカメラなんかも、ぜんぶ線でつながっていて、足の踏み場もなかった。やっぱり、生産現場だよな」

小さな唇をとがらせ、日野は当然という顔でうなずいた。

川上は持参したモバイルパソコンの電源を入れ、調査結果の収められたファイルをオープンする。先週の金曜日の午後四時から午後六時まで、ＦＴラボのメインコンピューターにアクセスしたログの一覧表だ。

この二時間のあいだに、日野のＩＤによって、新画像エンジンが一度だけダウンロードされている。

「ずばり訊く。Ｑ５。知っているな？」川上は日野を見つめた。

日野は当然といった顔で、「次世代の8Kテレビの映像エンジン。誰でもわかりますよ」と返した。

「では、そいつが収められているメインコンピューターのフォルダーの名前は？」

「PZ1」

「さすがだ」

「からかわないでください。毎日アクセスしているんだから」

「それを知っているのは、きみも含めて高品位テレビ開発室の十二人だけだよな？」

「……のはずですが」

川上は声を低め、日野の顔に見入った。「先週の金曜日の午後四時十五分、きみは自分のワークステーションを使って、Q5のプログラムをすべてダウンロードしたのは認めるか？」

「したんじゃないかな。仕事だから」日野に動揺はない。

「この時間帯、ラボにはきみも含めて三人の技術者がいた。きみの席はふたりの技術者の対面にあり、死角になっているよね」

「だから何なんですか？」

そう言う日野はまだまだ強気だ。

「Q5をダウンロードしてから何をしたの？」

「バイラテラル・フィルタの修正をしたと思いますよ」

「何それ？」

「輪郭線を残しながら、細かな特徴だけを滑らかに表示させるプログラムの高速化ですよ」

　さすがにそれは理解できない。

「けっこう時間がかかりそうだね」

「アルゴリズムは作ってあったから、一時間程度ですみましたけどね」得意げに言う。

「その程度の修正は毎日するの？」

「毎日っていうわけじゃないけど、結構頻繁にしますよ」

　ほかの研究者も同じことを言っていた。

「試作品のテレビはワークステーションにつなげてるから、変更を加えた映像エンジンのプログラムも、すぐテレビに移せるんだよね？」改めて川上は訊いた。

「できますよ。LANケーブルで結んであるだけですけど」

「金曜日も修正した結果を、試作品のテレビで実際に見てみたの？」

「もちろんです。見ないと結果はわかりませんから」

「動作確認のために、デジカメやビデオカメラといった機器もテレビにつなげて見てみる？」

「します。一通り、ぜんぶ付けて見ます」

「それらは、常時接続されている？」

「ビデオデッキ以外は、そのたびに接続します」

「その処理が終わって、きみはいったん自分のワークステーションの電源を落としたよね？　十七時二十二分に。その五分後の十七時二十七分、きみはまたワークステーションの電源を入れている。覚えはあるよな？」

「……そうだったかな」

これまでの言質(げんち)は懐のＩＣレコーダーに録音している。第一段階の告白は得られたと判断し、次のステップに進むことにした。

持参した紙袋の中から、灰色の四角い箱を取り出し、ベッドの上にのせる。「これも常時接続されていない？」

日野の顔から、一瞬血の気が引いたのが見て取れた。

フロンテ製のゲーム機だ。ネット接続して使う簡易なパソコンといってもいい。

やはりセキュリティー部員の推測は当を得ているようだ。

「あ、それは……」

そう答えた日野の語尾は少し硬(かた)くなっていた。

「どうなの？　常時接続されているのかね？」

「接続されていません。その都度つなげます」

「きみはワークステーションの電源を切ってから、社内ネットの接続ケーブルを外した」

川上はそこまで言うと相手の様子を見た。目が縮こまったように点になっている。反論はなかったので、続けることにした。「そのあと、ワークステーションにUSB型の無線LANアダプターを取り付けたな？」

「む、無線LAN……」

「覚えていないのかね？」さらに川上は突っ込む。

「細かなことは覚えてませんよ」憮然とした表情で日野は答えた。

「じゃ、無線LANアダプターをセットしたのは認めるな？」

日野は返事をせず、落ち着かない様子で上体を動かす。

「問題はそれからだ。社内ネットと切り離されたきみのワークステーションの電源を入れてから、無線LANを使って、Q5をこいつにセットされたメモリーカードにダウンロードした」

川上はゲーム機を取り上げて、日野の膝にのせた。

日野は汚物でも押しつけられたように顔を歪めた。ゲーム機を持つ手が小刻みに震え出した。

「そのあと、ふたたびワークステーションの電源を落として、このゲーム機とのネット接続を解除し、無線ＬＡＮアダプターも外した」川上はきっぱりと言った。「そうしてから、何食わぬ顔で社内ネットの接続ケーブルをつないだ。社内ネットと切り離された五分間のあいだにきみがやったことだ。……どうしてそんな真似をした？」

「ぼくが……」と日野は苦渋に満ちた顔をそむけた。

「ほかにいないんだよ」

川上が言うと、必死で考え事をするように日野の目線がちらついた。

日野の額にじんわりと汗が浮かんでいた。

「どうなんだ」川上は語気を荒らげた。「Ｑ５をゲーム機に移したんだろ？」

「そんなこと、するわけないでしょ」日野は席を立ち、激しく反発した。「どうして、そんなことしなきゃいけないんだ」

「落ち着けよ」

川上が呼びかけても、日野は苛立たしげに椅子と壁のあいだを往復する。

「われわれは、きみがＱ５を外部に持ち出したとにらんでいる」

川上が語りかけると、日野の動きが止まった。

呆然とした表情で川上を見つめる。敵意は消え失せ、助けを求めるような顔つきだ。ここで手綱を緩めてはいけない。

川上はゲーム機のマイクロＵＳＢ端子を指した。「ここにきみはケーブルを使って、自分のスマホを接続した。そして、Q5が入っているメモリーカードから、スマホのマイクロSDカードにQ5を転送した。そのあと、ゲーム機のメモリーカード内のQ5を削除した」

日野の表情がみるみる青ざめていく。

反論はなかった。

ワークステーションを社内ネットから切り離したのは、セキュリティー部門に気づかれていると日野自身承知しているが、それから先の、ゲーム機に無線LANを使ってQ5をダウンロードした点まで、なぜわかったのかという疑問が渦巻いているはずだ。

「こいつを設計した技術者に調べさせた」川上はゲーム機に手を当てたまま言った。「きみは、このゲーム機が操作の履歴を時間データとともに、すべて本体内に保存している事実を知らないよな」

啞然とした表情で、日野は川上を見つめ直した。

「ラボの様子は監視カメラで二十四時間撮影されている。そっちも見るか？」川上は問いかけた。

そこにはワークステーションに張り付いている日野の姿が記録されている。午後四時以降五時半まで、机に座ったきりだ。無線LANアダプターを取り付けたり、ゲーム機やスマホを操っている様子がすべて映っているのだ。

「いい」小声で日野は言った。

「ラボから、Q5を持ち出したのを認めるな?」

「あ……」

「認める、認めない、どっちなんだ?」

「そ、それは……」

「持ち出したんだな?」

苦いものを飲み下すように、日野はゆっくりとうなずいた。

退社時に私物のスマートフォンの中身のチェックなどはしていない。そこに収まってしまえば、難なく持ち出せるのだ。

「そのあとはどうした?」

「だから……」

「それをどうした?」

日野は背を向けて窓枠に両手をあてがった。肩が震えていた。

峠を越えたと川上は思った。興奮して自分まで腋の下に汗が伝うのを感じた。

これまで内部情報の窃取疑惑のかかった社員を取り調べたのは数え切れないが、今回ほどの綱渡りをした経験はなかった。

あとは相手の気持ちを解きほぐし、事実を探り当てるまでだ。

「悪いようにはしないから、な」川上は続ける。「プログラムをどうした？　家に持って帰ったんだろ？」

日野はうなずいた。川上はそれから先を訊きたい気持ちで、居ても立ってもいられなかった。急いではならない。相手の気持ちを解きほぐしてからだ。

日野、と呼びかけた。「何か不満でもあったか？」

日野は肩で息をはじめた。当たっているのかもしれない。

「おまえ、今年になって、給料が一千万の大台を超えたじゃないか」

日野は三十五歳になる独身の長男坊主だ。阿佐ヶ谷にある自宅で両親と三人住まいだ。家を新築する計画もないし、会社からの借り入れはゼロ。

しかし、思いもよらないところで、何かに手を出しているのかもしれない。ギャンブルなどに。

「カ、カネなんか」日野の肩が上下に動く。

意外な答えだった。プログラムを外に持ち出したからには、カネと引き替えに他者に譲り渡すつもりとばかり思っていたのだが。たとえば、チムサンのような会社に。

「よその会社から、誘われたか？」

日野は首を横に振った。

「どうした？」川上は訊いた。「プログラムを誰かに渡したのか？」

日野は沈黙した。

開きかけた扉が、また閉じようとしている。少し引かなければ。

「おまえさあ、リストラの候補になんか、これまで一度も挙がったことないぞ」わざとくだけた調子で言った。

「違うって」吐き捨てるように日野が答える。いい感じだ。

「じゃあ、どうして？」

「大学担当を外されて……」

耳を疑った。「大学との共同研究の担当を外されたって？」

日野は肩を落とすようにうなずいた。

この春、テレビ部門の大幅赤字を削減するために、都内の国立大学との共同研究を打ち切ったのは聞いている。それが、どう関係しているのか？

「共同研究は打ち切りになったんだろ？」と川上は口にしてみた。

「その前に外れろって木島さんに言われたんだ」真剣な顔で日野は続ける。「戦力、がた落ちになるから、続けさせてくださいって粘ったのに……だめだった」

「木島がか……」

ＦＴラボの責任者だ。

「単独で技術開発できないのかって、思いっきりみんなの前で罵られて……」日野は大学の名前を口にして続ける。「どうしても、先生たちとやり遂げたかったんですよ。それをあいつ……」

「まあ、落ち着け」

日野は目を細めて、ぼそりとつぶやいた。「取り返してくりゃ、いいんだろ」

いま何と言った？　取り返す？　ではもう、他人の手に渡ってしまったのか？

訊き返そうとしたとき、日野の体が宙に浮いた。ベッドを踏みつけ、目の前を横切った。驚いて手をかけようとしたが間に合わなかった。

ついて行けず、椅子から転がり落ちた。ほうほうの体で体を起こし、前を見やるとちょうどドアが閉まったところだった。日野は姿を消していた。

外で監視していた男性部員の声が聞こえる。

追いかける足音が伝わってきた。

川上は脱兎のごとく部屋をあとにした。

エレベーター前で待機していた別の男性部員が、泡を食った顔で駆けつけて来た。

「あっち、あっち」と非常口を指す。

振り返ると、部屋の前で待機していた部員が非常口のドアから、外へ出て行くのが見えた。

エレベーターで先に下りて、下から挟み撃ちにしろと命令し、川上は非常口に向かって駆け出した。
二十メートルほどの廊下を走りきる。ドアに取りついた。
開けると、階段を下りていく足音が響いてきた。
下を見ている余裕もなく、階段を駆け下りる。
手すりにつかまりながら、時折りちらちらと首を出して下を窺った。
日野はすでに四階分ほど下に降りていた。
追いかける部員は、そこから三階分も離れている。何という鈍足。
下るスピードを上げた。前を行く部員に追いつく。
コンクリートを蹴るような音が聞こえた。
やつはもう、下に着いたのだ。
階段の手すりから身を乗り出した。
建物との狭いすき間を走り抜ける日野の後ろ姿が見える。
ちょうど向こうから、下で待ち構えていた部員がやってきた。
日野はスピードを落とさないまま、猛烈な勢いで部員にぶつかった。
ふたりして倒れ込む。起き上がってきたのは日野だった。
そのまま走り抜き、ホテルの前の暗がりに姿が消えるのを見守るしかなかった。

6

石神井（しゃくじい）にある加納昭次（かのうしょうじ）教授宅を宮下が辞（じ）したのは、午後九時を回っていた。玄関前のアプローチを抜け、門扉（もんぴ）を出たところで、小さくガッツポーズを決めた。

……明日の午前にも新しい８Ｋプログラムによる映像を見ることができる。

思いもよらない展開がいまだに信じられない。あとは明日の朝一番で、８Ｋプログラムを手に入れるだけだ。問題がないことはないが、それは大事（だいじ）の前の小事（しょうじ）だ。何とかなるだろう。きっとできる――。

足取りが軽かった。身も心も浮き立っている。闇（やみ）が粘り気を持ったように暖かい。夜道も苦にならなかった。

懐の携帯が鳴っていた。しばらく放っておいた。ここ一時間のあいだに、二、三度かかってきていたが、加納との話が重要なので無視していたのだ。

鳴り止まないので取り出してみた。モニターに西沢（にしざわ）の名前が浮かんでいる。

もう、感づかれた？

技術者のヘッドハンティングを担当する、人材派遣会社の男だ。

まさかと思いながら、オンボタンを押す。

「……妙高のほうは、いかがでした？」

その話かと力が脱けた。

一週間前に電話があったとき、妙高行きを洩らしていたのだ。

「けっこう集まったよ」と口にした。

「落合さんや秋田さんも？」

ふたりとも元フロンテの技術者だ。リストラに遭って早期退職を余儀なくされているのだ。

「ああ、来てた」

妙高には学生時代の先輩の別荘がある。電気関係の会社で取締役まで登りつめた人物で、ここ一年のあいだに何度かお呼びがかかった。会社を辞めた技術者も何人か来ていて、再就職が話題の中心になるのだ。

「何か、いいお話は出ましたか？」

「期待して行ったんだけど、このご時世でしょ。そうそうないよ」

「新光のほうはいかがです？　一度、担当者とお会いになってみては？」

新光は台湾の家電メーカーだ。今年に入って台湾に来ないかと誘いを受けているが、なかなか会う気にはなれないでいた。話していて、ふと、その考えが芽生えた。

「エコー電子はどう？」

「えっ？」

「どうかした？」

「宮下さんのほうからエコーの名前が出るとは思わなかったので、ちょっと驚きました」

宮下がエコー電子と同じ韓国企業のチムサンで働いていたのを、気遣っているのだ。

「もう三年になるから、どうかなと思って」宮下は言う。

「さすがですね。切り替えるのも、ひとつの手かもしれません」

「そんなとこだよ」

「了解しました。さっそく手配しましょう」

「早いほうがいいな」

「うまくいくことを祈ります」

「そうだね」

じゃ頼む、と言って電話を切った。酸っぱいような気分だった。

またひとつ、ステップが上がるのを感じる。

赤羽に着いたのは十時ちょっと前。居酒屋が連なる十番街は、まだ宵の口のようで、そこかしこに酔客が千鳥足でたむろしていた。

知らぬ間に吉岡の姿を探していた。吉岡が泊まっているカプセルホテルは、いま渡ってきた通りの反対側にある。パブやキャバクラがひしめきあうピンク街だ。パチンコ店もある。あいつ、いまごろ何をしているのだろう。マイクロSDカードは大丈夫なのか……。

結局、後戻りせず、足は水姫に向いていた。人通りが少なくなったあたりで、吉岡の携帯に電話を入れてみたが出なかった。留守番電話に、夜遅くなってもいいから、うちに来いよ、と吹き込んでおく。

きょうの水姫の客の入りはどうだろう。それほどでもなければ、早めに閉店させるのも手だ。懸案事項は早めに片づけて、明日を待たなくてはならない。

そう思いながら、水姫の入ったバービルの階段に足をかけた。

7

見下ろす通りに、セダンが停まっている。通りの左手は山手線の鶯谷駅の北口。駅と反対の言問(こととい)通りに頭を向けているのだ。運転席に男がひとり。セダンの鼻先には鶯谷駅前交番がある。

午後十時五分。疋田と小宮がこのファストフード店に入って以来、同じ場所にいる。本来ならタクシーが停まっている場所だ。韓国人の白タクに間違いないだろう。駅周辺のラブホテルで客を取り、売春をする韓国人女(アガシ)たちが送迎に使うのだ。交番に警官の姿はない。

夕刊紙をまとめ買いしてきた小宮が、そのうちの一枚を広げて言った。「載ってますよ」

渡された紙面に、疋田らによる赤羽の逮捕劇のベタ記事が載っていた。ソンエの手配写真をまわした所轄の警官らも注意喚起を促されたにちがいない。

「職務質問、かけてみますか？」小宮がセダンに目を戻して言った。

「もう少し経ったらな」疋田は答える。「そうだな、あと五分」

「じゃ、これを飲み終えたら」と小宮は二杯目のコーヒーを口に持っていく。

ソンエの姉が住む赤羽のマンションの張り込み拠点を訪ねてから、ここに来た。ソンエがデリヘルをしていた場所だ。駅近くの目立つところにソンエが来るとは思えないが、とりあえずは、ここを足がかりにするしかない。

「下谷警察署に応援要請、入れましたか？」小宮に訊かれた。

「いや、まだ。下手に動かれたら、かえってまずい」

「そうですね。このあたりは聖地だから」

鶯谷一帯は警視庁による売春の取り締まりがほとんどない。ネットや紹介所を通して、女遊び好きの男たちは、安心してここから半径二百メートル圏内にあるラブホテルで待機する。そこで韓国人の売春婦は、嫌な顔ひとつせず与えられた数十分を男に尽くすのだ。

「ラブホを虱潰しにしてもだめだ。やるなら、女たちの住んでいるアジトを急襲しないと」

春を売る韓国人女性たちは、この近くのマンションやアパートにまとまって住んでいる。ほとんどが九十日滞在のビザなし来日だ。仕事以外に出歩くことはめったにない。

「ソンエは水姫に勤めながら、ここで働いていたと思いませんか？」

「かもしれない」

ソンエがビザなしで来日したのは、去年の十月。早々に水姫に勤め出し、その後、リップス66に流れついた。

「どうして彼女、水姫をやめさせられたのかしら」ぽつりと小宮は洩らした。

「リップス66と似たようなことをしたんじゃないか」

「店の子を売春に誘った？」

「本人だけが客を取った可能性もあるけど、ほかに伝染したらまずいからな」

「そうですね。水姫で働いている韓国人の女の子たちの中には、学生ビザで来日している子もいるし」

学生ビザで滞在している学生がバーに勤めること自体、風営法違反になる。それに加えて従業員の売春容疑が加われば、店をやっていられなくなる。水姫のママも、それを見越して妹を切り捨てたのだろうか。

携帯が震えた。ソンエの姉のマンションを張り込んでいる末松からだ。

「いま大丈夫ですか？」

「いいですよ、何かあった?」

「五分ほど前、ファジョンの亭主が帰ってきました」

「たしか宮下とか言ったよね? 昨夜もいなかった?」

「ええ、宮下昌義。どこか遊びにでも行っていたんでしょう」

「女房に稼がせて、良い身分なのかな」

ふたりが知り合った経緯(いきさつ)は知らないが、以前、旦那のことを五十代中頃だとファジョンは言っていた。職業は何なのだろう。年のいったヒモとも思えないが。

「ひとつ、気になることがあります」末松は言った。「マンションの前を同じクルマが何度も通っているんですよ。一度目は疋田係長がこっちに来る前、そのあと、いまから十五分前にも。川崎ナンバーのカムリです」

「川崎ナンバー? 車両照会は?」

「しました。所有者は川崎の鶴見区にある法人です。最初はマンションの前まで来て徐行して。そのあとは、同じ場所で停まってから走り出していって。二度とも、先にある角を左に曲がっています」

狭い通りだ。ファジョンが住んでいるマンションの向かいは普通の民家だ。カムリはマンションに用があって停まったと見ていいかもしれない。

「ソンエが乗っていた様子はある?」

「人物は特定できませんが、複数の男が乗っていました」

「了解。また何かあったら報告願います」

電話を切るのを待っていたように小宮が席を立った。

「さあ、行きましょう」

つられて疋田も立ち上がり、店をあとにする。

「おれが乗るから、マコはそこに」と疋田は街路灯が黄色い光を投げかける路地を指した。

通りを渡り、歩道側からセダンの後部座席の窓を叩いた。

運転席の男が振り返ると同時に、ドアを開けて後部座席に乗り込む。

「あっ、何」と運転手の男は言葉を詰まらせた。

髪が短い。四十代後半だろう。

「紹介所へ行ったんだけどさ。いい子が見つからなくて」わざとらしく疋田は口にする。

男の顔に浮き出た警戒心がさらに強くなる。

客は売春を商売にする韓国人の女しかいない。それなのに、男が乗り込み、脅しまがいの言葉を吐きかけられたのだ。

「あー、ちょっと申し訳ないですね。ほかの人を待っているのですよ」と顔をそむける。

少し引っかかりのある日本語だ。在日だろう。

「タクシーやってるんだろ」疋田は言葉を荒らげる。「免許見せなさいよ」

「ですから、人を待ってると言ったでしょう。降りてください」

男の肩を摑み、こちらに顔を向けさせた。「白タクの摘発に来たんじゃない。急いでいる。話を聞くか？」

疋田が警察手帳を差し出すと、運転手は頰のあたりを引きつらせて、ゆっくりと頭を回した。

「どうなんだ？」

男は小さくうなずいた。「……はい」

「見ろ」

疋田が差し出したソンエのカラー写真に運転手は目を落とした。

五秒近く見てから、困り顔で疋田の顔を見て首を横に振る。

「明かりをつけて、もう一度見てみろよ」疋田は写真を男に与えた。

言われるままに運転手は室内灯をつけて、写真をかざした。

じっくりと見てから、また首を横に振る。表情に陰りが差した。

「すみません。見たことありません」

不意にトランクをバンと叩く音がして振り向いた。必死の形相をした小宮がこちらを覗き込んでいた。

目が合うと小宮は背を向け、駅方向に走り出した。

疋田は運転手から写真を取り上げ、クルマから飛び出て、あとを追いかけた。

小宮が一度だけ振り返り、腕を前に突き出した。

十メートル先だ。長髪の女が駅に向かって走っている。

――ソンエか？

ショルダーバッグを斜めがけにして、小宮は食らいついている。

シャッターの下りた銀行の前を通り過ぎ、北口前の広場に走り込んだ。ローヒールのパンプスの音を立てて右に曲がり、たちまち見えなくなった。

数秒遅れで広場に入った。明かりが灯ったドラッグストアの左手だ。

ラブホテルが連なる狭い路地に入った小宮の後ろ姿があった。

左の土手の上は線路だ。疋田も路地に飛び込んだ。

ラブホテルのネオンサインが、前を走るふたりの女を照らしていた。

五十メートルほどの路地だ。土手の上の線路に電車が走り込んでくる。けたたましい音とともに、電車から漏れる明かりが交錯した。

もう、ふたりは見えなくなっていた。

路地を駆け抜ける。

突き当たりのラブホテルを右に曲がった。小宮の背中が見えた。

それはすぐ左手のクランクに消えた。追従する。

小宮とその前を走る女の姿をとらえた。

女の勢いは止まらなかった。三十メートルほど先だ。

黒のフラットシューズに黒靴下。緑のスカートに紺のプリントスウェット。

宵闇に溶け込んでしまいそうな地味な服だ。

疋田は息を吸い、路面を蹴って加速した。

二軒目のラブホテルの手前まで、息をつかずに走った。小宮に追いつく。

そのまま追い越した。女との距離が縮まってくる。

うねうねと続く路地を駆けた。

ちらちらと生白い顔がこちらを振り向く。肩まで伸びたセミロングの髪が乱れる。あと五歩。小刻みに吐く女の息が耳につく。小ぶりな背中に手がかかる。

急に左右が開けた。女が広がった道を右に寄ったので、摑みそこねた。女はたたらを踏んで、屋外駐車場の柵に絡まるように止まった。ブレーキをかけて女の前に立ちふさがる。

肩で激しく息をしている。手提げバッグを握り、いまにも吐きそうな感じでうつむいている。顔が見えない。走り出す気はないようだ。

疋田は太ももが、ぱんぱんに張っていた。ここで逃げられたら、もう追いつけないかもしれない。苦しかった。

　小宮が追いついてきた。女の横から顔を覗き込んでいる。

「この子、この子ですよ」小宮は息を継ぎながら、女の背中に手をやり、顔を見せるように促した。

　身長は百五十五センチほど。細めだ。

「ほら」小宮は疋田の顔をちらちら眺める。「リップス66で」

　長くて黒い髪が鼻までかかっていて、うまく顔が見えない。

　太めの眉だ。大きめの腫れぼったい目で、思いつめたように線路の土手を見ている。目線を合わせない。若い。二十一、二か。

　思い出した。先週の張り込みのとき、キム・ソンエとリップス66から出てきて、夜食をともにした女だ。韓国語で会話していた。

　しかしこの女が、どうして鶯谷に？　もしかして、韓デリ？

「何で逃げたの？」小宮がスカートの腰元を摑んで声をかける。まだ息が荒い。

「そんな、してないです」消え入りそうな女の声だ。

　小宮は警察手帳を掲げ、「身分証持ってる？」と問いつめる。

「あ、はい」女は手帳を見つめたまま、ピンク色の手提げバッグから、財布を取り出した。中にあるカードを小宮に預ける。数秒見ただけで、それを疋田に寄こした。

在留カードだ。氏名は白美永。二十二歳。国籍は韓国だ。住居地は練馬区の桜台。在留資格は留学で、在留期間は来年の十二月までである。

「あなた、どこへ行くの？」もう一度小宮が訊いた。

ミヨンは依然として目を合わせないまま「友だちのところに」とつぶやく。

「友だちって韓国の人？」

ミヨンは首を横に振る。

「学校はどこなの」

ミヨンは息を継ぎながら、埼玉の川越にある私立大学の名前を口にした。

「じゃあ、その人のところに一緒に行こうか？」小宮が言うと、血行がとまったような真っ青な顔になった。

「まあ、そう急かすなって」

疋田がなだめ役に回ると、曇っていた眉のあたりが緩んだ。

「このあたりは韓デリが流行ってるだろ？　知ってる？」疋田は訊いた。

「あ……知っています」とミヨンが声にする。

「こんな時間に韓国の学生さんが来る場所じゃないぞ」

「場合によっては、あなたのことを調べないといけないから」小宮がつけ足す。

おそらく、韓デリに働きに来ていたのだろう。客を取った帰りかもしれない。

どちらにしても、調べればわかる。売春が露見してしまえば、罰金刑の上に即刻、強制送還になり再来日は望めなくなる。そのあたりは充分にわかりきっている顔だ。

疋田は懐からソンエの写真を取り出して、女の眼前にかざした。「この子、知ってるな？」

写真を見つめるミヨンの視線が動かない。認めているのだ。

「彼女を捜しているの」小宮が言う。「急がないと、もっと悪い立場に追い込まれてしまうのよ。わかるわよね？　あなただったら」

ペク・ミヨンは困り切った顔で小宮を仰ぎ見た。

8

大理石の床に深々としたペルシャ絨毯が敷かれている。広い客間だ。落ち着いたルームライトが、アンティーク調に統一された部屋の隅々まで柔らかい灯を落としている。午後十時を回っていた。

三人掛けのソファの窓側に髪をきちんと整えた男が、背筋を伸ばして座っていた。チムサン電子副社長の崔英大だ。ブリオーニの濃紺のスーツに水色の光沢を放つネクタイ。全体的に直線的なものを感じさせる。完全に仕事モードだ。

ドアの前で大河原は丁寧(ていねい)にお辞儀する。崔は軽くうなずいただけだ。

頭を低くして部屋を横切り、窓を背にしてひとり掛けの椅子に尻を乗せる。

左斜め前にいる崔とのあいだは一メートルもなく、文字通り膝を合わせる近さだ。

テーブルに置かれたコーヒーカップに手はつけられていない。

遠慮がちに大河原は秘書室長の名前を口にしてみた。

愚か者めと言わんばかりに、メガネの奥にある副社長の黒目は光っただけだ。大急ぎで追いかけてくるに決まっている。

大河原の問いを無視するように、「見つかったのか?」崔は日本語で言った。ただその一言だけを発するために、韓国から飛んできたような口ぶりだ。

大河原は緊張のあまり、即答できなかった。

「いえ、プログラムそのものはまだ見つかっておりません」ようやくそれだけ言った。

「だめか?」一センチも体を動かさず、問い返される。

「行方につきましては目処(めど)が立っています」

言葉を待つ気配が感じられ、大河原は８Ｋプログラムを横取りした警備員の所在が摑めそうだと話した。

「赤羽にいるのか?」崔は言った。

「そう思われます。五年前、わたしと一緒にチムサンに入った宮下昌義という男をご記憶でしょうか？」

崔は軽くうなずいた。「うちではテレビ事業部の技術開発部長、前身のフロンテでは技術主幹技師」

「……その男です」

自分とともに、世界トップシェアを取ったチムサン製ハイビジョンテレビの製作を担った男だ。それにしても、一従業員の肩書きまで正確に覚えているとは。

「たしか三年前」崔は続ける。「テレビ事業部のリストラで辞めた男だったな」

ひやりとするものが首筋に伝う。

そのときの真相をどこまで知らされているか……。

「そうです。本社人事部の指令に逆らえませんでした。彼を連れてきたわたしも、断腸の思いで彼のリストラに同意しました」

宮下がチムサンにいたときに結婚した韓国人女性を連れて、日本に帰国したことや宮下と警備員の交友関係について説明する。

崔はソファの肘掛けに手を乗せたまま、カーテンの側を向いた。「その宮下を見張っていれば警備員がやってくるのか？」

「……そのはずです」

「警備員がエコー電子と接触した形跡はあるか？」

くせのない聞き取りやすい日本語だ。良家育ちを感じさせる風貌。父親と同じように東京の私立大学を経て、アメリカのハーバード大学に留学している。

「ありません。エコーは動いておりませんから」

エコー電子は韓国でチムサングループに次ぐ総合家電メーカーで、製造品目の多くがチムサンと重なるライバル企業だ。

崔は背広のポケットから黒いものを取り出し、放って寄こした。

足元に落ちたそれを、慌てて摑み取る。

中国製スマートフォンだ。タップすると韓国語のアプリが現れた。

「今年の第4四半期の業績結果が出た」崔は冷たい表情で言った。「そいつに食われている」

去年あたりから、中国の新興メーカーが作る低価格機種が売れ出した。

「と言いますと？」

「世界シェアでうちは二十三パーセントまで落ち込んだ。代わって、中国製は一気に十パーセント台に跳ね上がった」

大河原は驚いた。今年の前半、世界のスマートフォン市場におけるチムサンのシェアは三十パーセント台をキープしていたのだ。

「中国だけじゃない。台湾、インド、ベトナム……うちの価格帯から、三割引きの値段で売りまくっている。下手をするとうちより高性能だ」

　中国や台湾には外資がスマホの製造を委託してきた。その気になれば自前でスマホを作る土壌があった。それをバネにして新興国向けの低価格帯で、一気に攻勢をかけてきているのだ。

「携帯電話部門の利益は、二兆ウォン（約二千億円）を切った」崔は殺気立った顔で続ける。「とても親父(オヤジ)には報告できない」

　チムサンは韓国全体のGNPの二割を稼ぎ出す。携帯電話部門はそのチムサンの屋台骨を支える中核事業だ。それに陰りが見えては全体の士気にも関わる。

　崔英大が危機感を抱いて当然だ。

　チムサン電子を筆頭にするチムサングループを、一代で世界有数の大企業に育て上げた英大の父親の崔哲永(チェチョリョン)は七十六歳。この七月、脳梗塞(のうこうそく)で倒れて以来、寝たきりの入院生活を余儀なくされている。この二十年間、ずっと会長職にあり、会社を引っ張ってきたが、その大黒柱が倒れてチムサングループの舵取(かじと)りは不在の状態だ。

　哲永には、今年四十四歳になる英大のほかにふたりの娘がいる。ふたりともグループ企業の社長に就いている。なかでも黒服こと、人前では黒い服しか着ない四十五歳になる長女の賢玉(ヒョンオク)は、父親似で経営手腕に優れている。

　それにひきかえ、英大の功績は負の面ばかりが目につく。英大の肝(きも)いりでこれまで五十社近いベンチャー企業が産声（うぶごえ）を上げた。だが、それらは何ひとつ成功した例（ためし）がなく、チムサンの暗黒史としてひそかに語り継がれているのだ。

英大はやおら立ち上がり、窓のカーテンを裂（さ）くように引いた。

大河原もそのうしろについた。華やかな銀座（ぎんざ）のネオン街が眼下に映り込む。

ここは英大が定宿にしているホテルのひとつだ。昨夜来から、横浜研究所は日本の公安の監視が厳しくなっているとの報告があり、研究所には寄らず、直接ホテルにチェックインしたのだ。

「医療も発電も電池も、親父が言い出したのは、みなだめだ」他人事（ひとごと）のように英大は口にした。

医療分野をはじめとして、太陽光発電や自動車用バッテリー分野への進出は、父親の哲永が決めた路線だが、まったく進んでいない。

どれも長期間の研究開発が必要なものばかりで、他社製品をコピーして、安く売りつけるという現在のチムサンの社風では成功はおぼつかない。

「親父は誰を指名するのかな」ぽつりと英大はつぶやく。

病床に倒れている父親が復帰する見込みはゼロに近い。今年中にも後継者を指名するのではないかとの噂が流れているのだ。

「それは……副社長に」とだけ大河原は口にした。

男系社会の韓国では、長男が会社を引き継ぐのが習わしだ。しかし、お国柄だけでここまで巨大になった企業の後継者を決めるのは危険が伴う。外国企業並みにシビアな人選が求められているのだ。

「大河原」英大に名前で呼ばれた。「８Ｋテレビしかない」

冷たいが断固とした響きがある。

英大の背中に向かって深々とお辞儀をしながら、「……わかっております」と大河原は答えた。

「そのＱ５は、変換ができるんだろうな？」

ハイビジョン映像、さらにはその四倍の画素数のある４Ｋ映像を８Ｋ用に変換できるかと英大は訊いているのだ。チムサンはその肝心な技術を持っていない。

「フロンテ社内の評価が出ています。それによりますと、完璧に変換できるようです」

英大が息を呑むのがわかった。喉から手が出るほど、その技術を必要としているのだ。

「世の中は４Ｋ全盛だが、八十五インチの大画面になれば４Ｋでは物足りん。いずれ、すべてのテレビは８Ｋに置き換わる。そのときまで、手をこまねいて見ているわけにはいかない。まだまだ伸びる。いや、爆発する」

「仰る通りです。いまでこそ、各社横並びですが、来年あたりは二百万台まで伸びる可能性があります」

英大は足を広げ腰に手を当てる。「日本が……いや、フロンテが息を吹き返す前に、徹底的に市場を摑みにいく」

チムサン電子は世界における薄型テレビの市場でトップシェアを誇っている。それに続くのが同じ韓国のエコー電子だ。両社を合わせて世界市場の四割を握っている。しかし、携帯電話市場と同じように、中国や台湾の追い上げが激しい。フロンテをはじめとする日本メーカーも復活しつつある。そんな中で次世代を牽引するのが8Kテレビだ。

「日本や中国のやつらの好きにはさせない」ふたたび英大が言った。「まだ戦いははじまったばかりだ」

「そうです。来年が鍵です」

英大がふりむいた。「大河原、できるな?」

「むろんです」と答えるしかなかった。

チムサン電子の薄型テレビをここまで育て上げたのは、大河原にほかならないからだ。

……宮下の手柄もあるが。

テレビの設計図を引くことからはじまり、工場のラインを構築し、生産の技術指導も抜かりなく行った。そのベースには、大河原がかつて勤めていたフロンテから、大量に技術者を引き抜いたことがあげられる。例えば、宮下正義のような。

大河原自身も、目の前にいる英大から直接声をかけられ、移籍を決意したのだ。

そして、来たるべき8Kテレビの市場奪還こそ、英大がチムサンの後継者になるための絶対条件だ。同時に大河原が生き延びるための至上命令でもある。

「フロンテも必死だぞ。連中にとっては、8Kテレビ市場が最後の命綱になる」

今年はじめて無配に転落したフロンテが、その力を結集して世界シェアの奪還を目指しているのだ。

「昨日、医者から報告が上がった。親父はもってひと月だそうだ」英大は言った。「姉さんとおれは、明後日、親父の病室を訪ねることになっている。その席で跡取りの指名がなされるはずだ」

「明後日ですか……」

「わかるな」英大は大河原の目を覗き込んだ。「その席で、Q5を見せつけなければいけない」

後継者の指名争いに、何としてでも勝つつもりでいる。そのためには、どうしてもQ5がいると英大は言いたいのだ。

「は……心得ました」

「頼むぞ」

たった一日で、できるだろうか。

いや、ここは何としてでもQ5を我が物にする。そうしなければ、英大にも自分にも未来はないではないか。

9

その痩せた男は六メートル道路の端に立ち、民家の軒先から斜向かいにあるキム・ファジョンのマンションを見上げていた。作業ズボンの上に半袖シャツ。望遠鏡では表情まで読み取れないが、かれこれ同じ場所に十分近くいる。

もう一度、末松は腕時計に目を当てた。午後十時十分。盛り場から離れた住宅街の只中に建つマンションの前の人通りは絶えている。だからよけい目立つ。

「見せてくれますか？」

一緒に張り込みをしている野々山に言われて、場所を交代する。

そのあいだに、ハムサンドを口に頬ばり、ウーロン茶で胃に流し込む。

ほんの十五分前、キム・ファジョンは男と連れだってマンションに帰って来た。様子からして、夫のように見えた。ふたりがマンションの中に入り、しばらくして、いまの男が姿を見せたのだ。

ここは中華料理店の二階だからトイレの心配はない。安心して水分を取ることができるのが利点だ。ズボンのポケットの膨らみに手が入りかかる。競輪ニュースがおさまっている。このところ、車券のほうはさっぱりだった。閃きもなく狙いもつい無茶になる。

それにしても、あの川崎ナンバーのクルマは、何を目的にマンション前を何度も流していたのだろう。そういえば、川崎競輪にしても長いこと足を向けていない。このヤマが終わったら、まず行くべきはそこかもしれない。

「職務質問かけてみますか？」

長細い望遠鏡を覗き込みながら、野々山が言う。

「何で？」末松は訊いた。

「夕方まで張っていた小宮さんが言ってたじゃないですか」

「昼過ぎに水姫の前に座っていた男か……」

ファジョンとともに、店に入っていったはずだ。四時過ぎには、例の川崎ナンバーのクルマから降りた男も、水姫に足を踏み入れている。

末松は窓から外を窺う。男は同じ場所にいる。

「キム・ソンエと何か関係でもあるのかな……」ふたたび末松は言った。

「見当つきませんが、昨日のきょうですからね」

「行ってみるか」

深夜に近い時間帯に、あのような場所に立っていること自体怪しい。

野々山とともに拠点を出る。

対象者まで百メートル足らず。ふたり固まっていては目立つので、野々山を先に行かせた。静かな住宅街だ。目立たないように路側帯の内側を歩く。

マンション手前の四辻に達する。隅切りされた広い四つ角だ。三つ目の建物の前。古びた民家の板塀の前で、相変わらず男は佇んでいる。

黒いものがさっと脇を通り過ぎた。気がつかなかった。黒のミニバンだ。電気走行している。かすかなロードノイズを残して、四辻を通過していく。

胸騒ぎを覚えた。野々山はファジョンのマンション手前まで近づいている。早足に四つ角を通り抜ける。

野々山を追い越したミニバンがふいに停止した。民家の前だ。

スライドドアが引かれる音がして、男が飛び降りた。続けてふたり。板塀の前にいる男を三人が取り囲む。

「何だ」

小競り合いする音が聞こえた。声は佇んでいた男が発した。

野々山が駆け出した。末松もそれに倣った。

「待て待て――」

野々山の甲高い声が響いた。

男たちはひとかたまりになって、ミニバンに乗り込んだ。ドアが音を立てて閉まる。

追いついた野々山が、ミニバンの側面に取りついた。両手をガラス窓にあてて、思うさまに叩く。それを引き剝がすように、ミニバンが動いた。ライトが消される。

ミニバンが加速する。振り払われた野々山はなおも後部に取りつくように走り出した。またたく間にミニバンは野々山を振り切る。末松もようやく野々山に追いついた。

野々山とともに、道路を走った。黒い車体が見る間に遠のいていく。

五十メートルほどの差がみるみる開いた。

あきらめずに走る野々山をおいて、末松は立ち止まった。息が切れた。

一番街方面へミニバンは走り去っていった。

うしろを振り返る。民家の軒先から男は消えていた。

ミニバンに連れ去られたのか？

いま自分たちが目撃したものは、拉致行為だったのか？

息を切らして野々山が戻ってきた。ファジョンの住むマンションを見上げながら、「きっと水姫のママに用があったんですよ」と憚ることもなく言った。

あながち間違っているとも思えず、末松も同じ場所を見上げた。

「踏み込みますか？」興奮が冷め切らないように野々山が言う。

「どこへだよ」落ち着かせるように末松は答える。「いまのクルマ、ナンバーは見たか？」

「全部ではないですが」

ミニバンはあえてライトを消した。こちらの正体がわかっていたかのように。

これをどう解釈すればいいのか。

消えた男は児童福祉法違反容疑のかかっているキム・ソンエと関わりがあるのか？　あるとしたら、なぜ拉致までする必要があるのか？　あの男はどこの誰なのか？　拉致した連中はいったい何者なのか？

いますぐファジョンと会い、男について問い質したかった。

しかし、自分らの判断だけでそれはできない。

疋田係長は何か別の情報を持っているだろうか。とにかく報告しなければ。

末松は懐の携帯を取り出し、疋田の携帯に電話をかけた。

疋田係長はすぐ出た。「そっちはどうですか？」

末松はたったいま、マンション前で起きた奇妙な拉致について話した。

「それって、キム・ソンエに関係あるの？」

「まったくわかりません、ただ……」

「その件は課長に報告して、すぐこっち来てくれ」疋田が遮るように言った。「人手がいる。大至急、頼みたい」

いつになく、せかせかした感じだ。

「ソンエの潜伏先がわかりそうだ」疋田は続ける。「鶯谷にいる。こっちに向かってくれ」

ただならぬ気配を感じる。やはり、ソンエは韓デリの盛んな土地に紛(まぎ)れ込んでいるようだ。そこに行けば何とかなるだろうと思っているかのように。

「令状請求は？」

「マコを走らせている」

東京地裁まで、令状請求に出向いているのだ。

「了解しました。ただちに向かいます」

末松は電話を切ると野々山を呼んだ。

10

腹が空いていた。から揚げチキンを海苔(のり)で巻いたコリアンロールをつまむ。宮下はまだ湯船に浸(つ)かっている。ふだんなら、体を洗うだけですぐに出てくるのに、今晩の宮下の様子は違っていた。乱れた髪で店に押しかけてきて、閉店してくれと言われた。ふたりいた客に帰ってもらい、女の子たちも仕事を上がらせて店を閉めた。

マンションに戻って来るなり、宮下はそそくさと風呂(ふろ)を使った。ファジョンから見ても、気が沸き立っているのがわかった。

風呂から上がった宮下は、パジャマに着替え、タオルで髪を拭(ふ)きながら、興奮を静めるように冷蔵庫から缶ビールを取り出して一気飲みする。寝る前にアルコールなど飲んだ例もないのに奇妙だ。

腰に手を当てた姿勢で窓際に立ち、精気でかがやくような顔で外に目を向けている。そうかと思うと、去年買った4Kテレビをつけて、録画してあった4Kの試験放送をかじりつくように見ている。

妙高で何か、いい話でも聞いてきたのだろうか。

昼過ぎに訪ねてきた吉岡という男の名前を宮下に出してみる。

ようやく宮下はファジョンを振り返った。「会って来たぞ」

どこで会ったのだろう。赤羽に帰ってきてからだろうか。夕方には赤羽に着いていたはずなのに、こんな遅くまでなにをしていたのだろう。

「……どこの人？」ファジョンは訊いてみる。

「横浜研究所のガードマン」

「横浜研究所？　チムサンの？」

そんな人に何の用があるというのだろう。

宮下はまた笑みを浮かべた。

「けっこう世話になったやつでさ」

「その人が来てから少したって、韓国人が来たわよ」

「韓国人？　名前は？」

「知らない。吉岡さんが来たかどうかって訊かれたわ」

宮下の顔から笑みが消え、こわばった。

「何て言ってた？」

「それだけ」ファジョンは続ける。「でもその人、ちょっと変だった。きっと元警官か何かだと思う」

「韓国の警官？」

「わたしが言うんだから、それしかないでしょ」

ファジョンは昼過ぎから、続けてふたりの男がやって来たことや話の中身を伝えた。それから恐らく水回りの業者の忘れ物だが、どちらかの男がガムテープを使ったかもしれないと付け加えた。見当がつかないようで、宮下の顔から興味が引いていくのがわかった。

それでも、一時の興奮を下げる効果があったようだ。

「元警官の人、あなたじゃなくて、吉岡さんに興味があったみたいよ」ファジョンは言う。

宮下はしきりと頭を使う様子で、押し黙った。

思い当たる節があるようだ。どことなく不安がよぎる。

それを打ち消すように、「妙高は楽しかったんでしょ？」と目の前に座った宮下に声をかける。

「ぼちぼちだな」言いながら二本目の缶ビールに口をつける。神妙な顔でファジョンの顔を覗き込んだ。「頼みたいことができたんだ」

子どもがねだるような顔で言われて、おかしさがこみ上げてくる。

こんな顔を見せるのははじめてだった。結婚を申し込まれたときも、一緒に日本に来てくれと言われたときも、こんな顔は見せなかった。

「ちょっとカネがいる」唐突に宮下の口から洩れた。

「カネ？　いくらぐらい？」

宮下は指を三本立てた。

「三百万円？」

言うと宮下は真剣な表情でうなずいた。

「……どうするの？」

日本に来て作った口座には四百万円近いカネがある。この二年間、そこそこに店は繁(はん)盛(じょう)して少しずつ貯めたのだ。

「貸してくれないか？」思いつめた表情で宮下は言う。「すぐに返せると思うから」

当座に必要とするカネはない。

「いいけど……でも何に使うの？」

「ちょっとしたことにさ」と言うと、また嬉しさがこみ上げて来たように、宮下の頬が緩んだ。

見当がつかなかったが、嬉々とした表情を見せられて、悪い話にも思えなかった。

宮下はこのマンションを買い、店を持たせてくれた。日本と韓国で稼いだカネはそれで一旦底をついている。

ソウルのルームサロンではじめて出会った晩。チムサンの幹部に連れられてやって来た四人の日本人の中に宮下がいた。高級バーは苦手だと宮下は言った。四人のうちのふたりは、まだ日本企業に籍を置いていて、チムサン入りを決めかねている。その説得を命令されて、仕方なくついてきたという。

日に焼けた顔と少しだけ白髪の交じった髪を横に流し、まっすぐ伸びた眉をしていた。どこか子どもっぽさを残す二重の大きな目が印象的だった。

仕事の延長という感じで、楽しんでいる余裕はなかった。彼らにはチムサン入りをすすめず、薄い水割りを舐めていただけだった。ほかの三人は女の子を持ち帰りしたのに、宮下は固辞して店を去った。

名刺すら渡してもらえず、その晩、同席した女の子経由で自宅の電話番号を聞き出したのだ。どうだろうかと思いながら電話をしてみると、会ってもいいと言う。流暢に日本語を操る自分が気に入ってもらえたのかもしれない。

週末、清渓川(チョンゲチョン)沿いをふたりで歩いた。その日はちょうど五十歳の誕生日だと宮下は言った。結婚の経験はあるが子どもはいなかった。フロンテを去った経緯はこれまで聞いたことがない。

宮下は頭の中で何かの算段に夢中だ。女遊びもしなければ、これといった趣味があるわけでもない。あるとすれば……仕事絡みしか思い当たらない。フリーランスになり、何かいい契約でも取り付けたのだろうか。

「いつほしいの?」

「あ」思い出したように宮下はファジョンを見る。「明日、朝すぐに」

「……そう。じゃ、九時に銀行に行くから」

「頼むな」こともなげに言うと、宮下はまた自分の思いに入っていった。

携帯が鳴り、反射的にオンボタンを押した。

耳元で響いたのはソンエの声だった。そういえば、いま表示されたのは、見覚えのない携帯の電話番号だった。知り合いのところから、かけてきているのだろう。

「本当に薄情者」

いきなりソンエに言われて、ファジョンは席を立ち、リビングに移った。

「いったいあなた、何をやらかしたの?」ファジョンは負けない勢いで言う。

「知ってるくせに」

「知るわけないじゃない。店が違うんだから」

「もういいよ」

「よくない。警察が来たのよ」ファジョンは続ける。「うちが目をつけられたらどうする気？」

一瞬、ソンエが沈黙した。しかしすぐに、「えっ、お姉さんのとこにも？」と応答してくる。

「うん、男女ペアの刑事」

「何て言ってた？」

「早く出頭すれば、面倒がかからないって」

「ちぇ、そんなこと聞いたの、まったく」

「聞きなさい。日本にはいられなくなるけど、それしか道は残ってないのよ。このままじゃ、どんどん悪くなるばかりじゃない」

「そんなことないって」

「そうなるから言ってるの」ファジョンは語気を荒らげた。「韓国の警察と違って日本は厳しいのよ」

「何がよ？」

「バーひとつ経営するのだって、きちんと警察に届け出て許可をもらわないとだめなの。

知ってるでしょ、それぐらい」

「韓国だって同じよ」

「ぜんぜん違うわ。あんた、ガールズバーで子どもに体を売らせたでしょ」

「あの子がおカネがほしいって言うから」

ソンエの言葉を待たずに、ファジョンはたたみかける。「十八歳未満の女の子に売春をそそのかしたりするのは日本では重罪なのよ。警察が黙って見逃してくれると本当に思っているの？　こうしているいまだって、あなたを追いつめているはずよ」

ソンエが唾を飲み込む気配が伝わってきた。

「……どうすりゃいいのよ」

「言ってるじゃない。早く警察に出頭しなさいって」

いきなり通話が切れた。

まったく、どうしようもない妹だ。

ダイニングキッチンに戻り、コップに水道水をくんで飲み干す。

「ソンエか？」宮下が上目遣いで訊いてくる。

さすがに気づいたようだ。

「何かしたのか？」

これまでさんざん言い繕（つくろ）ってきたが、もうだめだと思った。

店に刑事が来たことや、ソンエの犯した罪について話した。「もういいよ」宮下が真顔で言った。「これまで、さんざん面倒見てやったじゃないか」

返す言葉が見つからなかった。姉としてできることはすべてやった。

あとはあの子が全責任を負えばいいのだ。

それにしても、三百万を何に使うのだろう。とうとう訊き出すタイミングを失ってしまった。それでも、仕事に使ってくれるなら、それでいい。まだまだ、若いのだ。いつか……子どもが持てる日が来たら、うんと楽をさせてもらう。この日本に骨をうずめる覚悟で来たのだ。誰にも邪魔はさせない。たとえ肉親であろうと。このささやかな暮らしを守るためには、どんなものでも捨てられる。捨てなければ。

11

ソンエは、マンションの事務室でユンジが作った春雨（はるさめ）入りのキムチスープを飲む。深夜近くになり、女の子たちは仕事で出払っている。買い置きのレーズンパンも食べたが、まだソンエは食べ足りない気分だった。

ユンジは長いこと、釜山（プサン）のブローカーと電話で話をしている。来週、新しい女の子が入ってくるようだ。電話が終わったので、退屈しのぎにソンエは訊いてみる。

「その子、どれくらい整形にかけたの？」

「二千万ウォン（約二百万円）だって」

整形が当たり前の韓国ではごく普通の金額だ。ブローカーがすべてを立て替えたらしい。半額ほどをユンジが前金で払い、女の子を身請けするというのが話の中身だった。ビザなしの九十日間で、パスポートを取り上げ、稼げるだけ稼がせて、また韓国に送り返す。女の子が受け取る分が出るかどうかは微妙だ。

「その子、どこから来るの？」

「蔚山（ウルサン）」

「何歳？」

「二十四、学生みたい」

冷めたキムチスープをユンジがスプーンですくい取るのを眺める。

姉から言われたことが重くのしかかっていた。

韓国の警察と日本の警察はたしかに違う。韓国では性売買特別法が制定されて以降、とんでもない警察の締め付けがあった。日本と違って買った男も罰せられるのだ。でも、やっぱり韓国の警官は、たかが売春という気分が抜けない。その日の気分次第で取り締まりを強めたり弱めたりする。

ところが日本の警察ときたら……。

何日も何日も、ネチネチと追いかけまわして、張り込んで。

そもそもおかしいのは、売春で捕まれば留置場に放り込まれるということだ。韓国ならそんなことは絶対にない。罰金は高いけれど、払えば釈放になるのだ。日本に来たのは、母親に売春がばれそうになったことも原因にある。家族にだけは、体を売っていることを悟られてはいけない。知られてしまえば、家に出入りすることはおろか、着の身着のままで放り出される。肉親だけではなく、親戚一同からも相手にされなくなる。

そこに持ってきて、日本に来てまで売春をしていたとわかってしまえば、それこそ韓国では生きてはいけない。だから……絶対に捕まるわけにはいかない。

——姉のいる日本に行けば何とかなる。

日本は韓国の三倍稼げる……ブローカーの甘い言葉に乗り、軽い気持ちでつい日本に来てしまった。はじめのうちこそ、水姫でおとなしく働いていたが、ちっともおカネは貯まらない。だから、韓デリに行くしかなかったのだ。それから七ケ月。ガールズバーでも働いた。貯まったおカネは百万円ほど。これだけではどうにもならない。まだ最低二年は体を張って頑張り通さないと。

電話が鳴り、またユンジが受話器を取り上げる。常連客からの電話のようだ。

慣れた調子でホテル名と部屋番号をメモ用紙に書き付け、電話を切る。指名された女の子に電話を入れて留守番電話に吹き込む。念のためにメールも入れる。それがすむとまたキムチスープに手をつける。

ユンジのように、一生この仕事を続ける気はない。若いうちにカネを稼ぐだけ稼いで独立するのだ。そうすれば、韓国にいる母親も養っていける。母親を失望させないですむ。正規ルートでなくても韓国に帰るためには、いくらでも方法はある。体を張れば怖いものなどない。

姉はもう当分、韓国に帰るつもりはない。どうにかして、やり遂(と)げないと。

ふと思いついて、声をかける。「ねえユンジ、あなたのお母さんて、慶州(キョンジュ)出身だったわね。どこの町なの？」

「良洞村(ヤンドンマウル)」

「へえ、両班(ヤンバン)の。高貴な出じゃない」

世界遺産に登録された有名な村だ。日本で言えば、貴族にあたる両班が多く住んでいたことでも知られている。

「そんな上等なもんじゃないって」ユンジはスプーンを置いて続ける。「米や綿やトウガラシを作って食いつないでいた貧乏村だよ。冬になれば川が凍(こお)るしさ。オンドルがなくて、ひどく寒かったって、いつもこぼしてた」

「戦争中の話？」ソンエは邪気の消えた顔で言う。

「もちろんそうだよ。秋になると、米を取りに韓国人の役人が土足で上がり込んでくるんだ。日本人が後ろで見張っているから文句言えなかったらしいよ」

「あなたのお母さんが日本に来たのは、やっぱり親が決めた結婚？」

「違う」ユンジは言う。「戦争中に沼津の紡績工場で働き口の募集があって、十八歳で海を渡ってきたんだよ」

それは知らなかった。考えてみれば、ユンジと仕事抜きでこんなに長話するのははじめてだった。

「どれくらい働いたの？」

「三年か四年だったんじゃない」ユンジは続ける。「寄宿舎生活で、ひと部屋に十人ぐらい押し込まれてさ。製綿やらされたんだよ。部屋の向こうが見えないくらい、すごいほこりが出るらしくて。で、銀山で働いているお父さんと知り合って沼津で結婚したんだ」

その父も韓国人だ。ユンジのほかに、子どもをふたり授かったが、母親は三十三歳の若さで亡くなってしまった。それから、人を頼りに一家で川崎に移り住んだのだ。ソンエの祖父母が住んでいた池上新田に。

喘息持ちのユンジは、就寝前に決まって飲むクスリを水で流し込む。「しかし、あんたのお母さんも変わってるよね」

「どこが？」

「日本生まれのくせに、自分の国の文化を知りたいからって、浪人までしてソウル大学に入ったりしてさ。そのあとはどこ行ったんだっけ?」

「YMCAにしばらくいてから大邱(テグ)の地方銀行」

「そこで親父さんと知り合ったんだ?」ニヤリとソンエは笑みを浮かべる。「背の高い、かっこいい人だったそうね」

虫唾(むしず)が走った。女好きで酒好きで、遊ぶのが大好きな怠(なま)け者。仕事もカネもないのに、花札博打(はなふだばくち)に負けて帰ってきては、マッコリを浴びるように飲む父。そのあげくに、暴れて母を殴り倒す。姉のファジョンは、必死で母親をかばった。自分は……何もしないでただ見ていただけ。

四十歳になった年、八千万ウォン(約八百万円)も借財を作った末に、肝臓(かんぞう)がんであっさり死んでしまった。姉は必死でアルバイトをして家計を支えた。でもわたしは……母親相手に暴力をふるう父親にあきれ、耐えてばかりいる母親や姉にも嫌気がさした。地元の不良にまじって遊びほうけ、高校を中退して水商売に入った。

同じころ、姉はソウルに出て、明洞(ミョンドン)のルームサロンに勤めるようになっていた。韓国で一番高級なバーだ。そしてソンエは田舎でちょっとしたもめ事を起こして、姉のアパートに転がり込んだ。……気がついたときには、もう体を売るようになっていた。

ふたりの娘が気にかかって、母親はあとを追いかけるようにソウルに出てきた。そして、家賃が低い九龍（クーロン）地区に住み着くようになった。よりによって、あのチムサンタワーと呼ばれる高層マンション群を見上げる貧民地区に……。

ドアを叩く音にユンジが身をすくませた。

三度、四度……果てしなく続くように思われた。くぐもった日本語。

――警察です。

ユンジが泡を食って立ち上がった。まわりをきょろきょろ見て、何をするかと思えば、テーブルの上にどっさり盛られたピルの箱をビニール袋の中に放り込みはじめる。

つきあってはいられない。でもどうして警察が？

ソンエは机の端にある茶封筒を引き寄せる。掴んだ分だけ引き抜いて、ポケットにねじ込む。女の子たちの稼いだ分だ。ユンジの携帯を手に取り、部屋を出る。玄関で自分の靴を履（は）き、廊下に舞い戻る。

――開けなさい。

怒鳴（どな）り声。ドアが蹴り破られるような圧迫感。

バッグ、服、手当たり次第に掴んで、体に引っかける。

リビングを駆け抜け、ガラス戸を開けてベランダに出る。夜風が顔にふきかかる。びっしりと土の盛られたプランターが並んでいる。エアコンの室外機を囲むように花台が置かれ、コンテナからクレマチスの蔓（つた）が緑の壁のように垂（た）れていた。

12

差し込んだままの合鍵を回す。音がしてドアが開いたかと思うと、野々山が飛び込んでいった。そのあとを疋田は追いかけた。靴を履いたまま上がり込み、明かりのついた廊下を走った。リビングは空だ。布団が敷かれっぱなしになっている。

「いません」

血相を変えてテーブルを回り込んでくる野々山に先んじて、隣室のドアを開ける。ダブルベッドの上に、無造作に服が脱ぎ捨てられている。部屋の隅には、女物の服がずらりと掛けられたハンガー。小さな化粧台のまわりは化粧グッズだけだ。

その隣室も改める。ほぼ似たような感じだ。トイレや風呂に人はいない。

末松の怒鳴り声が聞こえる。玄関脇の部屋だ。

野々山に続いてそこに入る。

「日本語は読めるな」末松が家宅捜索令状を掲げ、棒立ちになっている女に向かって声を張り上げている。五十手前か。小太りだ。黒のTシャツにベージュのカーディガン。カールさせた茶髪が乾ききり、ぽってりした頬が引きつっている。

「ああ……読めますよ」

濃いアイラインを入れた目で、すがるように末松に対している。

「売春防止法違反。どう、わかるよね？」末松がきつい調子で紙を突き出す。

「え、え、女の子たち、いますけどみんな観光でね」とりあえず出てくる言葉を口にする女の表情は、陸に揚げられた魚さながらだ。

「スエさん、あっち」

疋田が声をかけると、末松は別の紙を掲げて見せた。「キム・ソンエに児童福祉法違反容疑で逮捕状が出ている。いましがたまで、いたんだろ？　いたよね」

強く迫るが女は軟体動物のように言葉をよける。

鶯谷の駅で捕まえたペク・ミヨンは、思った通り韓デリの仕事をやろうとしていた。きょう二番目の客の待つホテルまで、白タクで出かけるところだったのだ。

ペクはソンエの顔を覚えていた。店こそ違っていたが、オーナーは同じで、何度か寮にしているマンションで顔を合わせたことがあったという。その寮に潜伏している可能性が高いと思われ、家宅捜索令状を取るため小宮真子を東京地裁に急行させた。マンション内に住んでいる大家に理由を話し、末松らと合流してから、小宮を待った。十一時過ぎ、小宮が戻ってきて、ただちに踏み込んだのだ。

ああ――。

小宮の声がベランダのほうから上がった。

疋田は部屋を飛び出た。悪い予感が頭をかすめる。

ベランダのサッシ窓が開き、小宮はその外にいる。

ベランダの向こうには、似たようなマンションが建っている。

サッシをまたいでベランダに出る。振り返った小宮の先には、プランターの土が黒々と一面にこぼれていた。

格子模様の花台に蔦が絡みついている。その下だ。銀色の大きなふたが窓側に向かって開けられていた。ぽっかり空いた空間の下に、ステンレス製のはしごが垂れ下がっている。

やられた……。

いざというときのための避難ハッチだ。

ソンエはいたのだ。ここに。この部屋に。

わずかな時間のあいだに、ここを伝って下に逃れた。

ベランダから首を出して下を眺めた。ビルとビルのあいだの三メートルほどの空間に動くものは何も見えなかった。

疋田はベランダから中に入った。廊下を走り、ドアを体ごとぶつかるように開けて飛び出した。エレベーターホールの前に着いた。

エレベーターが三階、二階と降下していく。

これに乗っている？

ここは六階だ。もう間に合わない。

そこをあとにする。階段を駆け下りる。もうエレベーターは一階に到着する。

あせる気を静める。三階まで十秒かからずに降りた。

一階の正面玄関に回った。玄関ドアが閉まるところだった。

そこにたどり着いたとき、ドアはぴたりと閉まっていた。開くまでの二秒が苛立たしかった。

開きかかるドアに身を差し込み、斜めの体勢で外に躍(おど)り出る。

ハイヒールの音がアスファルト道路にこだまする。

清洲橋(きよすばし)通りの方向だ。しかし姿が見えない。

間口の狭い民家の並ぶ通りを走った。両脇にマンションが建つ角に立った。

目の前に、片側二車線の広い通りがある。ひっきりなしに通行するクルマのライトがまぶしい。手前にもこちら側にも、歩道を歩く人の姿がない。

またやられたのか……。あの女に。

こみ上げてくる悔しさを呑み込み、回れ右するしかなかった。

マンションの部屋では女の尋問が苛烈(かれつ)を極めているはずだ。しかし、ソンエの行方は、たぶんわからない……。

13

「もう一度確認させてください」折本初男警部は受話器に向かって話しかける。「日野はたしかに『取り返してくりゃ、いいんだろ』と言ったんですね？」

「は、そう、申しました」フロンテのセキュリティー本部の川上が答える。

「8KのQ5プログラムは第三者の手に渡ったと見て間違いない？」

「は、はい、申し訳ありません……そうとしか思えません」

「渡した相手は、チムサンの久保卓也ですか？」

「その名前は出てきていませんが……」

「ほかに考えられる人間はいますか？」

「いえ……いまのところはないです」

「もう一度、彼が立ち回りそうな場所、交友関係のある人物一覧の住所と電話番号を確認の上、こちらに送ってください」

「は、承知しました」

あわただしく電話が切れる。

目の前にいる相川外事一課長に電話の中身を伝える。

「久保は確認できんぞ」相川は苛立たしげに言った。「明日、朝一番でチムサン横浜研究所に身柄引き渡しを要求するしかありません」

「どうやって？　また、公妨（公務執行妨害）でか？」

「塚原外事課長にお任せしましょう」

その程度の責は、神奈川県警の外事課が負うべきだ。

折本はフロアを眺めた。

第六機動隊の本部に設けられた公安部外事課合同捜査本部は、喧噪を極めていた。外事一課第五係所属のウラ作業班の班員たちが、ひっきりなしに電話をかけ、モニターを覗き込み情報収集に余念がない。

折本はその中心にあるデスクに座り、現地から送られてくる映像をノートPCで見た。四十坪ほどの土地に建てられた四角い二階建ての家。カーポートに白いセダンが停まり、その奥にはスクーターと女性用自転車。阿佐ヶ谷にある日野雄太の自宅だ。この時間になっても、雄太は帰宅していない。そもそも帰宅する気はないはずだ。

フロンテのセキュリティー本部から、フロンテ・テレビ技術研究所、略称FTラボの社員の日野雄太が行方不明になったという連絡が入ったのは午後八時を回っていた。その報を受けて、ただちに行確班（行動確認班）を阿佐ヶ谷に送り込み、日野宅の五十メートル近くに停めた監視用車両で日野の自宅を撮影しているのだ。

軟禁先のホテルから逃走したとき、日野は財布を持っていた。おそらく今晩は、人目につかないビジネスホテルなどを利用するだろう。明日の朝、動き出すとするなら、果たしてどこに行くか。

川上によれば、日野がプログラムを持ち出した原因は、大学担当を外された腹いせだったという。しかし、大学ごときで……。

同様の疑問を抱いていたらしく、相川が、「日野っていう男、リストラ対象でもなかったんだよな?」と口にする。

「違います。上司に気に入られなかったのが癪に障ったようです」

「上司ね……」相川がため息交じりに言う。「フロンテあたりでも、頭の固いのがごろごろいるんだろうな」

「いるでしょうね。ゴマをすったり、手柄を独り占めしようとする連中が」

「上から押さえつけられて、下はやりたい研究もできないわけか」

「それをチムサンが引っ張っていって、思う存分やらせるわけですよ。リミッターと足枷を外された技術者は意気に感じて仕事をするでしょうね」

「だから、日本が得意にする分野でチムサンが勝つのは当たり前か」

「その図式です」

すぐ隣のシマがにわかに活気を帯びてきた。

赤羽に送り込んだ捜査員から報告が入ったようだ。電話を終えた捜査員が折本を振り向いた。

「吉岡の潜伏先がわかりました」

捜査員が声を上げると、フロアの全員の視線が集まった。

思わず折本は席を立った。「どこだ？」

「カプセルニュー赤羽。赤羽駅東口です」

「よし、現地に伝えてくれ」

「了解」

指示を繰り出す捜査員の声を聞きながら、折本は次の手を考えた。

今晩が山になりそうだ。徹夜も覚悟しなければ。

川崎区の桜本地区に送り込んでいた捜査員が、夕刻には吉岡が贔屓にしていたコリアンバーを割り出していた。そこから何人かの韓国人女に当たった末、吉岡が赤羽方面に出向いた可能性があることが判明した。

防犯ビデオの収集と解析を得意とする捜査支援分析センターの協力を仰いで、赤羽駅及びその周辺の防犯ビデオを集めたところ、赤羽駅の北改札口を出る吉岡が見つかった。駅周辺のコンビニや防犯カメラでも数か所、それらしい人物が映っていた。その情報をもとに、捜査員が聞き込みを続けていたのだ。

吉岡が赤羽にやってきた理由はいまのところわかっていない。ただ、依然としてQ5を持っている可能性があり、それ絡みで訪れているという線が濃かった。だとするならば、一刻も早い身柄の確保が必要になる。

宿泊先が割れた以上、それも時間の問題だろうと思われた。

要はQ5がチムサン側に渡らないこと。それに尽きる。

14

吉岡はパンツ一丁の恰好で、パイプ椅子につながれていた。後ろ手に麻紐(あさひも)で縛られている。痩せて肋骨(ろっこつ)が浮き出ていた。息を吐くたびに動く。右眼の縁(ふち)が切れて血が垂れていた。その下の頬骨が真っ赤に腫れ上がっている。同じ場所をめがけて、保安部長の高の、革手袋をはめた拳(こぶし)がふり下ろされる。

骨ばった吉岡の顔が歪み、急角度で傾く。口から血みどろの唾が大河原の立っている前まで飛んできた。慌ててよける。

「どこへやった?」高がまた声を張り上げる。

吉岡は腫れて細くなった目をちらっと高に向けた。

なにか言葉めいたものが洩れたが、聞き取れなかった。

高は吉岡の顔すれすれに近づき、短い髪の毛を摑む。「何と言った？　もう一度言ってみろ」言いながら、首ごと動かす。

脊椎（せきつい）がなくなったように吉岡の顔が左右に揺れる。

どうしてだと大河原は思った。

どうして宮下が住んでいるマンションの前などに立っていたのだ？

一時間半前、そこにいた吉岡をクルマで連れ去り、この三ツ沢（みざわ）のアジトまで運び入れた。行きどまり道路の一番奥にある二階建ての民家だ。並んでいる家はなく、後方は切り立った山の斜面が迫っている。いくら音を立てても周囲に気づかれることはない。

家具ひとつない部屋の隅に、原形をとどめないほど切り刻まれた服が放り出されている。吉岡の着ていた服だ。徹底的に調べたが、マイクロＳＤカードらしきものはなかった。

「宮下に渡したのか？」高がまた同じことを繰り返し訊いた。

宮下の名前を出されたときだけ、吉岡はぴくんと反応するのだ。

「渡したのか？」高が首元に垂れた麻紐を二重にして首に巻き付け、思いきり引いた。うぐっ、という苦しげな声とともに、吉岡の舌が飛び出る。

それでも吉岡はしきりに首を横に振る。

それだけはないとでも言いたげに。

ではどうして、あのマンションの前にいたのだ？

同じ意味のことを高が怒鳴るように口にした。

顔じゅうに脂汗をにじませ、七三に分けていた髪は乱れきっている。

唾液とともに吉岡の小声が洩れる。「呼ばれて……」

「呼ばれて、プログラムを渡す気だったのか？」と高。

吉岡は首を横に振る。

「じゃあ、プログラムはどこなんだよ、ええ」高は容赦せず、髪を摑んで天井に顔を向けさせる。

あう……苦しげな声が流れて消える。

吉岡を拉致してすぐに宿泊先のカプセルホテルに向かった。部屋番号を聞き出し、保安部員が中に入って確かめたが、それらしいものは見つからなかったのだ。

高は激高した。手がつけられなかった。細い目が燃えているように真っ赤になっていた。吉岡に平手打ちを食らわしたかと思うと、そのまま横向きに倒した。

硬いフローリングの床に吉岡の後頭部がもろにぶつかった。げっという声がした。吉岡は白目をむいて昏倒した。高は責める手を緩めなかった。

とがった革靴の先を横向きになった吉岡の腹に食い込ませる。二度三度……。

反応していた吉岡の体が動かなくなった。

大河原は恐ろしさが勝って、声をかけられない。部屋の外にいる部下を呼び入れるのもためらわれた。

そのとき、高の懐の携帯が鳴った。慌てて取り出し、モニターを見た高の顔付きが改まった。部屋の隅に寄り、小声で話し込む。ひどく丁寧な受け答えのようだ。しきりと、わかりましたと言っている。

一分足らずで通話が終わると、吉岡の元に戻った。

人が変わったように、吉岡の首に巻かれたままの麻紐を両手で引っ張り、思い切り締めつける。

空気の漏れるような音が吉岡から聞こえたが、すぐになくなった。

「どこへやった？」高がまた声をかける。

吉岡は反応しない。

髪の毛を摑んで、頭を揺らす。

吉岡の閉じられた目が開かない。

〝フロンテをやっつける〟英大が放った言葉がよみがえった。ようやく大河原は理解した。いま、高にかかってきた電話の主は英大だったのだ。Q5を奪うためには、どんなことでもしろ。手段を選ぶな、と。

この男にすべてを委ねていたら、何もかもおしまいになる。

勇を鼓して止めに入った。

高が息を切らしたまま、後ずさりする。

吉岡の首に巻かれた麻紐を外し、腕に回された紐もほどいた。その横にひざまずき、

「おい」と呼びかける。

吉岡は薄目を開いたので、ほっと息をついた。

うしろで高が動く気配がしたので、腕を上げてそれを押しとどめる。

「このままじゃ殺されるぞ」吉岡の耳元に吹きかける。「でも素直に話してくれたら、これ以上はさせない」

吉岡に言葉が届いたようだった。目が半開きになり大河原を見つめた。

「どうだ？　もういいだろ。おまえのせいじゃない」

必要以上の言葉を使うと、吉岡の口からか細い声がした。「……明日」

その体を抱き起こした。「明日どうするんだ？」

「……会う」吉岡が言う。

「宮下と会うのか？」

小さく吉岡はうなずいた。

そのとき、腕を摑まれた。抵抗しきれない強さだ。

肩口から高の顔が現れる。

今度こそ獲物は逃さないという顔だった。

第三章　研究室

1

張り込み拠点から見えるマンションに動きはなかった。九時前にキム・ファジョンが出てきて、赤羽駅前にある銀行に出向き、自宅に帰ってきた。尾行していた末松によれば、銀行の窓口で、三百万円ほど下ろしたという。

「なんやかや言っても、妹が可愛いんだろうな」望遠鏡でマンションを見ながら小宮が言う。

「気前がいいじゃないか」疋田は言った。

「きっとどこかで落ち合って渡すんでしょうね」

「たぶんそうだ」

疋田は眠気をこらえて言った。昨晩の摘発で韓国人の女性五人を売春防止法違反容疑で逮捕した。その処理が終わったのは午前三時を回っていたのだ。宿直室で仮眠を取り、午前七時にこの拠点に入った。ソンエを捕まえるためには、当面ここを見張るしかないのだ。

「きょうじゅうにソンエと会って、カネを渡しますよ」小宮も同様に疲れているはずだが、その様子は見せない。「三百万円で、何をするんでしょう?」

「偽造旅券を買うかもしれないし、韓国への密航を目論むかもしれない。どっちにしたって、ネットワークはあるし、カネさえあればどのようにもなる。とりあえず報告しておく」

疋田は所属する生活安全課長席に電話を入れた。西浦忠広警部が出た。

手短に話した。

「三百万?　何に使うんだ?」

ふだんなら報告を聞けばすぐ電話を切るのに、西浦は珍しく話に乗ってきた。

「ソンエに渡すと思いますが」疋田は答える。

「それはどうかな」

「ほかにないと思います」

「これまで妹を袖にしてきたんだろ?　いまになってそんな大金渡すか?」

「肉親ですから」

「三百万あれば……対馬まで飛べるか？」

クルマで福岡まで運んでもらい、対馬まで船で行く。韓国は目の前だ。カネがあれば、漁船か貨物船に潜伏させてもらい、釜山に入ることもできる。

「〝瀬渡し〟もできます」

カネを積んで、日韓双方の船をチャーターし、対馬海峡の中間で密航者を引き渡す手口だ。三百万あればそれもできるだろう。

「日本に居残るための資金にするかもしれんぞ」

「どうでしょう」

ここまで面が割れているのだ。日本に居づらいのは本人が一番承知しているはずだ。

「韓デリの店は神奈川や静岡にも多いがな」西浦は言う。「とりあえずは、そっちに移りして」

「……それはあるかもしれませんが」

山梨や長野にも韓デリの店は多い。店の寮に入ってしまえば、見つけ出すのが容易ではなくなる。店舗に踏み込むためには令状が必要だが、そのためには確固たる根拠がいるのだ。

「ファジョンのマンション前で拉致騒ぎがありましたが、何かわかりましたか？」疋田は続けて訊いた。

「ナンバー照会中だ。対象が多すぎて絞り込めん」

「あれ……旦那じゃないかしら」小宮が言った。

疋田は窓から通りを見やった。

ブレザーを着た男がファジョンのマンションから出てくるところだった。肩から小ぶりなデイパックを提げている。

わけを話して電話を切る。

「あれか？」

「末松さんが撮った写真と同じ服を着ているし」

「まさか、旦那が渡すわけじゃないだろうな」

「うーん、どうだろ」

小宮も判断がつかない感じだ。

旦那は宮下という日本人だ。韓国のチムサンに籍を置いていたときに知り合ったと、ファジョンから聞いている。

「日本でまた働き出したのか？」

「わかりません」

カネを持っているとしたら、デイパックの中だろう。

時が時だけに、気になる。出かける先を知っておきたい。マンション近くの路上で張り込みをかけている野々山に電話を入れる。

「いま出て行った男はわかるか？」疋田は訊いた。

「こっちに近づいてきますよ」野々山が答える。

「ファジョンの旦那だ。行確してみてくれ」

「了解しました」

2

朝日を浴びた噴水が気持ちよさそうに、水を高く舞い上がらせていた。待ち合わせ場所にしていたベンチに人はいなかった。宮下はもう一度腕時計を見た。九時三十五分。約束の時間は過ぎている。前夜会ったとき、吉岡はいますぐにでも取引がしたいような素振りだった。ホテルで寝坊しているのだろうか。それはないと思うのだが。ベンチに腰を下ろそうとしたとき、赤羽会館側の道から近づいてくる大柄な背広姿の男が目にとまった。一瞥してそれが何者かわかったとき、信じられない気分に襲われた。一瞬、吉岡が生まれ変わったのだろうかと思った。

てらりと光る広い額に半白髪の短い髪。セルフレームの黒いメガネ。若いころラグビーでならした広い肩幅。

じっと見つめられて身動きが取れない錯覚に陥る。実際、中腰になったままの姿勢で待ち受けていた。

「よお、久しぶり」親しみのこもった大河原聡の呼びかけに宮下の背はすっと伸びた。

「どう？　元気でやってる？」噴水を背にして立つ大河原はあくまでも明るい。

思うように言葉が出ず、「や、まあ」とだけ口をついて出てきた。

ほかに人はいない。大河原ひとりのようだ。

しかし、いまこの時間、どうしてここに？

訊こうとしたがかわされ、先んじてベンチに座った。

大河原はその横に腰を落ち着ける。

円を描いて噴き上がる噴水に目を当てている男の横顔に見入る。

「ほかでもないんだけどね」足を組み膝頭に両手を当てて大河原は言う。「吉岡さんの代理として来させてもらった」

そう言うと、大河原は宮下の顔を正面から見た。

代理、と消え入りそうな声で答える。

「Q5だよ。見たんだって？」大河原は宮下の目を覗き込みながら言った。

唐突な現れ方のショックがあとを引いて、どう答えていいのかわからなかった。

「そう硬くなるなよ」大河原は言う。「吉岡さんはもう、きみに渡したって言うじゃないか」

話の糸口が摑み切れそうで摑めない。何をどう答えていいのか。どう答えるべきか。堂々めぐりしている。

大河原は昨夜、吉岡と会ったようだ。しかし、吉岡はここには姿を見せていない。いったい彼に何があった？

「……勘違いしてますよ」そう言うのがせいぜいだった。

「おかしいな。はっきりと吉岡は渡したって言ってるよ」

どこからそのような話を聞いてきたのか。これは脅しか……？

「いや何も」宮下はそれだけ言うと、相手の目線を外した。

「悪いようにはしないから」まだフロンテにいたときのような、大河原は独特の懐柔する口ぶりで言った。

「……何、言われてきたんです？」宮下は大河原の横顔を見ながら訊いた。

「Q5、ご存じですね？」丁寧語で訊かれて、反射的に宮下は知っていると言ってしまった。

「彼がQ5を手に入れた経緯は知ってますか？」同じように丁重な感じで訊かれる。

「いや、まったく」相手のペースにはまり込むのを恐れながら口にする。

「つまりこういうことなんだよ」大河原は説得調で切り出した。「彼は違法な手段で手に入れた。その方法については伏せておきたい。ただ彼としても、その非は認めている。だから、相応の額さえ提示してくれるのならば、こちらに渡すのはやぶさかではないとまで言ってるんだよ」

それが大河原がここに現れた理由？　まったくわからない話だ。

「いったい、何のことだか」かつての上司に対する口調になってしまった。押されていると感じた。

「そう、しゃちほこばるなって」さらりと大河原は言う。

ここは身を引くべきときだ。

「遠慮させて――」

立ち上がろうとしたら、袖口を引かれて座った。

「まだ、根に持っているのか？」さらに高圧的な声と顔で、大河原は宮下をにらみつけた。

この場を逃れたかった。いま自分の横にいる男のバックには、とてつもない勢力が見え隠れしている。この自分など、ひとひねりで潰されるような。

「それはそれです」と答えるのがせいぜいだった。

「仕方なかったんだ。泣く泣く応じるしかなかった」

韓国、水原にあるテレビ工場。12ラインのカフェテリアに呼び出されたのは、いまと同じ中、秋。広い店内の隅っこにテレビ事業部人事部の課長がぽつんと座っていた。点検で疲れ切った体でその前にしゃがむと、課長はやにわに、『あなたに辞めてもらうことになった』と切り出した。

ようやく慣れはじめた韓国語だったせいもある。意味がよくわからなかった。やりとりするうちに、会社側は自分の首を切ると言っているのがわかった。『執行役員の大河原の了解は取ってあるのか？』と問いかけると、課長は、『大河原の命令でやって来たのだ』と答えた。唖然とした。二年前、当の大河原から誘われてフロンテを辞め、ふたり揃ってチムサンの人間になったのだ。それを手のひらを返したように、大河原から提案がなされたとは！

一週間後には住み慣れたマンションをあとにして、日本行の飛行機に乗った。ファジョンがついていてくれなかったら、どこまで転落したか……。

それ以来一度も大河原とは顔を合わせていない。ただ、チムサン製ハイビジョンの売上げが思わしくなくなり、その責任を負っていた大河原が、自分の首を守るために、部下として従った自分を切ったというのは、様々な方面から伝わってきた。それがいま、当の大河原が吐いた言葉で証明された恰好だった。

しかしいまさら、蒸し返しても益のない話だ。もうとっくに自分の中では吹っ切れている……そう思っていた。その矢先に昨日、吉岡が現れ、いまこうして大河原が目の前にいる。

「な、わかるだろ」大河原は目尻を下げて言う。

「はあ」と応じる。

大河原の意図がようやく飲み込めた。三年前と同じだった。チムサンにおける自分の地位に汲々として凝り固まり、しがみついて離れない。その旧態依然たる醜い性。拳を握りしめる。

しかしと宮下は思い返した。

……吉岡はどうしてこない？

どす黒いものが喉元まで這い上がってくる。

恥も外聞もなく、のうのうと大河原が姿を現した。

これはつまり――。少なからず世話になったチムサンの正体は垣間見ている。獲物を見つければ、どう猛な触手を伸ばしてくることを。非合法な手段に訴え出ることを。まさか、吉岡は……。ぞっとした。

吉岡はどこまで自分のことを話した？　ここで会ってQ５を渡すかわりに、三百万円支払う。その程度は筒抜けだろう。問題はその先だ。なぜ、大河原がここにいる？　どうしてQ５をほしがる？

――吉岡は持っていない。

そう解釈するしかなかった。それでもなお、大河原は取引を持ちかけようとしている。

「ここはお互い、大人になろうじゃないか」大河原は続ける。「悪いようにはしないって」

努めて冷静に、うなずく。

「さすがにフロンテの星だったきみだ。わかってくれると思っていた。ずばり言うがいいか?」大河原は身を乗り出した。「きょうにも、Q5を渡してもらいたい。金額はそちらの言い値でけっこうだ」

胃の腑に釘を打ち込まれたような痛みが走る。追いつめられているのはこの自分……。むらむらと焼けるような怒りがこみ上げてくる。干上がったような喉の渇きを感じた。三年前と同じ轍は踏まない。

「そういうことでしたら、お話には乗れません」

大河原の顔にぱっと赤みが差し、締まった口元が歪んだ。「……意味がわからんが」

「吉岡などという人間には会ったこともないし、そもそも知らない。よそを当たってくれ」そう言って宮下は立ち上がった。

「わかったわかった」大河原は手のかかる子どもをあやすように、「今週中でどうだ? 一億でも二億でも、好きなだけ出すから」

「だから知らないんだって」宮下は大河原の手を振り切って、その場を離れた。

これ以上一秒たりとも、同席したくない相手だった。自分の中でたまっていたものが噴き出してしまいそうだった。

　大河原はあとを追いかけてこなかった。それ自体がひとつの自信を示しているように思われた。自分の住まいも訊かれなかったのが、恐ろしかった。

　相手は組織だ。それくらいもうとっくに大河原は、いやチムサンは摑んでいるにちがいない。げんに昨日も「水姫」にそれらしい男が来ている。時間がない。一分一秒を争う。

　公園を出たとき、ぱっとひらめくものがあった。マイクロSDカードがあるとしたら、そこしか考えられなかった。

　あたりを気づかいながら、家に急いだ。チムサンの人間らしい姿は見えなかった。

3

　携帯が鳴った。モニターには昨晩と同じ電話番号が表示されていた。ソンエからだ。出ようかどうしようか迷ったが、結局オンボタンを押した。すすり泣くような声が聞こえて、ファジョンは耳に携帯を押し当てた。

「ソンエ？」ファジョンは呼びかける。「いったいどこにいるの？」

「どこでもいいよ」ソンエの言葉に力がなかった。

「どこなの？」

「……やられたの」

「やられたって……警察?」

「うん、昨夜」

「捕まったの?」

「ううん」

また逃げたのだろうか。きっとそうだ。

ソンエは二十四時間営業のファストフード店を三軒はしごしたと言った。

「おカネと携帯がほしい」ソンエは苦しげに洩らした。

「だから……」

警察に出頭しろと口から出かかったが、いまソンエに言っても通じないだろう。

「どれくらい、いるの?」ファジョンは訊いてみる。

「五十万……」

「そんなカネでどうする気なの?」

訊いてもソンエは答えなかった。

もう一度声をかける。「いまどこにいるの?」

「アメ横(よこ)」

アメヨコ……上野駅に近い商店街だ。一度、宮下に連れられて行ったことがある。

「アメヨコのどこ?」

ソンエはショップの名前を口にした。安売りで有名な店で、その中にいるという。

「そこにいるのよ」

ファジョンが言うと、ソンエから、小さな声で、「早くしてね」と返事があった。

やりきれない思いで通話を切る。

五十万で足りるだろうか。もう一度、銀行に行かなければ。

そのとき玄関ドアのロックが開いて、宮下が姿を見せた。

4

「帰ってきました」

窓から外を覗き込んでいた、小宮が言った。

疋田は窓から外を見やった。

男がマンションに入っていくところだった。

「ファジョンの旦那だったか?」

「さっき出たのと同じ男でした」

懐(ふところ)の携帯が震(ふる)えた。尾行についていた野々山からだった。

「いま、マル対が家に戻りました」野々山は言った。

「見ていた」疋田は言った。「どこへ行っていた？」

「赤羽公園です。噴水の前で男と会っていました」野々山は苦しげに続ける。「……どうも気づかれたみたいで」

「ヘマをしでかしたか？」

「わかりません。男と五分ほど話し込んでから別れたんですが。そのあと急にまわりを窺うようになって」

「デイパックはどうした？」

「手元に置いたまま、開けようともしませんでした」

「わかった。引き続きマンションを張ってくれ」

「了解」

5

いったんマンションに戻ってからファジョンにカネを預け、デイパックに自分のモバイルパソコンを放り込んで、宮下は自宅をあとにした。気をつけなければいけない。マンションの裏口から、民家の前の細い路地を抜けてふだんとは違う通りに出た。

途中、吉岡の携帯に電話を入れた。電話はつながらなかった。

水姫の入っている雑居ビルが近づいてくる。角を曲がり、うしろを振り返る。尾行はされていない。それらしいクルマもなかった。

ビルの前を通りかかるふりをして、さっと階段を上がった。自宅から持ってきた鍵で店の扉を開ける。明かりをつけた。

店内を見渡す。人が入っていた形跡はない。ファジョンから聞いたことを思い返した。カウンターの中にはないはずだ。あるとしたら……。

腰を曲げてスツールの下側を見た。ない。

念のためにカウンターの中に入った。手当たり次第、調べる。やはりここではない。トイレに入った。便座を上から下まで見る。開けて中を覗き込んでもなかった。時間をかけて隠す余裕はなかったはずだ。

壁際のトイレタンク。正面にも左右にも、それらしいものはない。思いついて底に手を当てる。……かすかに引っかかるものがあった。かがみ込んで見る。

無造作に切り取られた茶色いガムテープが貼られてあった。ゆっくりと剝がす。

テープの内側に、それを見つけた。

テープを剝ぎ取り、裏返してみる。持つ手が震えた。アダプターだ。Qと書かれたインデックスが貼られていた。中にマイクロSDカードが収まっているではないか。

吉岡は昨日、店を訪れたときにファジョンの目を盗んで、これを残していたのだ。

吉岡はまだ、チムサン側にこの在処(ありか)について話していない。もし話していれば、とっくの昔、チムサンに奪われていただろう。よりによってこんなところに……。

吉岡自身、いつチムサン側に捕まるか気が気ではなかったはずだ。そのとき、これを持っていれば、その時点で吉岡の存在意義がなくなる。だから、とりあえず安全な場所に隠したのだ。取引相手がオーナーになっている店に。

万が一見つかっても、宮下なら話にのってくれると思ったに違いない。

アダプターからマイクロSDカードを引き抜いた。小さい。小指の上にのってしまうほどだ。トイレから出て、アダプターとマイクロSDカードをカウンターの上に置いた。

どこにしまうか。携帯用のプラスチックケースはない。なくしたら大事(おおごと)だ。考えた末に、懐から黒色の携帯を取り出した。元国営企業の通信会社のものだ。電池パックを外した。そこに現れた外部メモリーの差し込み口にマイクロSDカードを差し込む。もう一度、電池パックを取り付ける。

これならなくすことはない。思い立ち、携帯を操作してマイクロSDカードのファイルの中身を確認する。

十四個のファイルが収まっていた。

そのうちのひとつを表示させてみる。液晶モニターにコンピューターのソースプログラムが現れる。

/*　Q5 ver.1.2　2017.9.21 */

……間違いない。Q5だ。

十四個合わせると、一ギガバイト以上ある。携帯の本体メモリーの容量ではバックアップできない。

表示をやめ、携帯を胸ポケットにしまい、ボタンをかけた。アダプターをズボンのポケットに入れる。デイパックを肩にかけ、明かりを消して店を出る。鍵をかけた。ゆっくり階段を降りる。通りの左右を見た。怪しい人物はいなかった。

駅に向かって一番街を歩き出す。さざ波のように期待と焦燥感がこみ上げてくる。まわりを歩く人もクルマも気にならなくなった。胸ポケットにあるものが、熱を帯びているように重たく感じる。あとは見るだけだ。どれくらい性能が上がっているのか。……果たして本物なのか。何か所か、電話を入れる。赤羽駅の北改札口を通り抜け、埼京線のホームに立った。

東急大井町線の緑が丘駅に降り立った。懐かしさを感じる余裕もなく、ひたすら急いだ。十一時を回っていた。大学の敷地はちょっとした丘だ。二度目の電話が入った。もう少し待ってくれと言って通話を切る。約束の時間はとっくに過ぎている。弓道場から実験棟まで足早に抜ける。最後の急な階段を上り、崖の頂上に位置する五号棟に入った。

正面パネルによれば、情報工学研究所は五年前と同じ三階。元々は印刷技術の研究機関としてスタートしたが、国内の電機メーカーの寄付を受けて、最近ではコンピューター一色だ。

加納教授のプレートが張り出された部屋をノックせずに入った。

額の真ん中でわけた髪を肩まで垂らし、教授は大型モニターと向き合っていた。目が合うと椅子から立ち上がり、宮下に歩み寄ってくる。度の強そうなメガネの奥にある少年のような目が輝いていた。

「来ないかと思ったよ」

加納とはハイビジョンテレビの開発時から、ともに研究を重ねてきた間柄だ。昨夜自宅を訪ねて、新しい８Ｋ用プログラムをテストさせてもらえないかと頼み込んだ。

「申し訳ありません」

加納に案内されて隣の測定室に入る。

レイアウトこそ違っているが、五年前とほぼ同じだ。壁際に八十五インチの大型液晶テレビが二台並べて置かれていた。両方ともフロンテ製の８Ｋテレビの試作機だ。テーブルには最新型のビデオカメラやワークステーション。ひとつだけがっしりした長方形の鉄の箱に目がとまる。前面に小さなモニターと操作ボタン。これだけは変わりがない。８Kディスプレーの開発になくてはならない動画像レコーダーだ。

加納がリモコンでテレビの電源を入れ、ワークステーションと動画像レコーダーも立ち上げる。８K対応のビデオカメラも取り付けようとしたので、宮下は早く映像を見たい一心から、あとにしてくださいと頼んだ。

「テストチャートもいらない？」加納に確認を求められる。

「いりません」

加納はワークステーションに接続されたモニターに、見本用の動画一覧を表示させた。学会が作成した８K仕様の標準映像だ。

「とりあえず一般画像でいいか？」加納は手にしたマウスを小刻(こきざ)みに動かして、動画像レコーダーに複写した。次にレコーダーに接続された専用コントローラーを操作して、その動画を８Kテレビに映させた。

左手の８Kテレビに標準映像が流れ出した。

緑濃い銀杏(いちょう)並木だ。ずっと先に人が歩いている。奥に向かってズームインする。やがてカメラが上を向き、移動しながら銀杏の葉を映してゆく。十五秒であっけなく終わった。次はトロッコ列車だ。公園内の歩道を人を乗せたオレンジ色のトロッコ列車が右手奥から走ってくる。左にパンしながら列車を映し出す。そこで終わり、続いて同じ時間で、紅葉の風景、バスケットボールの試合と続く。

それらをじっくりと目に収める。

加納が宮下の様子を窺いながら、「この程度でいいか？」と尋ねてくる。

「いいです。やりましょう」

ここから先は他人に扱わせるつもりはない。宮下は加納に代わって、モニターの前に座った。懐の携帯からマイクロSDカードを取り出し、ポケットにあるアダプターに挿入してから、ワークステーション本体の差し込み口に入れた。

「そいつに入っているのか」

加納は興味津々の顔で見守っている。

映像シミュレーション用の専用アプリケーションを走らせてから、Q5プログラムを読み込んだ。これで、新しい映像エンジンが組み込まれたことになる。アダプターを取り出し、マイクロSDカードを引き抜いて、元通り携帯にしまった。

はやる気持ちを抑えながら、いましがた見た四つの標準動画の全データを再計算させた。四十五秒ほどで完了した。それらを別名で保存してから、動画像レコーダーに移動させた。

いよいよだった。専用コントローラーに手を置き、新たに保存した動画像ファイルを8

Kテレビに出力させる。

　黒一色だった8Kテレビに銀杏並木が映った。ぱっと見ではわからなかった。カメラが上を向いて葉を映したときだ。風に舞う一枚一枚の葉が、いましがた見た映像のそれよりも、はるかに鮮明で生き生きと映し出されていた。トロッコ列車が映った。列車が近づいてくる。窓から顔を出す人の顔が、いまそこに存在しているかのように見えた。続いて鮮やかな紅葉シーン。赤いナナカマドの色合いも葉の一枚一枚の輪郭も、鮮やかに再現されている。……現実を目にしているとしか思えなかった。

　加納が宮下の肩に手をあてがう。「すごいな」

　細部まで浮かび上がらせ、まるで実物を見ているような立体感と奥行きを感じさせる映像だった。これまでの4Kテレビに慣れてきた目にとって、あまりに衝撃的だった。まったく別次元の映像だ。

　二台の8Kテレビに、変換前と変換後の映像を同時に流してみる。

　あまりにも違うので啞然とした。ため息がこぼれる。これほどまで完成したプログラムを作っていたとは……。

　CG画像や特殊な白黒映像も比べてみた。同じく、圧倒的な美しさだった。通常のハイビジョン画像を変換させてみた。中心部のみならず、隅々まで鮮明に映っている。フロンテ開発試験室の評価レポートどおりだった。まさに現実（リアル）がそこにある。

「……かなわねえな」加納が洩らした。

つい最近まで、加納研究室はフロンテと共同開発していた。それが、フロンテ自身の手により、究極のものにまで高められていたのだ。

「かないませんね」宮下も認めた。これまで、４Ｋテレビについては、新製品が発表されるたびに、販売店に駆けつけて全メーカーの機種にじっくりと見入ったものだった。そこで見た映像など子ども騙しに思える。

「どこで手に入れた？」加納に訊かれた。

そこだけは突いてきてほしくなかった。しかし、加納にとっては、そこがもっとも気にかかる点だ。

「それはまた、おいおい……」

様子を察知したのか、加納はそれ以上訊いてはこなかった。代わりに、「感応評価をするんだろ？」と言われた。

Ｑ５の映像は素晴らしかったが、ふたりの人間が見ただけの感想だ。正確を期すためにはもっと大勢の人間が見て、判断を仰ぐ必要がある。しかし、宮下は自分の目を信じていた。それに、ここでＱ５による映像を、他人の目に触れさせることはできない。

テーブルの電話が鳴り、あわただしく加納が取った。「……うん、呼んでないが」言うと、疑わしい目で宮下を見上げた。「……わかった。そうしてくれ」

「秘書からだ」加納は言った。「エコー電子の人間が面会に来ている。あんたが呼んだのか？」

宮下はうなずいた。「教授……おれの再就職先になるかもしれない」

それだけで、加納は勘づいたようだった。

宮下はコントローラーに手をやり、映像を止めた。

答える間もなくドアが開いて、背広を着た細身の男が入って来た。

歩み寄ると、男は見守るふたりに名刺を寄こした。メガネをかけ、吊り上がった細い目で遠慮なく宮下と加納を眺める。エコー電子技術開発部の肩書きの下に韓国名が記されていた。昨夜、人材派遣会社の担当者を通じて紹介された、エコー電子の技術開発部の人間だ。新しい８Ｋテレビの映像を見せると伝えて呼び出した。宮下も今朝、一度、電話で話しただけで初対面になる。

「宮下です」

自己紹介すると、男は不躾な態度とはうって変わって、丁重に頭を下げた。

「このたびは、お招きいただいてありがとうございます」男は言うと、二台並んだ８Ｋテレビを見やった。「よろしければ、見せていただけますか？」

胡散臭い顔で呆然と見ている加納の前で、コントローラーを引き寄せる。

ぐずぐずしてはいられなかった。ここにいられる時間はもう少ない。

席を外しそうになった加納に囁(ささや)きかけ、押しとどめる。

いつの間にか閉めたはずの部屋のドアが少しだけ開いているのに、宮下も加納もエコー電子の男も気づかなかった。

二台の8Kテレビに、同時に変更前と変更後の映像を流した。手短に両者を説明する。

エコー電子の男は、微動だにせず見入っていた。三分後、男は息を長く吐きながら、素晴らしい(チョルン)と韓国語で洩らした。宮下に歩み寄り、両手で手を摑む。

「一緒に仕事しましょう(ハムケイラプシダ)！」

加納に目で申し訳ないと、非礼(ひれい)を詫(わ)びる。

手をふりほどき、宮下はコントローラーを操作して映像を止めた。ワークステーションの前に移り、Q5のプログラムと作成した動画映像を削除した。

食べ物が喉に詰まったような顔で作業を見つめる加納に頭を下げる。

そのとき見知らぬ男が、すぐ前に立っていた。いつ入って来たのか、わからなかった。いまの比較映像を見られたのかもしれなかった。

丸顔で髪の長い男だ。小さな口を動かし、ぶつぶつと何事か話している。

「日野くん……」加納が男に呼びかけた。

男は赤く腫(は)れぼったい目で、加納を見つめた。「どこにある？」

男のつぶやいた意味がわからなかった。

「き……きみか？」加納は言った。「きみが、Q5を横流ししたのか……」

この春まで、研究室でともに仕事をしていたフロンテの社員のようだ。

しかしどうして、いま、ここにいるのか、さっぱり飲み込めなかった。

「先生、どこなんですか？」日野と呼ばれた男は、一歩踏み込んできた。ポケットから何かを取り出すと、それをこちらに向けた。ジャックナイフだ。

あっ、と加納が言い、視線をそこに向けた。

机の上。ワークステーションのキーボードの横。マイクロSDカードが収まった宮下の携帯……。

日野の体が動いたと思った瞬間、宮下の携帯が消えた。背中を見せているその手には、携帯がしっかりと握りしめられている。

宮下は跳ねるように席を離れた。部屋を駆け出た日野のあとを追いかけて、廊下に出る。日野は階段の手前にたどり着こうとしていた。そのすぐうしろを、背広姿の男がぴったりとついて走っていた。何者？

日野が階段へ姿を消した。逃げられたと思った刹那、日野は宮下に向かって戻ってくる。

一足遅れて階段から新たにブルゾンを着た別の男が現れた。日野はすぐうしろにいた男の腕を振り切って、宮下の脇を通り過ぎていった。背広姿の男がブルゾンの男に向かって、声を張り上げた。

「こいつが持ってる（イニョソギキダリゴイッネ）」

韓国語だ。

三人の男の背中がどんどん小さくなる。

こいつらはチムサン――。

赤羽の公園で大河原と別れてから、この自分をつけていた。連中を大学まで連れてきてしまったのだ……。

慌てて宮下も三人のあとを追いかけた。

日野は反対側の階段まで達していた。三十メートル先だ。見かけによらず速い。あっという間に、また見えなくなった。

数秒遅れで階段に着いた。ふたりの男が跳ねるように階段を降りていく。

手すりで体を支えながら、宮下も階段を駆け下りる。一階のフロアに日野が降り立ったのが見えた。連続してふたりの男もそこに着いた。

ようやくの思いで一階にたどり着いた。三人の姿は見えなかった。

建物から出る。左手だ。階段近くで、三人がもみ合っていた。

ひとりが日野の腰を掴み、もうひとりが日野の首根っこを捕まえ、組み伏せようとしている。

「Q5はどこにあるんだ！」

またしても韓国語で怒鳴りつけている。

階段を上ってきた男子学生がその場で凍り付いたように見ている。

ぎゃっという悲鳴が上がり、日野の前にいた背広の男が頭を抱えて離れた。耳から血を流していた。日野が嚙みついたようだ。組み付いていたブルゾンの男がひるんだすきに、日野は体を回転させて逃れようとした。思うさま、横へ飛び跳ねる。その時、転落防止用の柵に日野の体が絡みついた。足が横向きになった。次の瞬間、日野の体はそこから消えていた。

学生が叫び声を上げた。ふたりの男が血相を変えて、学生とは反対方向に走っていく。宮下の顔も見ないで後方に去って行った。

宮下は日野がいなくなった場所から下を覗き込んだ。

八メートルほど下だ。崖の下に駐車場があり、その空いたスペースに日野が倒れ込んでいた。

後先を考えている余裕はなかった。投げ出された右手の近くに黒い携帯がある。携帯を拾い上げ、日野の顔も見ないで、その場をあとにした。

早足でキャンパスを歩いた。チムサンの男らは見えなかった。

駅には行けなかった。おそらく、そこには彼らがいる。

息が止まりそうだった。心臓が早鐘を打ち、喉の奥から苦いものがこみ上げてくる。たったいま見たものが、目に焼きついて離れなかった。

キャンパスから出る。駅とは反対方向に歩いた。区立中学校の前で通りかかったタクシーに飛び乗った。

6

京浜東北線の電車は田端駅に着こうとしていた。赤羽駅を出て八分ほど過ぎている。ファジョンは、太腿の上に置いたセミショルダーバッグを左右から固く握りしめていた。日本に来て間もなく、宮下が銀座の三越で買ってくれたシュリンク素材のバッグだ。伸縮可能なショルダー紐はいま、一番短くしてある。中には紙封筒に収まった三百万円が入っているのだ。

目立たないように、ストライプパターンのTシャツとスキニーパンツに着替えてきた。

駅に着きドアが開いた。あまり人は降りなかった。斜め前のドアから、背広姿のサラリーマンがふたり乗り込んできて、ファジョンの前をふさぐように立った。

とっさに腰を浮かし、そこを離れた。ふたりは、ファジョンに見向きもしないで、話し込んでいるようだった。

先頭車両に移動して左手に空席を見つけ、腰を落ち着けた。

あたりを窺う。見知った顔は見えなかった。

見るもの聞くものすべてが、自分を付け狙っているように思える。

昼過ぎに戻りますと書き置きを残して、自宅のマンションをあとにした。赤羽駅に向かう途中、何度もうしろを振り返った。警官らしい人の姿は確認できなかった。それでも用心するに越したことはない。

もし警官にバッグの中身を見せろと言われたら、拒みようがなかった。三百万円を見つけられたら、申し開きはできない。妹に渡す気だと見抜かれるに決まっている。

それにしても、宮下はこのカネをどうするつもりだったのだろう。朝一番に銀行の窓口に並んで、引き下ろした。自宅に帰ると、待ちわびていたように宮下はカネを受け取り、早々に家を出た。それが三十分ほどして舞い戻ってきた。

いったん渡したカネを預かってくれと言われ、驚いた。もう一度、銀行に行って口座に振り込んでくるかと尋ねたところ、しばらくそのままにしておけと怒ったように言い残し、モバイルパソコンをデイパックに詰め込んで、ふたたび家を出て行ってしまった。

あれからもう小一時間。ソンエに渡すカネを引き出す手間が省けてよかったものの、どことなく後ろめたかった。電車に乗る前、宮下の携帯に電話を入れたが出なかった。

もともとソンエの無心に応じる気はなかった。それどころか警察に自首を勧めたくらいだ。宮下からも、妹の面倒はこれまでも見てやったのだから、もういいと言われて、納得したつもりだった。それが一晩経ってみると、やっぱり妹が可哀そうに思えてきた。そこに本人から電話がかかってきて、ついカネを持っていってやると承諾してしまったのだ。

　もしかすると手放した現金が手元に戻ってきたので、こうしてカネを運ぶ気になったのかもしれない。たぶんそうだ。

　それにしても、宮下は一度カネを持って、どこに出かけたのか？　昨日、店にやって来た吉岡というチムサン横浜研究所のガードマンが関係しているのだろうか。それとも、吉岡を追いかけるように顔を見せた、嫌な目つきをした韓国人の男のところか。いや、やはり吉岡と会うために出かけたに違いない。宮下は韓国にいたときも、頻繁に韓国と横浜研究所を行き来していた。そのときからの知り合いのはずなのだから。

　韓国人の男は、宮下について訊いてこなかった。どこの何者だろう。やっぱり、チムサンの関係者なのか。

　だとしたら、宮下は何を思って三百万円を用意しろなどと言ったのか。

　三百万円の使い道は何だったのだろうか。

　あのとき、吉岡からはどことなく追いつめられたような、張りつめたものを感じさせられた。彼がカネに困って宮下に泣きついてきたのだろうか。それで、今朝方、渡そうとしたのだが、会えなかったということかもしれない。

しかしお互いに携帯を持っているはずだ。落ち合う場所や時間を間違えたとしても、どうにでもなるはずだろうに。

電車は上野駅を出た。アメ横は、この次の駅で降りなければいけないはずだ。慌ててスマホで確認する。乗る前にチェックしておいた乗り換えの画面が表示されたままだ。いったん動き出した電車はすぐ減速した。

御徒町のアナウンスとともにファジョンは電車を降りた。先頭車両で降りたのはファジョンだけだった。狭いホームだ。前を行く人はひとりも振り向かない。もう一度振り返ったが、人は降りてこなかった。それでもホームをゆっくり、あたりに気を配りながら、ずっと先まで歩いた。エスカレーターの手前で、電車から降りた人がすべていなくなるまで待つ。最後のひとりがいなくなってから、エスカレーターに乗った。降りきったところは北口改札だった。小さな改札だ。手前にも出たところにも、立ち止まったり、こちらを見ている人間はいない。

身を縮めるようにして改札を通り抜ける。ガード下の手前で足が左に向いた。売店の前を通り表に出た。ガラス張りのこぎれいなビルの玄関が見え、迷わず飛び込んだ。

鮮魚売り場だ。大きな冷蔵庫がずらりと並び、パック入りの貝や刺身がつまっている。通路の先にエレベーターがあった。ちょうど開いて客が降りてきた。

早足でそこに向かった。待っていた若いカップルと一緒にエレベーターに収まった。カップルは六階で降りた。若者向けのアパレル店のフロアだ。もう一階上でファジョンはエレベーターから出た。毛糸や日用雑貨を売るチェーン店のようだ。広いフロアに客はまばらである。

手芸用品の棚で立ち止まり、あたりを窺った。

階段から上がってくる人はいない。

スマホを取り出し、地図アプリを起動させる。ソンエに指定された店は登録してある。そこをタップすると、現在地点から店へのルートが表示された。

そこは駅をはさんだ向こう側にある。間違って反対に降りてしまったようだ。

でも、ここなら都合がいい。充分注意してやって来たのだ。尾行されていればすぐにわかる。

スマホが鳴ったので、慌てて通話ボタンを押した。

ソンエからではなく、宮下からだった。

「家か?」

いきなり訊かれた。

スマホの通話口を手で覆う。

「ちょっと外に」

「いいか、聞いてくれよ」

低い、押しつけるような声だ。

「家には帰るなよ」宮下が言う。「絶対に」

いきなり何を言うかと思えば。

それでも、勢いに圧されるように、「はい」と答える。

「これから言う場所に来い」

「はい」

いったい何事だろう。

「ファジョン、聞いてくれ」また声が低まる。「チムサン横浜研究所の連中は知っているな？」

「あ、はい」

やはりと思った。連中と言ったのが気にかかった。

チムサン横浜研究所が、日本の企業から、優秀な技術を横取りするための拠点であることは知っている。平気で不法行為を働くというのも。昨日店にやって来た韓国人を思い出した。韓国の警官の臭いをそこはかとなく発散していた気がする。ひょっとして彼は横浜研究所の人間？　彼らは韓国にいたときのように、日本でも平気で暴力をふるうというのがもっぱらだ。その威力について語っているのだろうかと心配になった。

「昨日、店に来たのはその連中の片割れだ。そいつに追われてる」

言われて面食らった。想像が当たっていた。

「追われているって……」

「連中のやり口はわかるだろ？」

「あ……はい」

「忘れるな、いま言ったところだぞ」

宮下に聞かされた場所を復唱する。

電話はあっけなく切れた。

自分もひょっとして、彼らに……。

首を長く伸ばし、もう一度あたりを窺った。

女性客以外に人はいない。大丈夫のようだ。それでもと思った。

横浜研究所の名前を明かされて、恐ろしくなった。ソンエのいる安売りショップになど行けるはずがない。

行けば妹は……きっと捕まる。でも誰に？　日本の警察？　それとも横浜研究所の人たちに？　どちらにせよ、早くソンエに知らせなくては。

もう一度スマホを見た。ソンエを呼び出す。

二回の呼び出し音のあとに、妹の声が聞こえた。

7

小宮は御徒町駅ガード下の暗がりから、ファジョンが入っていった複合ビルの入り口を見守っていた。真新しいビルには、若者向けのファッションテナントのロゴがある。ビルの持ち主は、海産物で有名なスーパーマーケットのはずだ。最近になって建て替えたようだ。

つい先ほどまで、コンビでファジョンを尾行していた野々山は、ビルの中に入っている。野々山から、ファジョンは七階にある手芸関係のチェーン店にいる、という連絡が入ったばかりだ。

ファジョンは明らかに尾行を意識していた。二人は気づかれないよう、ふたつ隣の車両から様子を窺っていたのだ。

小宮はファジョンと面識があるので、メガネをかけて変装用のウィッグをつけ、体型がわからないように大きめのチュニックシャツを着ている。

スマホで疋田に電話を入れて、ファジョンの現在位置を知らせる。

疋田は末松とともに、クルマで待機している。この近くにいるはずだ。

「様子はどうだ?」

疋田に訊かれた。

「相変わらず、ひどく用心していますね」

「気づかれてはいないな？」

「……たぶん、大丈夫だと思います。家を出たときから警戒しているのがみえみえでした」

「なら、いいが。その店で、ソンエと待ち合わせか？」

「わかりません。一階下に野々山くんがいます」

「気をつけてくれよ。きっとやって来る」

「わたしもそう思います」

念のためにファジョンの服装を伝えてから通話を切り、小宮はそこを離れた。

8

助手席に座る高容徹（コヨンチョル）のスマホが鳴り、すぐ取った。

「だめか……」

高が低い声で言うのを大河原は後部座席で聞き取った。

しばらく話し込んでから、高は難しそうな顔で大河原を振り返った。

「タクシーに乗ったのは間違いないが、行き先がわからない」

いったい、宮下はどこに向かうつもりか。

大学の研究室から逃れた宮下は、高の配下の保安員の追跡を振り払って、タクシーに乗車した。尾行しようにもクルマはなく、タクシーの会社とナンバーを確認できたにとどまったと、高から聞かされていた。しかし、そこまでだったようだ。

「宮下は家には帰らないな」

大河原は言った。

「ああ、こうなったら当分帰らないね」

高が応じる。

「ファジョンの方はどうだ？」

「そっちは大丈夫だ」

「たしかか？」

もう一度訊くと、高は煙(けむ)たそうに大河原を見やった。

「何遍(なんべん)言えばわかる」

大河原はシートにもたれかかった。

宮下の妻のファジョンが、赤羽にある自宅を出たという報告が入ったのは三十分ほど前だ。それ以来、保安員が尾行を続けている。日本の警察の刑事が、同じようにファジョンを尾行しているらしいと告げられて驚いた。

大河原は尾行を中止するよう高に命じたが、高は聞き入れなかった。

宮下を見失ったいま、高の判断が正しかったのが証明された恰好だ。しかし、この先どうだろうか。大学の研究室での一件もある。日本の警察に勘繰られたら厄介なことになる。……いやもう、外事当局は動いているかもしれない。

「尾行している日本の刑事に気づかれたらまずいぞ」

大河原は改めて言った。

「大丈夫だ。若い男と女のペアだ。うちの連中は素人の尾行だと笑ってる」

「まさか、外事じゃないだろうな」

高がせせら笑った。

「外事があんな下手な尾行をするか。連中なら十人、二十人で束になってやって来る。たぶん、風営法でファジョンの店の摘発を狙っている地元の警察だ」

「……だといいが」

「まったく、あんたは弱気で困る。いいか、ファジョンさえ尾行していれば、必ず宮下は現れる」高は自信たっぷりに言った。

「どうしてそう言い切れる？」

「ファジョンは自分の店の関係で警察とトラブルを抱えている。頼りになるのは宮下しかいないだろ」

「……かもしれんが」大河原は訊いた。「大学で転落死したのは日野だったんだな？」

「そうだよ、日野だ」

しかしどうして日野が、大学になど現れたのか……。

フロンテの高画質テレビ開発本部に所属している日野は、元々大学との共同研究の担当者だから、いてもおかしくはない。だが、日野が新画像エンジンQ5を盗んでチムサン横浜研究所の久保に渡したことを、フロンテが摑んでいたとしたらどうか？　そもそもどうして、日野は死んだりしたのだ。

「まさか……うちの保安員が手にかけたんじゃないだろうな？」

訊いてみると、高が振り向いた。

「おまえは知らなくてもいい」

邪険に言い返されて、それ以上は訊けなかった。

ますます日本の外事当局は放っておかない。人まで死んでしまったのだ。

もはや、大河原は何もできない。こうなってしまった以上、高に任(まか)せるしかなかった。

それでも腑に落ちないことがいくつかある。

「大学にエコー電子の人間がいたんだな？」

ふたたび大河原は訊いた。

「いた」

高は名前まで口にした。

本当のようだ。

「で……連中はＱ５を見たのか？」

「見た」言うと、高はダッシュボードを手で叩いた。「素晴らしい出来だと言ってるみたいだぞ」

まずい。見られてしまった。よりによってエコーのやつらに……。

「Ｑ５はエコーに渡ってないだろうな」

改めて訊くしかなかった。

研究室にプログラムが残っている可能性は高い。

「同席していた大学の先生に聞いた」高は答える。「宮下が持っていったと」

本当だろうか。

どう言われようと、いまは信じるしかないが。

ともかく、宮下を捕まえるしかない。あいつの口から真実を聞き取るまでだ。

Ｑ５は依然として、宮下の手の中にあることを祈るしかなかった。

しかし、どうやって彼の手から奪えばよいか。取引などには、もう応じないはずだ。宮下の警戒心は最大限まで膨れあがっている。

だとしたら……。やはり、保安部に任せるしかない。高はどういう算段のつもりか。手荒く拉致して暴力に訴えることしか考えていないのは明らかだ。でも、そんなに簡単に事が運ぶか？

もっと確実な手段はないものか。宮下の命など、この際どうでもいい。

ふとファジョンが浮かんだ。あの女を利用すればどうだろう。

宮下があの歳で結婚して、日本に連れ帰ってきた女だ。可愛くて仕方がないはずだ。彼女は日本の警察に監視されている。逆に見れば、弱い立場にいるのだ。それを利用しない手はない。万一のときのための保険になり得る。

大河原は身を乗り出し、高の耳元に吹きかける。

その段取りについて聞かせると、高は黙り込んだ。

「……それも悪くない」

しばらく経って言った。

「ファジョンだ」高は言った。「あいつさえ見張っていれば、何とかなる」

その通りだと大河原は思った。それしかないのだ。いまは。

9

合同捜査本部に、日野雄太転落死の報が飛び込んできたのは、正午前だった。現場に到着した碑文谷(ひもんや)署の捜査員によれば、丘の頂(いただき)にある五号棟の正面玄関付近から、八メートル下にある駐車場に転落したという。学生の目撃者が数人いて、背広を着た男たちと格闘し、落ちたらしかった。相手になった男たちは韓国語を使っており、そのうちのひとりは耳のあたりから血を流していたという。転落した男にもうひとりべつの男が駆け寄り、携帯らしきものを拾い上げて立ち去っていった、との情報も入っていた。どちらにしても、送り込んでいる外事一課員の報告待ちになりそうだ。

寝不足で目の縁(ふち)を赤く腫(は)らした相川外事一課長の目が折本を向いた。

「日野が取り返しに行くと言っていたのはここか……」

「おそらく」

「あの大学の五号棟にはたしか、例の教授がいたな……」

「加納昭次教授」折本は答える。「高画質テレビ開発の第一人者」

「フロンテとは長いあいだ、共同研究しているはずだが」

不審そうに相川は言う。

「しています。三年前に建物を増築したときは、フロンテからかなりの寄付が入っています。機器類や教授の出張費なんかも、ぜんぶフロンテ持ちだったはずですが」

「共同研究ということなら、同じ高画質エンジンのプログラムが研究室にも置いてあったということかな？」

「……たしかなことはわかりませんが、その可能性は拭いきれません。日野が研究室からそれを奪い取って、逃げたときにその連中に襲われたと見ていいかもしれません」

「韓国語を話す連中って……チムサンか？」

「そう思いますが、加納教授の口から明らかになると思います」

無念だった。フロンテから送られてきた日野雄太の立ち回り先一覧には、大学は入っていなかったのだ。あるいは、故意に知らせてこなかったのかもしれない。

情報を摑んでさえいれば、先回りもできた。Q5を先んじて押さえることもできた可能性があるのだ。

「……しかし、やられたか」相川は苦り切った顔で続ける。「どう思う？　まだ研究室にQ5は残っていると思うか？」

チムサンサイドの人間が持ち去った可能性が高い。

それについてだめ押しするように折本が言うと、相川はうつむいて黙り込んだ。

推測が正しければ、もう間に合わない。

次世代の高画質エンジンQ５は、チムサンの手に落ちたということになるからだ。

そのとき机の警電（ケイデン）が鳴った。取り上げようとしたが、相川が素早く、すくい上げた。

「……うんうん……それで、何？　ミヤシタ……お宮の宮に、上下の下……ふんふん、わかった」

話し込んでいるうち、相川の顔に明るい兆しが戻ってきた。

電話を置くと、相川は折本の目を覗き込んだ。

「教授の話が聞けた。もう、共同研究はしていないらしいぞ」

「そうですか」折本は応じた。「ということは……Q５はない？」

「二年前のバージョンしかないそうだ。だが今朝方、宮下とかいう男が最新式のQ５を持ち込んだと言ってる」

相川が手元のメモ用紙に、名前を書くのを見守る。

宮下昌義――。

はじめて聞く名前だ。

「五年前までフロンテの社員で、チムサンに移った技術者だ」相川が続ける。「それも三年前にチムサンを辞めさせられて、日本でくすぶっているようだ」

耳を疑った。チムサンを辞めさせられた男が、どうしてQ５を持ち込んだりするのだ？

「まあ、聞け。研究室にいたのはチムサンだけじゃない。前もって、その宮下という男がエコー電子の技術者を招いていたらしい」

　意味が取れなかった。

「エコー電子の？」

　相川は不敵な笑みを浮かべる。

「Q5を見せるためには、８Kテレビだけじゃだめだそうだ。なにか、特別な機器類がないと見られないらしい。そいつが研究室に置いてある」

「じゃ、宮下がエコー電子の人間に見せるために呼びつけた？」

「それしか考えられないと教授は言っている。ひどく立腹しているみたいだぞ。宮下が勝手に呼びつけたらしいからな。おまけに大学内で人まで死んでいる」

「で、Q5は研究室に残っているんですか？」

　折本の質問に相川は顔をこわばらせた。

「いや、ない」

「じゃ、どこへ？」

「その宮下という男が、自分の携帯にプログラムを移したらしい。そいつを日野がかっぱらって、逃げたようなことを言ってる」

「でも、やつは落ちて死んだ……」

　折本が言うと相川の顔がほころんだ。

折本はハタと手を打った。

「死んですぐに駆け寄った男が……宮下だ」

結局は持ち込んだ主の手に戻ったのか。

しかし、そのあとは？

相川がふっと遠くを見る。

「……そいつをチムサンの連中が追いかけていったわけだ」

「わかりました。そういうことなら」折本は続ける。「まだこちらにも充分に勝ち目があります」

相川の目が折本を見すえた。

「もう十名ほど、大学に捜査員を送り込め」

「わかりました」

宮下の足取りを追うしかない。電車に乗ったか、それともクルマか。

すぐにわかるだろう。

「宮下の住まいや家族について、ただちに調べさせます」

折本は言った。

「もちろんだ。加納がかなりのところまで摑んでいるはずだ。それから至急、電話会社に人を送り込め」

「心得ました。すぐに」

宮下が携帯電話の電源を入れている限り、電波を発信し続ける。居所は筒抜けだ。念のために電話傍受の令状も取らなければ。早ければ一時間以内に身柄を確保できるだろう。

折本はあわただしく席を立ち、腹心の捜査員を呼びつけた。

10

地下鉄六本木駅に着いた。一年ぶりだ。誕生日に宮下に連れられて、ファジョンは六本木ヒルズで買い物をし、ステーキハウスでびっくりするような値段のステーキを食べさせてもらった。このあたりを落ち合う場所にしたのは納得がいった。

地下道を六本木ヒルズ方面に歩いた。エスカレーターに乗り、六本木ヒルズ前に出る。左手にある大きな蜘蛛のオブジェと反対方向へ足を向ける。ウェストウォークの入り口が見つかった。中に入ると、正面の柱に大きくホテルの案内表示が出ていた。突き当たりの階段を下りる。左手に木でできた茶褐色の両開きのドアがあった。教えられた裏口だ。こぢんまりとしている。地下鉄を降りたとき、宮下から電話があった。正面玄関には決して回るなと念を押されたのだ。

地下鉄に乗っているあいだ、ホテルのホームページを検索して調べてみた。外資系で最低でも一泊五万円するようなホテルらしい。セキュリティーがしっかりしているので選んだのだろうか。少し気味が悪かった。

両手で押し開いて中に入った。狭い通路の先に自動扉がある。一歩、中に足を踏み入れたそこは、淡い琥珀色の照明に包まれた空間だった。ロビーを進んだ。どこまで行っても、カウンターらしきものがなかった。

客はほとんどいない。清楚だが高級そうな造りだ。壁には貝殻のオブジェが飾られ、ちょっとしたスペースには天使の裸像が置かれている。左側に回り込むようにロビーを進むと、ようやくフロントが見えてきた。

三人のフロント係が離れて立っていた。女性の係員に宮下晴子と名前を告げる。女は手元のコンピューターで確かめ、「本日のご予約を承っております」と返事をしてきた。

宿泊カードに日本語で記入する。

「まだ、チェックインの時間ではないですけど、大丈夫ですか？」

おそるおそる尋ねると、

「お部屋はご用意できておりますので、ご案内いたします」

と答えた。

まだ待ち合わせの時間まで余裕がある。このロビーでは広すぎて落ち着かない。

ルームナンバーの書かれた小さなカードを渡される。教えられた通り五一六号室だ。透明のカードキーも渡された。

「ご予約されました宮下昌義様から、お言付けがあります」

フロント係は言うと、すぐ下からホテルのロゴの入った封筒を取り出して、ファジョンに寄こした。先にチェックインしたのだろうか。そのあと、また外に出た？

受け取り、バッグに収める。

フロント係が目配せすると金髪で青い目の男が近づいてきた。ホテルの制服を着ているので、案内係だとわかった。流暢な日本語で荷物があるかどうか訊かれ、ありませんと答える。

エレベーターに案内されて五階まで上がった。

まっすぐな廊下を歩き、その部屋の前で止まると、案内係はドアにカードキーを挿した。部屋に入り、ドア脇の薄いポケットにカードキーを入れた。丁寧な説明を聞かされ、案内係は去っていった。ようやくひとりになった。

部屋は奥に長い長方形だ。斜めに突き出すようにとがった出窓なので、窓側の方が細くなっている錯覚に陥る。窓のブラインドを開けてみた。少し離れたところに、雑居ビルが見えるだけだ。高いところはあまり好きではないので、ちょうどいい。

真っ白なシーツの敷かれたベッドに腰かけた。右奥はすりガラスの引き戸になっているバスルームだ。正面にはテレビとワークデスク。造りは簡素だが、充分な広さがある。

ソンエにも教えないと。

スマホを取り出してソンエに電話をかけた。

ワンコールで出た。部屋番号を教えて電話を切る。

バッグにしまい込んだ封筒のことを思い出し、取り出してみる。

中には折り畳まれたホテル備え付けの便せんが入っていた。広げてみると、小さな青いプラスチック板が出てきた。……SDカードアダプターだ。中にマイクロSDカードが収まっている。

何なのだろう。

たぶん仕事絡みだ。昨晩ずっと、自宅の4Kテレビを見ていた宮下の姿を思い出した。そして出し抜けに、三百万円という大金を貸してくれと言った。しかも現金で。そのカネで何かを買うつもりだったのだろうか。昨日、店に訪ねてきたチムサン横浜研究所の警備員が、宮下に何かを売りつけるつもりではなかったのか。ひょっとして、これがそれ？

彼が欲しがるものと言えば……専門にしていた高画質テレビに関係するプログラムか何かが入っている……？

どうだろう。でもどうして、こんなものを渡すのかしら――。

一時間ほど前に聞いた切迫した電話の声がよみがえる。店を訪れた横浜研究所に所属しているらしい韓国人の顔が浮かんだ。

……何か危険なことに、宮下は巻き込まれている。

それはこのマイクロSDカードのせいではないか。

最先端の技術を欲しがっている。ことに韓国のチムサンは。そんなことに。

ノックする音が聞こえて、驚いた。

宮下？

マイクロSDカードを封筒に入れ、バッグに戻した。

ゆっくり立ち上がりベッドから離れた。ドアに取りついて、覗き穴から廊下を窺う。意外な人間が立っていた。ロックを外すとソンエが飛び込むように入ってきた。

11

小宮はフロント係に警察手帳を見せ、ファジョンが入った部屋番号を確認した。

それをすませて、フロントの右奥にあるエレベーターホールに移動した。エレベーターは左右三つずつある。通り抜けできないので、ここで張っていれば、出入りを確認できる。野々山は正面玄関近くで待機している。

ふたりだけでは手薄な感じがして、不安が募る。

巨大な人の顔のオブジェの背後に立ち、疋田に電話を入れた。

もう間もなく着くから、目立たない場所に移動して見張りを続けろと命令される。

電話を切り、そこを離れた。履き慣れたローヒールの靴で、右回りにロビーを歩く。広い。大理石の床は磨き上げられて鏡を見ているようだ。窓は全面ガラス張りになっているので、明るく清潔感が保たれている。この時間帯はほとんど人がいない。けやき坂通りに面した正面玄関前の車寄せも広く、岩のオブジェが配置されている。

正面玄関前の二重扉近くにいる野々山に近づいた。ファジョンが入室した部屋番号を知らせる。

「係長たちは？」

心配そうに野々山から訊かれる。

「大丈夫、もうすぐ来るから」

野々山はあたりを見やりながら、

「張り込める場所が少ないですね」

とつぶやいた。

「そうでもないわよ」

「ほんとに来ますかね？」

「こんなところに予約を入れたのよ。特別な人を待つしかないじゃない」

小宮が言うと、野々山は納得顔でうなずいた。

「ファジョンは、フロントで何か受け取りませんでしたか？」

「封筒を受け取っているわ」

「封筒っていうと……？」

「たぶん、ソンエからの伝言か何かだと思う」

「そうですか……やっぱり来るな」

「とにかく、見逃さないようにしないと」

言いながら、小宮は野々山と別れた。

12

「どうしたの？　下で待ち合わせるって言ったじゃない」

ファジョンが訊くと、ソンエは小馬鹿にしたような顔で、

「あんなだだっ広いところで、身をさらしてなんかいられないわよ」

と答えた。

いつもより身長が高く見える。厚底靴を履いているせいだ。それにオレンジの、シワの寄ったシフォンのプリーツスカートに水玉模様のブラウス。赤い小ぶりなポシェットを握りしめている。ファッションセンスはゼロ。ふだんのソンエなら考えられない。とりあえ

ず、目についたものを引っかけてきた感じだ。

「いつ着いたの?」

「十分ぐらい前。わたしも部屋を取ったのよ。同じフロアだったわ」

いつも使っている白タクの韓国人に御徒町から飛ばさせたのだろう。予約もそのクルマから入れたのだ。

ソンエは窓際の椅子に座り、疲れたと言いながら足置きに両足を乗せる。

「こんな高いところに泊まるなんて、いったいどうしたの?」

「知らない。わたしが予約したわけじゃないし」

ソンエは疑いの目でファジョンを見やった。

「じゃ、誰?」

「誰でもいいでしょ。一泊五万もするのよ。あんたの分は自分で払いなさい」

ファジョンが言うと、ソンエはぷいと顔を窓の外に向け、

「いいから、いいから。お願いしたものは?」

とねだり顔でファジョンを見やる。

勝手な言い草に腹が立った。

答えないでいるとソンエは立ち上がり、ファジョンが肩に提げたセミショルダーバッグをひったくるように自分のものにした。

声をかける間もなくファスナーを開け、中に入っていた紙袋を取り出す。覗き込みながら、紙封で束ねられた百万円の束を引き抜く。ベッドに三つ、それを並べてしげしげと眺めた。自分と似た眉の辺りに興奮の色を見せながら、

「どうしたの、こんなに?」

と問いかけてくる。

「ぜんぶ、あげるわけじゃないからね」

ひとつを取り上げようとすると、ソンエは三つすべてバッグに戻して、それを持ったまま窓際の椅子に戻った。

「お姉さーん」甘ったるい声を上げる。「ありがとー」

呑気なものだ。それ以上、言う気になれなかった。

そうだ、あれは取り戻さないと。

「バッグに封筒あるでしょ」

ソンエは言われるまま中を覗き込み、封筒を引き抜いて中身を調べた。

怪訝そうな顔でそれをつまみ上げる。SDカードアダプターだ。

「これ何?」

「いいから、寄こして」

慌てて歩み寄り、取り上げた。

ソンエはどうでもいいように、中に入っていたスマホを取り出した。

「これもいただくね」

「だめよそれ、わたしのだから。お店の携帯にして。もうひとつあるでしょ？」

ソンエは中を調べて、ガラケーを取り出した。

「じゃ、使わせてもらう」

ファジョンはソンエの手からスマホを取り上げる。

「さて、どーしよっかなー」とソンエは両手を広げて伸びをする。

「お姉ちゃん、もう一つお願い。服を替えてくれないかな？　この恰好、目立っちゃって」

「前に言ったことは忘れたの？」

「何か言われたっけ？」

とソンエはシラを切る。

「逃げ回っても、無駄だって」

「警察に捕まれって言うの？」ソンエは声を荒らげる。「絶対に嫌（いや）」

「じゃあ、どうするの。これから？」

言いながらソンエの肩に手を乗せる。

ソンエはそれを振り払うように、「何とかなるって」と言う。

韓国人の顔役に話を通して、日本を密出国する段取りをつけてもらうのだろう。でも、無事に韓国へ戻れるかどうかはわからない。戻れたとしても、二度と日本には入国できなくなる。

「……あなたって人は」呆れたようにファジョンは言った。

「どうしたの？」

ソンエは屈託がない。

「お母さんが見たら泣くよ」

「お姉ちゃんこそどうなの？　日本人なんかと結婚して」

「うそ。お母さんがいいって言ったから、したんじゃない」

「そんなことないって……いつか……」

日本に呼び戻そうと思っているのだ。かつて母親が生まれ育った日本に。

今年六十八歳になる小恵は、九龍地区の1Kのアパートでひとり暮らしだ。三年前まで、掃除や家事を代行する派出婦で生計を立てていた。

「でも、お母さん、日本に戻ってきても、いる場所がないよ」ソンエが言う。「年金だってもらえない」

「韓国にいたって同じようなものじゃない」

ソンエが目を険(けわ)しくして立ち上がり、近づいてきた。

「韓国にいれば年金がもらえるのよ」

たしか日本円で五万円ほどだ。ソウルでは、生活費が最低でも月に二十万円はかかる。

母親は高血圧に加え、不整脈が出てしまって、ここ数年は療養病院に出たり入ったりを繰り返している。医療費にもカネがかかるのだ。

「……本気で言ってるの？」ファジョンは問いかけた。

「そうよ。もう、池上に家はないのよ。それに、お姉ちゃんの家なんかに、絶対に住まないってお母さん言ってる」

たしかに、そう言っている。でも、いずれは来る……。そう信じて日本に渡ってきたのだ。

「話にならないんだから」

ソンエは言うと、興奮を静めるように窓際に戻った。

13

小宮はエレベーターホール右手にある美容室の中にいた。入り口脇からガラス窓越しに人の顔のオブジェが見え、その先はエレベーターホールの出口だ。

野々山は、先ほどと同じく正面玄関近くにいるはずだ。

まだ来ないのだろうか。

疋田係長に電話を入れてから、かれこれ十五分近くすぎている。

もう一度電話をしてみよう。バッグの中にあるスマホに手を伸ばした。そのとき、エレベーターホールの出口から、灰色のストライプのTシャツを着た女が、さっと横顔を見せて通り過ぎた。細身の体にスキニーパンツ。ショルダーバッグをかけ、セミロングの髪が肩口までかかっている。

野々山のスマホにワンコール入れて、すぐ切る。合図だ。

扉を開けて大理石の通廊に出た。すぐ先にフロントがあり、その左は正面玄関だ。通廊の左手には二階に続く階段がある。

そこから背広姿の男がふたり、駆け降りてくる。嫌な予感がかすめる。

小宮は歩みを速めた。

ファジョンがフロントの横に達した。男たちが一階に降り立った。

ひとりがファジョンのうしろ側に回り込む。もうひとりが追いぬいて、ファジョンをはさむような形になった。そのまま、ファジョンに体を密着させるようにして腕を取り、正面玄関の方へ動き出した。

ファジョンが抵抗する様子を見せた。

何が起きているのかわからなかった。小宮はさらに足を速めた。

フロント脇まで進み、正面玄関を見やる。

三人は玄関近くまで進んでいた。

正面玄関前の二重扉脇にある柱の陰から、野々山が姿を現した。小宮に一瞥をくれ、わけのわからない顔で前を歩く三人を見やった。

ファジョンは左右の男に両方から腕を取られて、身動きができない。

どうするという顔で、野々山が小宮を振り返った。

何かある。とにかく、ファジョンを確保しなければ。

「捕まえて」

小宮の声と同時に、野々山が動いた。二重扉に入ろうとしている三人の目前に割り込んでいく。

扉の前だ。野々山が右サイドの男の肩を左手で摑んだ。止まれと言う声が聞こえた。

右サイドの男が摑まれた右腕を上げ、回すように大きく振り上げた。同じ側の足を野々山の体の外側に踏み出す。野々山の腕が外れかかった。

男は右上腕を伸びきった野々山の肘に絡みつかせ、その腕をくの字に曲げた。そのまま左手を使って、野々山の肘を決めた。

野々山の呻き声が洩れ、うしろにのけぞるように倒れ込んだ。

目にしていることが信じられなかった。何としてでも止めなくては。

同時に走り出し、三人に追いついた。

真ん中にいるファジョンの腹をうしろから抱え込む。一瞬、ファジョンは止まったが、小宮は男に髪を摑まれ、うしろ向きに引き倒された。我慢してこらえ、ファジョンの腹に回した手に力をこめる。

左手にいる男の足が動いた。次の瞬間、右大腿部（だいたいぶ）に衝撃を感じた。骨の髄（ずい）まで疼痛（とうつう）が走った。こらえたが、ファジョンから腕が離れた。

目の前に男の顔があった。表情を読み取る間もなかった。顔が襲いかかってきた。頭突き。額に釘を打ち込まれたような痛みを感じた。目の前がかすんだ。両手を前に差し出した。摑むものはなかった。バランスを失い、体が前のめりに倒れ込む。目前にある自動扉が開くのが見えた。三人が固まって、そこからホテルを出ていくのを捉（とら）える。

右手にいた野々山が起き上がった。三人に遅れて、二重扉へ続いた。自分もと思ったが、痛みが激しく視界が歪んだ。起きることができなかった。

いったい、いまの男たちは……。

うしろから人が走ってくる気配がした。

振り返ると、ホテルの係員たちにまぎれて見知った顔があった。

……ファジョン？

まじまじと見入った。オレンジ色のプリーツスカートに水玉模様のブラウス。着替えた？　そんなはずはない。

では、いま、連れ去られたのは、いったい誰？

14

広い店内にバッグや靴がゆったりと陳列されている。店舗販売限定で売上げを伸ばしている皮革製品の専門販売店だ。宮下は買い物に疲れた客を装（よそお）い、窓際に置かれた椅子に腰掛けて、三十分前にチェックインしたばかりの、道路の向こう側にあるホテルの正面玄関に目をあてていた。

大学を出てから、一時間近くすぎようとしている。実際、疲れていた。この歳で全力疾走したツケが膝（ひざ）に来ていた。チムサンの男たちをまくことができたのかどうか。不安が拭いきれない。

口から血を流して横たわる日野の生白い顔が頭から離れなかった。あれを事故と言えるか。保安部員たちは手荒い。一歩間違えれば、自分が日野のようになっていたかもしれない。思い返すたびに、寒々としたものがこみ上げてくる。

Q5を横流ししたのは日野だと名指しした、加納教授の言葉が頭にこびりついている。

それが本当なら、日野こそが五反田のフロンテ・テレビ技術研究所（ＦＴラボ）からＱ５を持ち出した張本人になる。日野がチムサンにどういうルートでＱ５を流したのかはわからない。それに日野本人が横浜研究所に持ち込んだとは考えにくかった。誰かが介在しているはずなのだ。そしてそれは、めぐりめぐって警備員の吉岡の手に渡った……。

加納と面識があったことから見ると、日野は加納研究室の担当だったのだろう。それは同時に日野がフロンテの中でも、特に優秀な社員であるという証でもある。加納は高品位テレビ開発にしのぎを削る業界の中で、確固たる地盤を築き上げていた。共同研究のパートナーだったフロンテにとっても、その存在は大きかったはずだ。より有能な担当者を用意するのは明らかだ。逆に、何らかの理由でＦＴラボの中での評価が低くなり、大学の担当を外されたとしたら？　もしそうなら、日野がダメ社員と認定されたと思い込んでも不思議はない。

どっちにしてもフロンテの内情を摑んでいるのは大河原に他ならない。いまでも毎年、フロンテの社員たちを引き抜いている張本人だからだ。宮下がチムサンに籍を置いていたときも、まるでフロンテにいるかのように人事に精通していたのだ。

Ｑ５の横流しも裏で大河原がお膳立て（ぜんだ）していたのかもしれない。チムサンの業績は悪化の一途をたどっている。そうした中で救世主たり得るＱ５が横取りされ、大河原の焦り（あせ）は尋常（じんじょう）ではないはずだ。いくら常務待遇とは言え、実績のない人間は容赦（ようしゃ）なく切り捨てられるのが、チムサンという会社だ。

宮下は自分も焦りすぎたのかもしれないと思った。ヘッドハンターを通じてエコー電子の人間を研究室に呼んでしまったとは。それもこれも、一分でも一秒でも早くQ5をこの目で見たいという、技術屋特有の欲求には勝てなかったからだ。

自分が生きてきた技術屋の世界はカネがすべてではない。寝る間も惜しんで実験を重ね、前の晩思いついたことを確かめるために朝早く研究室に駆け込む。納得のいくまで実験を繰り返す日々の連続。自分のアイディアが成果につながるあの瞬間。あの高揚感……。それを奪われつつあったフロンテに見切りをつけ、チムサンに移った。

しかしチムサンでは、研究はおろか実験という概念すらなかった。来る日も来る日も、持てる技術を見せろ、吐き出せの連続で模造品を作らされた。上から下まで、技術など必要なときに横から持ってきてコピーするものだと思い込んでいる。

カネがすべてではない。そんな単純なことすら忘れて、公園で大河原と会って自分の中でも何かが切れてしまった。

日野の死を間近で見た衝撃を振り払うように宮下は頭を振った。

タクシーでホテルに乗りつける前、パソコンショップで買い物をした。ホテルの裏口でファジョンを待つことも考えたが死角になる場所がないので、あきらめてここに来たのだ。何かあればファジョンから電話が入るはずだが。

また不安が頭をもたげてくる。もう十五分近く居座っている。そろそろ河岸を変えなければ。そう思って腰を浮かせたとき、ホテルの正面玄関で妙な動きがあった。

開いた自動扉から、スーツ姿の男とグレーのストライプシャツを着た女が飛び出してきた。男が女の腰元をがっしりと摑んでいる。女の様子がただ事ではなかった。それにあの服……ファジョンなのか？

もう一人背広姿の男が姿を現した。それを追いかけるように、Tシャツを着た男が閉まりかけた自動扉をくぐり抜け、目の前の背広の男に背後から摑みかかった。

宮下は目を見張った。

背広を着た男が立ち止まり、体をひねりながら前屈みになった。両手でTシャツ姿の男の両膝を抱え、後方へ放った。Tシャツの男が後頭部をもろに地面にぶつけた。すかさず、急所に背広姿の男が肘打ちを落とした。Tシャツの男が動かなくなる。背広姿の男は何事もなかったように立ち上がった。

左手から黒いセダンが滑り込んできた。男たちの前に停まると同時に後部座席が開いた。先を歩いていた男が女を押し込むようにクルマの中に入れ、そのまま乗り込む。立ち回りを演じた男が反対側の後部座席のドアを開け、クルマに収まった。

セダンは滑るように正面玄関の車寄せを走り出した。一時停止しないまま宮下の目前で道路に躍り出た。曲がるとき後部座席が垣間見えた。両側から男に押さえつけられるように女がシートにのけぞり、一瞬だけその横顔が見て取れた。……ファジョン？　服はファジョンのものだ。

セダンは猛スピードで六本木通り方向へ走り去っていった。

ホテルの正面玄関に目を転じた。自動扉の前に横たわる男の膝が動いているが、起き上がる様子はない。たったいま見た光景が信じられなかった。

ふさぎ込んでいた気分など、吹き飛んでしまうような事態だった。

偶然で起きるはずがなかった。

女を連れ去ろうとしていた男たちは……チムサンの男たちか？

横たわる男は何者だ？

連れ去られたのはファジョンなのか？

……似ているが、どうにも本人とは思えなかった。

ではいったい誰なのか？　ひょっとして、妹のソンエか？

ファジョンはソンエをホテルに呼んでいたのか？　ソンエは逃走中だ。姉に助けを求めて落ち合ったのかもしれない。連れ去られたのが、ソンエだとしても、なぜ彼女があんな目に遭うのか？　ひょっとして、マイクロSDカードを彼女が横取りした？　しかし、マイクロSDカードをファジョンが持っていることを、チムサン側はどうやって知ったのだ……。

抜き差しならぬ事態が起こっていると思った。自分たちが住んでいる赤羽のマンション も水姫も、チムサンが見張っていたに違いない。戦慄(せんりつ)が体を突き抜けた。赤羽の自宅を出たファジョンを尾行して、連中はホテルまでたどり着いたのだ……。

携帯を取り出し、ファジョンに電話を入れてみる。

呼び出し音のあと、留守番電話に切り替わった。

胃のあたりに痛みが走った。……いま目の前で拉致されていったのは、やはりファジョンでは？

用心してかからなければならない。警察が関わっているとするなら、自分も目をつけられているはずだ。

横たわっている男を、ボーイたちが抱き起こしている。

あの男はひょっとして警官か？

赤羽中央署の刑事たちも、自分たちをはじめとして赤羽のマンションや水姫を監視していた可能性がある。ファジョンの妹のソンエを捕まえるために。自分たちは、いつの間にかふたつの勢力の監視下にあったのだ。

それにしても、それほど重い罪をソンエは犯したというのか。刑事たちの所属は生活安全課と聞いている。不法滞在と売春程度で、あれほど追いかけ回すものなのか。ひょっとして、彼らもＱ５に関心を寄せているのではないか？　いや……彼らは生活安全課などではなく警視庁の公安部なのか？　そもそも警察も公安も一蓮托生だ。見かけ上はソンエを追っていても、目的はべつにあるのではないか。Q5の奪還、あるいは重大な産業情報を盗み出した人物を捕まえることに。

手にした携帯を見つめた。警察が本気で自分を追いつめるつもりなら、携帯の探索をすればそれですむ。……いまここで警察に捕まるわけにはいかない。これから為すべきことが多すぎる。自分には、テレビの未来を変えてしまうようなQ5があるではないか。これ以上、大切なものなどほかになにがある。

宮下はファジョンのスマホのアドレスを呼び出す。

〈ただちにスマホの電源を切れ〉

それだけ書き込み、送信した。

携帯の電源を長押しする。数秒後にモニターの明かりが消えた。

第四章　群電前(ぐんでんまえ)

1

　野々山はホテルマンに左右の肩を支えられ、覚束(おぼつか)ない足取りで正面玄関から入ってきたところだった。疋田は末松とともに、野々山の体をあずかりフロント前のソファに座らせた。

「何があったんだよ」末松が野々山の肩を揺すり、荒々しく声をかける。

「スエさん」疋田はたしなめた。「体はどうだ。痛むところはないか?」

　見たところ大きな怪我(けが)はないようだが、蒼(あお)くこわばった表情を隠せない。まだショックが残っているようだ。

「……わかりません」そう言うと野々山は疋田の顔を見た。「ファジョンが連れていかれたと思います」

「ファジョンを？　おまえを襲った連中がか？」

　野々山は苦しげにうなずいた。

「背広を着た男がふたりがかりで……」

「その連中は誰なんだ？」

　末松が問い質すが、野々山は首を横に振るだけだった。

「マコはどこだ？　ここにいるんじゃなかったのか？」

　疋田が声をかけると、野々山が首を伸ばすように正面玄関を見やった。それらしい姿がないのに気づいたらしく、救いを求めるような眼差しで疋田を見上げた。

「……わかりません。いたはずなんですが」

　ホテルのロビーにはホテルマンらしい人間とガードマン以外は見えない。客の姿もなかった。フロントの女性係員に警察手帳を見せた。

「女性の警官がいたはずなんですが、見ませんでしたか？」

　となりにいた女性係員がおびえた表情で、

「いらっしゃいました。おふたりの男性が真ん中に女性をはさんで玄関を出ようとしたとき、女性の警官の方がそれを阻止しようとして、蹴り倒されました……あの男性の方も玄関を出たところで格闘になって倒されて」

　ふたりの男性？　あいだにいた女性はどこの何者か？

「ふたりの男が女を抱えて、外に連れ出したわけですね？」

「はい」

「そのあとはどうなったんですか？」

「玄関前に黒いクルマが走り込んできて、それに乗って行かれました」

「三人とも？」

「はい……男性の方が女性を無理やり押し込んだように見えました。その方……お客様だと思います」

係員は宿泊カードを疋田の前に置いた。

宮下晴子
堂々と日本名を記していた。

キム・ファジョンに間違いない。だとしても、どうして、キム・ファジョンは男らに拉致されたのか？　男たちは、いったいどこの何者なのか。

ファジョンがホテルに来たのは、妹のソンエと落ち合うためだったと思われた。

それとも、ほかに目的があって来たのか。

ソンエの手配写真を見せると、係員はすぐ気づいたようだった。

「この方は、きょうチェックインなさっています」

やはり来ている。

「部屋番号は？」

「五二一号室です」

疋田は末松と顔を見合わせ、もう一度係員を振り返った。

「その部屋に案内してください」

疋田が言うと、係員は残念そうな顔で、「外出されたと思います」と口にした。

「いつ？」

「十五分ほど前です」係員はフロントの前を指した。「玄関で格闘があったとき、ここでご覧になっていました」

「ここで？　そのあとは？」

「わたくしどもも正面玄関に出向きましたので、戻ってきたときにはいらっしゃいませんでした……倒れていた女性の警官の方も」

「同じときにいなくなった？」

「……たぶんそうだと思いますが、混乱していたものですから、はっきりとはわかりません」

フロントから向かって左手は正面玄関。右手は自動扉があり、その向こうは屋内のクルマ回しになっている。

ソンエはクルマ回しのある方角へ出て、小宮はそれを追いかけて行った？

連絡がないのは尾行中のためか。

疋田は赤羽のファジョンのマンション前で起きた拉致めいた一件を思い出した。昨晩遅く、クルマでやって来た連中がひとりの男性を連れ去っていった。

末松にもう一度、そのときの状況を尋ねようとしたとき、懐の携帯が震えた。生活安全課の西浦課長からだ。

「いま大丈夫か？」西浦は言った。

このホテルで起きていることを報告したかったが、用件を聞くのが先だ。フロントを離れ、何でしょうかと訊き返す。

「ファジョンのマンションに妙な連中が四、五人押しかけてきてな。張り込んでいたうちの捜査員が身分を問い質したら公安だったよ」

「公安？」

公安がファジョンに、何の用があるというのだ。

「所属は？」

「外事だ。外事二課」

外事二課？

たしかアジア地域を担当している覚えがあるが。

「二課は朝鮮半島が管轄だよ」西浦が言う。「外事一課と連携しているようだけど。やっこさんたち、ファジョンの旦那に用事があるそうなんだが、名前わかるか？」

　ファジョンの夫に用？　それだけで外事課員が、大挙して押し寄せてくるものか。

「……たしか宮下とかいったはずですが」

「そう、そいつだ。宮下昌義。居所はわかるか？」

「いや、皆目」

「テレビの技術屋なんだそうだ。とんでもないブツを持っているらしいんだが」

「何ですか……ブツって」

「よくわからん。いま、そっちに担当が向かっている。くわしい話はそいつから聞いてくれ」

　唐突に言われても、返事のしようがなかった。

「……いまこっちも取り込んでいます。話を聞いている余裕はありません」

　疋田は手短にホテルで起きたことを話した。

「それならなおさらだ」西浦は納得したような声で言った。「連中も是非にと言っている。会って話を聞け。折本っていう係長だ」

「……承知しました」疋田は首をひねりながら、携帯のオフボタンを押した。

2

ソンエはむき出しになった乳房に手をあて、必死でかばった。右側に座る男の手がスキニーパンツのポケットに入り込んでくる。細い目を吊り上げ、臭い息が吹きかかった。

「おとなしくしろ」

韓国の警官が話すような韓国語に、ソンエは一瞬、ここが日本であるのを忘れた。左側の男に押さえつけられているので身動きがとれない。

ポケットを調べていた男が首を横に振り、左側の男に声をかける。

「ない」

男の手がようやく離れた。ブラジャーをつけ直し、Tシャツを頭から着込む。

「おまえ、どこの何者なんだ?」

体中をまさぐった男に訊かれる。

「……言ってるじゃない。妹だって」

韓国語で答えたものの、顎を摑まれ、左右に揺すられる。

「この服はどうしたんだ?」

「だから姉の服と交換したの」

「くそっ……おまえ、ファジョンじゃないんだな？」

「違うってば」弱いところを見せたら終わりだと思った。「何度言えばわかるのよ。わたしは妹のソンエ。キム・ソンエだって」

「Q5だ。どこにある？」

また大声で吐きかけられた。意味がわからない。

ぽかんとしていると、もう一度訊かれた。

「プログラムだよ。テレビのプログラム。わからんか？」

「……知りません」

男はソンエが持っていたセミショルダーバッグの中に手を突っ込み、百万円の束を抜き取って目の前に突き出した。「おまえ、売ったな」声を荒らげる。「そうだろ、これはプログラムを売ったカネだろ？」

「違います。わたしのカネよ」

男はソンエの腕を握ったまま左側にいる男に、

「どうしますか？」

と青ざめた顔で問いかける。

その男は空いている方の手で、さっきからずっと携帯に耳を傾けている。高という名前の男と話しているようだ。

運転手がしきりと、「戻りますか?」と韓国語で尋ねている。

「戻らん」左手の男が携帯の送話口を手で押さえながら答える。

三人とも背広を着ている。日本の警察でないのは明らかだ。

男はショルダーバッグの中にある携帯の電源を切った。ファジョンから借りたものだ。

自分は姉と勘違いされて、拉致されたようだった。

よけい、不安をあおられる。

姉はいつ、このような男たちと関わり合いを持つようになったのか。

「くそったれ」

ふいに右手の男が運転席のシートに拳を叩きつけた。

こめかみをぴくぴく震わせている横顔を見て、胃が締めつけられるような不安に襲われた。

失望した様子の男はソンエの髪を掴んだ。

「マイクロSDカードは？　隠してないか？　さっさと言え」

頭皮が痛むほど激しく揺さぶられる。

――マイクロSDカード。

思い当たるものがあった。ホテルに残してきた姉が持っていた封筒の中に入っていたはずだ。大事そうにしまったではないか。きっとあれだ。ようやく拉致された理由が飲み込めた気がした。姉の夫はテレビの技術者で元はチムサンの社員だった。彼がどこかで重要なプログラムを手に入れ、それを姉に渡したのではないか。それを知って、男たちは姉を連れ去ろうとしたが、誤って妹の自分を拉致した……。

ソンエは自分が置かれた状況に、光が差し込んで来るのを感じた。

左手の男の通話が終わった。

「とりあえず、戸越へ行くぞ」それだけ言う。

運転手がアクセルを踏み込んだ。

胃のあたりがぎゅっと縮こまった。また心細さが押し寄せてくる。

機械にはさまれているように身動きがとれない。

男たちの正体が見えてきた。チムサンだろうか。求めているのが重要なプログラムならば、その方面の勢力に決まっている。チムサンだろうか。姉の夫の宮下が籍を置いていたメーカーだ。

宮下は彼らと競り合い、抜き差しならない状況に追いやられ、ホテルで落ち合った姉にそのプログラムを渡したとしか思えない。

チムサンに限らず、韓国の電機メーカーのやり口は知っている。法も何もない。力ずくで奪い取るのだ。新技術こそすべて。手に入れるためには手段は選ばない。それが常識なのだ。

もしそうなら、自分も命まで取られることはないはずだ。求めているものを渡せば、けりがつくのではないか。マイクロSDカードを持っている人間はわかっている。それをうまく使えば……切り抜けられる。問題はそのやり方だ。日本の警察など決してあてにはできない。

取引する。この男たちと。これから連れて行かれる先で、待ち構えている人間たちと。主導権はこちらが握っている。ソンエはそう自分に言い聞かせた。すると、拘束している男たちが、さほど恐ろしいものには感じられなくなった。

それだけではない。この男たちの力を利用すれば、もっと有利な条件を引き出せるかもしれない。問題はどうやって取引するかだ。車窓に流れる風景に目をやりながら、ソンエは必死で考えをめぐらせた。

ソンエの様子に気づいた右側の男に、無理やり、上体を前屈み（まえかが）にさせられた。

「目を閉じろ（ヌンガマラ）」

言われるがまま、ソンエは固く目をつむった。

3

ファジョンが宿泊するはずだった五一六号室に入ってきた男は、夏用のスーツに青いワイシャツ、銀色のストライプのネクタイを締め（し）ていた。外事一課第五係の係長を拝命している折本初男です、と自己紹介した。本部の係長ならば階級は疋田よりひとつ上の警部だ。部下の末松と野々山を紹介すると、折本は急いでいる様子で、部下を入れますからと申し出て自らドアを引いた。背広姿の男たちが三人入ってきて部屋のチェックをはじめた。そのうちのひとりが野々山に写真アルバムを見せ、正面玄関で格闘した男がこの中にいるかと尋ねた。

疋田は折本とともに窓際に寄った。七名の男がいる部屋は充分な広さがある。

折本は硬い表情をくずさず、額の真ん中で分けた髪の根元には白いものが混じっていた。自分より十歳ほど年上だろうと見当をつける。

疋田は促されるままホテルで起きた出来事を話した。ファジョンを尾行するようになった経緯を話そうとすると、折本は二重まぶたの目で疋田の顔を見つめ、引き結んでいた口を開いた。

「その件については西浦さんから聞いていますので、省いていただいてけっこうです」

「宮下についても？」

「それもわかっています。宮下は十一時三十分前後に、本名を使って自分と妻の分の部屋をそれぞれ別に予約しています。そのあと、宮下は十二時五分、同じ階の五〇五号室にチェックインしています。五一六号室に妻の宮下晴子ことキム・ファジョンがチェックインしたのは十二時三十分。五二一号室に妹のキム・ソンエがチェックインしたのはその十分前の十二時二十分でした。ソンエは単独の飛び込みでフロントに来ています。それについてはいいですね？」

「いいと思います」

フロントの係員が言っていた内容と同じだ。

「女を拉致していった車のナンバーはわかりますか？」

「そこまでは確認が取れていません」

疋田の答えに折本は顔をしかめた。

「宮下はチェックイン直後、フロントに下りてきてファジョンあての封筒の言付けを残してホテルを出て行った。行き先に心当たりは？」

「まったくありません」

「フロントの係員によると封筒の中には、手紙らしいものが入っていたようですが、その中身についてはどうですか？」

「……心当たりはないのですが。そちらは誰が目当てですか？」

「当面は宮下昌義になります。彼の顔写真はありますね？」

「盗撮した写真を部下が持っているはずです。ファジョンやソンエの顔写真も持っていますから」

疋田は末松に声をかけて、それらの写真を見せるように命令した。末松は携行している一眼レフのデジカメに収められた宮下の顔写真をファインダーに表示させた。大きな黒っぽい目の精悍（せいかん）な顔立ちだ。

折本は部下に命令し、宮下やほかの関係者の写真をもらい受けるように指示した。そのあとまた、疋田を振り返った。

「宮下について、情報はお持ちですか？」

「ファジョンの夫であるというだけで……今朝方、赤羽公園で男と会ってから、急に警戒するようになったらしいのですが」

「男？　どんなやつです？」

「メガネをかけた体格のいい男だったようです。野々山が見ています」

折本は顔をしかめた。「おたくさんらは、宮下を張っていたの？」

「ええ、韓国人の奥方が朝一番で銀行に行って三百万円も下ろしたりして、不穏な動きをしていたものですから。夫のほうもソンエの逃亡に荷担しているのではないかと疑いまして」

「宮下が荷担していたんですか？」

「いまのところ、わかりません」

折本はしばらく考えた様子を見せ、「ほかに何か気づいた点はありますか？」とふたたび問いかけてきた。

「宮下が住んでいるマンションの前で、昨夜、拉致めいた奇妙な動きを部下が目撃しています」

説明すると折本は顔をこわばらせ、「そのクルマのナンバーは控えてありますか？」と訊いてきた。

末松と野々山を呼び、昨夜の詳しい状況を話すように伝えた。

写真を見せられた野々山だったが、見覚えのない写真ばかりだったという。

ふたりの話を聞き終えた折本は眉根を曇らせ、またすぐ気持ちを入れ替えるように疋田を見つめた。

「宮下さんは危険な状況に置かれていると思います」

唐突に切り出されて、疋田は戸惑った。

「それを回避するためにこのホテルにやって来たと思われます」折本は続ける。「彼が日本の電機メーカーに、かつて勤めていたのはご存じですか？」

「そのような話は聞いたことがあります」

「フロンテに二十六年間勤めていました。ずっと技術者としてテレビ開発に当たってきましたが、五年前に韓国のチムサンに引き抜かれました。二年ほどでチムサンを辞めて帰国してから赤羽に暮らすようになりました。チムサンにいたとき、宮下は韓国と横浜にあるチムサンの研究所の間を往復する生活を送っていました。その際、研究所の警備員の吉岡という男と知り合った可能性があります。この男です。ご存じないですか？」

五十代半ばの男の顔写真を見せられた。髪の毛が薄い。見覚えはないと答えた。

もう一枚別の男の写真を折本は見せた。メガネをかけた半白髪で額の広い男だ。わかりませんと答えると、折本は硬い表情で写真を覗き込んでいた野々山に向き合った。

「あなたはどうですか？」

声をかけられた野々山の顔が緩んだ。「……今朝、宮下が赤羽公園で会った男だと思います」

「間違いない？」

「ええ、体格がよくて。この男です」

折本は険しい表情のまま、「チムサンで常務をしている大河原聡という男です。この男も五年前までフロンテにいましたが、宮下を引き連れてチムサンに移りました」と口にした。

「……仲間ですか」疋田は訊いたが、折本は答えなかった。

相変わらず厳しい顔付きで、「もしかすると、昨夜拉致されたという男は吉岡かもしれない」と折本は洩らした。

「吉岡って何者ですか？」

「チムサン横浜研究所の警備員です。日本人ですよ」

警備員がなぜ、あのような場所に現れたのか。

「宮下が関係しているのですか？」

「4Kテレビの上をいく8Kテレビはご存じですね？」

「名前は聞いたことありますが」

家電量販店にある4Kテレビは見たことがあるが、それよりも映りはいいのだろう。

「いま世界的な売れ筋は4Kテレビですが、その十六倍もの解像度を持つ次世代の高品位テレビです。世界中の電機メーカーが少しでもすぐれた製品を作ろうとして躍起になっている最中なんですよ。その帰趨を決するのが、画面処理を行うソフトウェアになりますが、フロンテはその中でも一歩も二歩も抜きんでたソフトウェアを開発した模様です。Q5と呼んでいますが、これを吉岡は手に入れ、それを宮下に渡した形跡があります」

警備員がそんなものをどうやって手に入れるのか。

「その吉岡という警備員を拉致した連中というのは？」

「チムサン横浜研究所の保安部員によるものと思われます。ご承知かどうかわかりませんが、チムサンというメーカーはカネで日本の技術や技術者を引き抜くだけでなく、非合法な手段で奪うことを平気でします。保安部員の多くはそうしたことに長けている韓国人の元警官や軍人です。タチの悪い産業スパイと考えてください。彼らがQ5の存在を知り、それを持っている宮下を追いかけ回している」

ようやく思い当たったという顔で野々山は疋田を見た。「下でわたしがやりあったのは、そいつらですか？」

「だと思います。もう一度写真を見てくれますか？」

「わかりました」

折本は午前中、都内の大学で起きた事件について話し、産業界におけるＱ５の持つ大きなインパクトについて説明した。Ｑ５はおそらくマイクロＳＤカードに収まっている。現在、警察庁及び神奈川県警と連携しながら、警視庁の外事関係課が総力を挙げＱ５の奪還に向けて動いているという。

日本の電機メーカーの一角を占めるフロンテの業績を左右するだけではなく、かりにＱ５がチムサンに渡ってしまえば、日本の産業界全体に計り知れないダメージを与えるということも。

「今朝、赤羽公園で宮下が会った男が大河原であるとすると、連中はＱ５について話していたに違いない」折本が言った。

「宮下は保安部員から逃れるためにここに来たわけですか？」疋田は訊いた。

「そう考えていいでしょう」折本は部屋を調べている捜査員を見やった。「十五分ほどこの部屋にいたはずです。念のため、宮下とソンエの部屋も調べさせていますが、ティッシュ一枚残っていないようですね」

「宮下はホテルを出た」疋田は言った。「彼がファジョンに言付けたのは、もしかするとそのQ５の入ったマイクロＳＤカード？」

「その可能性は否定できないんですよ」はじめて素(す)を見せたような感じで折本は言った。

「保安部員たちがファジョンを連れ去ったとしたら……もう、Q５はチムサンの手に落ちたということですか？」

折本は苦渋(くじゅう)に満ちた顔で唇の端(はし)を噛(か)んだ。

「残念ながらその可能性は大です」

疋田はどう答えてよいのかわからなかった。

部下たちの目前で白昼堂々と誘拐が行われ、人が死に、しかも日本の冠たる技術が収まったマイクロＳＤカードも奪われた……。目がくらみそうだった。自分たちが追いかけていた人間が、そのような国際的な謀略に巻き込まれていたとは。

「とにかく宮下と姉妹を確保しなければいけない」折本が言った。

「携帯の発信を追ってもわかりませんか？」

「宮下は携帯の電源を切っています」

「……警察に追われているのを気づいている？」

携帯の発信を頼りに追いかけられていると思っているのだろうか。

「おそらくは。関係者全員の携帯の盗聴の令状を取り、現在傍受(ぼうじゅ)態勢に入っています。警察関係者の携帯も同様に。電源が入っていれば居所がわかります。おっつけ、小宮さんの居所もわかるはずです。ファジョン名義の携帯は二台ありますが、どちらも電源を切っているので現在地が摑めない」

そのとき疋田の携帯にメールの着信があった。

広げてチェックすると、その文字が浮かび上がった。

〈ファジョンを尾行中〉

まじまじと見入った。

ファジョンを尾行？　ソンエではないのか。

4

クルマは傾斜のついた坂を下りた。ドアが開き、ソンエは引き立てられるようにクルマから降ろされた。エレベーターに乗せられ、すぐに降ろされる。目の前のドアが開き、背中を押されて中に入った。

ブラインドが下ろされた薄暗い部屋だ。窓際にいた大柄な男が、「ファジョンじゃないのか?」と言いながら詰め寄ってきた。髪が短い。韓国人のイントネーションではない。日本人のようだ。

「違うと言っています」

体のチェックをした男が、おどおどしながら韓国語で答えた。

「この間抜けがっ」

ドア近くに立っていた別の男が罵声を浴びせた。韓国人だ。高と呼ばれていた男だろうか。蠟で固めたような厚い髪を分け、切れ長の目で射すくめるようにソンエをにらみつける。

全身から汗が噴き出るような不気味さを感じ、体が硬直した。

叱りつけられた男がへりくだった感じで、ソンエのセミショルダーバッグの中から一万円札が百枚の束を三つ取り出した。それを韓国人ボスの高と日本人に見せながら、小声で何事かを口にする。クルマの中で言われたようなことを話しているのだ。

聞き終えた大柄な日本人が、ソンエを振り向いた。

「おまえ、Ｑ５を売ったのか？」

また同じことを訊かれた。三百万円の現金は、自分がＱ５と呼ばれているプログラムを売って得たカネだと思っている。

「それはわたしの逃走資金」ソンエはきっぱりと言った。「それをもらうために姉とホテルで会ったのよ」

高が胡散臭そうな顔でソンエを見つめる。

「わけを話してみろ」

言われて、ソンエは日本の警察に児童福祉法違反容疑で指名手配されていることを話した。それだけで高はソンエの背景を理解したようだった。

「おまえ、韓国で借金して、日本で体を売っていたのか？」

見透かされるように言われ、ソンエはうなずくしかなかった。

高はようやく疑問が解けたような顔で、日本人と顔を見合わせた。

「ファジョンはおまえの姉なんだな？」

高が言った。

「……はい」

「ファジョンはまだホテルにいるのか？」

「と思います」

「宮下は知ってるな？　ファジョンの旦那だ」

「……知っています」

「宮下もホテルに来たな？」

おそらく来ていたはずだが。詳しくはわからない。

ソンエは首を横に振った。

高に髪を掴まれる。引きちぎれるほど、うしろに引っ張られた。

「うそをつけっ」高は罵（ののし）った。「宮下がいただろ。やつはマイクロＳＤカードを持っていただろ」

やはりそうか、とソンエは思った。

この男たちは血眼（ちまなこ）になって、Ｑ５の入っているマイクロＳＤカードを探しているのだ。たぶんそれは、男たちが所属する組織にとって、かけがえのない値打ちがある。そして、そのマイクロＳＤカードは、宮下が持っていると判断しているようだ。しかし、簡単には寄こさないから、姉を人質に取ろうとしたのではないか。でもマイクロＳＤカードは……姉のファジョンが持っている。

それならやはり、勝ち目はあるかもしれないとソンエは、息が吹きかかるほど間近に迫っている高の顔を見ながら思った。その考えが通じたかのように、高の手が離れた。

改めて部屋を見回した。椅子（いす）ひとつない部屋だ。錆（さ）びついた鉄の臭（にお）いに気づいた。天井から壁に雨漏（あまも）りのようなシミが幾筋も浮き出ていた。床のあちこちが壊（こわ）れて、コンクリートの地肌が露出しているところもある。

ここはどこなのだろう。ホテルからさほど遠くまで来ていない。東京に来て、ほとんど出歩いたことがなかったから、見当がつかない。でも、ちらりと横目で東京タワーが見えた。方角からいってホテルから、かなり南に来ているはずだ。

でも、取引するとしたらこんなところはだめだ。

姉には、マイクロＳＤカードを持ってきてもらわなくてはいけない。

日本の警察になど、絶対に捕まらない。いざとなれば、名古屋でも大阪でもどこでも稼げる。とにかく信用のならない男たちだ。いざとなったら、何をされるかわからない。そうなったときのためにも、逃げる道を用意しなければいけない。姉もわたしも勝手のわかるところでなければ。かといって目立つところではいけない。思いつく場所はそこしかなかった。ここからそれほど離れていないはずだ。日本の警察も立ち入らない場所……。

「どうした、黙りこくって」高が怪訝そうな顔で訊いた。

一皮むけば、この男も自分の体を通り過ぎた日本人と変わらない。そう思うと怖さが薄れた。とりあえずいまは、日本を脱出しなくては。そのためにはこの男たちの力を借りるしかない。

「あなたたち、チムサン？」

高の目が光ったが、答えはなかった。当たっているようだ。

「それ、すごく大事なものよね……」ソンエは値踏みするように続ける。「どうなのかしら？」

「当たり前だろ」

日本人が嚙みつくように言った。

「オオガワラ」

と高がたしなめると、日本人は慌てた表情で目をそらした。

当たっているようだ。どれほどの価値があるのだろう。知りたい。知らなくては取引もできない。チムサンが喉から手が出るほど欲しがっているもの。それを、かつてチムサンの一員だった宮下が持っている。テレビ技術者だった宮下が持っているとするなら、テレビに関するものではないか。重要なプログラムか何かだ。それひとつで商品力を左右するような、インパクトのある代物。いくら考えてもそれ以上は出てこない。しかし、それをいまここで男たちに問いつめたところで、正直に話してくれるはずもなかった。だったらここは知ったかぶりをするしかない。

「……そのプログラム、いくらで買ってくれるの？」

ソンエの発した質問がしばらく漂った。

高がオオガワラと呼んだ日本人をちらっと見た。

やはり無理なようだ。次のステップに移るしかない。

「ある人が持っている」

ソンエのつぶやきを耳にした高が目を見開いた。

「……ファジョンだな？」

返事をしないでいると、高がソンエの髪を摑んだ。

「おまえの姉が持っているんだろ？」

ソンエは負けないようににらみつけた。

高の目に逡巡の色が浮かんだ。

「……カネがほしいのか？」

ソンエはうなずいた。「五千万円。いますぐわたしの口座に振り込んで。それから、韓国へ戻りたい。でも、正規ルートでは警察に捕まる」

高は不機嫌そうに眉をひそめる。「日本の警察に捕まれば強制送還されて、日本で売春したのが韓国の親戚筋にバレる……それが怖いんだな」

そうなってしまえば、韓国で生きてはいけない。何より母親に気づかれるのが一番辛い。留学すると言って韓国を飛び出てきたのだから。

「このお調子者め。おれたちの力を借りて日本から逃れようなんて」

高は軽蔑するような眼差しをくれると、オオガワラに歩み寄った。しばらく話し込んでから、近づいてくる。

「現金で二千万円なら用意できる」

「……いいわ」ソンエは言った。「いつ受け取れるの？」

「三十分以内に、どこへでも持っていく」

それで折り合うしかない。

「わかった」

高はソンエをにらむ。「カネも払うし助けてやる。その代わりファジョンには会わせるんだぞ」

凄みのある声で言われて、うなずいた。

「出国ルートはどうなの？」

船でも飛行機でもどちらでもいい。

「偽のパスポートを用意するまで時間がかかる」高が訊いてくる。「そのあいだはどうする？」

偽のパスポートがあればそれに越したことはない。

オオガワラが歩み寄ってきた。

「潜伏場所ぐらい用意してやれ」

高はまたソンエに声をかけてくる。「安全な家がある。そこを用意してやる」

ソンエは首を横に振った。

「だめだめ、場所はわたしが決めるの。そこでないと、あなた方が会いたがっている人とは会わせない」

高はオオガワラと顔を見合わせ、仕方がないという感じでうなずく。

「マイクロSDカードを持っている人は警察に追われている」ソンエは続ける。「でも、日本の警察の干渉を受けない場所があるの。そこに呼ぶしかないわ」

場所を告げると、高はなるほどという顔でうなずいた。オオガワラは怪訝そうな様子で高を見ている。

「そこにファジョンが来る保証でもあるのか？」高に訊かれた。

「わからない。でも、こうすればどうかしら？」

ソンエの説明を聞き終えた高は、冷淡な顔色を浮かべながらソンエに歩み寄ってきた。

5

小宮は地下鉄車両の貫通扉越しに、先頭車両にいるファジョンの姿を捉えていた。日比谷線の中目黒行だ。先頭車両と同様、小宮のいる車両も空いていて両隣に人はいない。

ファジョンは服もバッグも違っている。ホテルの部屋でソンエと落ち合い、互いの服とバッグを交換した。そして、先に降りてきたソンエが男たちに襲われ連れ去られた……。

ソンエはファジョンの服を着ていたため、間違って襲撃を受けたのではないか。

小宮はまだメガネをかけ、ウィッグをつけたままだ。素顔を見られているので注意しなければいけない。得体の知れない男から食らわされた頭突きのせいで、頭がずきずき痛んだ。いったい、どういう連中なのか。野々山は大丈夫だろうか。

ファジョンは六本木駅で乗車直後、スマホを一度見たきりでしまい込んでいる。赤羽に帰るつもりなのだろうか。もしそうなら、恵比寿駅で降りて埼京線に乗るルートを取るはずだ。

いずれにしても、なぜ、あのような事態になったのか、整理しなくては。まずソンエだが、姉に助けを求めながら同時に、韓国に密出国するため、韓国人の顔役たちと連絡を取っていた可能性がある。襲ってきたのはその組織の人間たちだろう。ソンエは何らかの理由で組織を怒らせたのでは。だとしても、あのような場所で拉致まがいの行動を取るものだろうか。

一方、ファジョンのマンション前でも昨夜、似たような拉致騒ぎがあった。「水姫」には奇妙な男たちが出入りしていたし、ファジョンの夫の宮下も気になる動きをしていた。今朝方、公園に出かけて男と会い、それ以降、自分の身辺に異様なほど注意を払うようになったという。

二人のあいだにいったい何があるのだ。むず痒くなるような不吉な塊が、胸元に迫り上がってくる。

ひょっとして、ファジョン夫婦は別のトラブルを抱えているのか？

それにしても恐ろしく強い男たちだった。阻止しようとしたが、赤子の手をひねるように、あっさりと退けられてしまった。彼らはソンエを狙ったのか。それともファジョンとソンエを間違えたのか？

スマホが震えて、疋田からの着信が表示された。

ファジョンを視界の隅に捉えたまま、耳にハンズフリーのイヤホンをつける。

「……メールを見た。いいか?」疋田の声が聞こえた。

「尾行中」小声で言う。「ただいま日比谷線の広尾駅を出たところ。手短に」

「怪我はないか?」

「大丈夫です」

「聞け。外事一課が入った。キム・ファジョン、ソンエ、宮下昌義の三名は、韓国のチムサンがらみの産業スパイ事件に巻き込まれている」

……外事? 産業スパイ?

疋田が続ける。「ファジョンはいま現在、次世代型高品位テレビの画像処理プログラムが収まったマイクロSDカードを持っている可能性がある。それをチムサン側が横取りしようと躍起になって、ファジョンを拉致してしまった。だが、マコはファジョンを尾行しているというのは、どういうことなんだ?」

「拉致されたのは、ソンエです。二人はホテルで服とバッグを交換しています。……ホテルに来たのはチムサン?」

「本当か。それが間違いなければ、チムサンの連中がそのことに気付くのは、時間の問題だ。Q5を絶対に渡すなというのが外事一課からの至上命令だ」

思わず息を止め、手を握りしめた。

「では、すぐ確保？」

「ファジョンが確実にQ5を持っているとは言えない。ソンエはバッグも交換したんだな？」

「はい。ではソンエが持っている？」

「その可能性が高いが、ソンエの行方は現在摑めていない。ファジョンと接触するかもしれない」

「……尾行を続行すればよい？」

「そうだ。絶対に見失うな」

「了解」

通話を切る。

電車が速度を落とし、恵比寿駅のホームに入線した。ファジョンが席を立つのが見えた。息を整え（ととの）、席を離れた。降車してファジョンの背中に目を当てる。振り返るのがわかったので、支柱の陰に入った。反対側から回り込み、ファジョンの背後に付く。振り返る様子は見えなかった。

6

「生安の女刑事がたったひとりで尾行？　どういうことだ」相川外事一課長の声が携帯の通話口に響いた。

「赤羽中央署が別のヤマで追いかけていた人間が、宮下の奥さんの妹だったんですよ」折本は答えながら、ロビーの端に寄った。

「わかってるって。その女刑事に連絡はとれるんだろうな？」

「……単独で尾行中です。連絡待ちになります」

「ふざけるな。そんな女になど任せておけん。さっさと代われ」

「居場所がわかりません」

「わからんて……徒歩か、クルマか？」

「それもわからないんですよ」

「だいたいおまえの手際が悪いから、こんなことになるんだ」相川はトーンを上げた。

「いったいどうするつもりだ」

折本は相川の興奮が収まるのを待った。

「とにかくいまは、ここで待機するしかありません」

相川が歯ぎしりするように、息を吐くのが伝わってくる。

「Q５はどいつが持っている？」相川が訊いてくる。「連れ去られたソンエが持っているのか？」

「ファジョンかもしれませんが、いまのところ両方追うしかありません」

「両方？　ソンエの行方をどうやって追う気だ？　拉致した連中のクルマのナンバーすらわかっとらんじゃないか」

「ですから、ファジョンを追うしかありません。大河原はどうですか？　まだ行方が摑めませんか？」

　今朝、赤羽公園で宮下が大河原と会っているのがわかっている。昨夜行われた吉岡の拉致も、大河原が関わっている公算が強かった。

「わかるわけない。クルマも替えているみたいだし。いま、神奈川県警の連中が保安部員のアジトをガサ入れしてる」

「吉岡は見つかりましたか？」

「まだだって言ってるだろ。その女刑事の名前は？」

「小宮真子巡査部長」

「今度、そいつから連絡が入ったときは、ただちにファジョンを確保しろと伝えろ」

「課長……それは、いかがなものかと考えます」

相川が息を呑むのが聞こえた。

「どうして？　ファジョンがQ５を持っているかもしれんぞ」

「持っていればいいですが、そうでない場合は、ソンエという妹が握っている可能性があります」

「だから、そいつはチムサンの連中に連れ去られたんだろうが」

「それはそうですが、姉は妹が誘拐された現場を見ています。妹の逃亡を助けようとしていた姉としては、ほうっておかないはずです。いずれ、ソンエを拉致した連中から連絡が入るかもしれません。そうなれば、姉と妹はどこかで落ち合う可能性があります。そのときは宮下も現れるかもしれません。そこを押さえるしかないと思います」

「……悠長（ゆうちょう）なことを言いやがって」

それきり通話は切れた。

いまの会話は、自分の思い通りに進行させてよいということなのか……。

いくら切れるとはいえ、相川外事一課長ひとりに任せておいてよいものかどうか。警察庁の服部の考えはどうか。

ほかにも気になることがある。横浜研究所所属の久保卓也はまだ研究所に軟禁されているのか。阿佐ヶ谷にある日野の自宅の家宅捜索は進んでいるのか。

誘拐容疑でチムサンの保安部員を数名、指名手配にかけたらどうだろう。この際外聞（がいぶん）になど構っていられない。宮下夫婦の追跡に失敗した場合を考えて、多方面に保険をかけておく必要があると思われた。

やはり宮下の韓国人妻は、この際確保すべきではないか。しかし、女刑事ひとりの手に負えるものか。いよいよというときは、交番に駆け込み、応援を仰ぐぐらいの知恵は働かせるだろうが、そんな憶測などあてにできない。

靴音がして振り返ると疋田が歩み寄ってきた。

「小宮から連絡がありました」

疋田の一言に、心中の雑音が引いた。

「どこにいますか？」

「日比谷線の恵比寿駅で降りました。ファジョンに張りついています」

ワイシャツの首筋に冷や汗がにじんだ。ひょっとして、韓国人妻はもう役目を終えたと考えて赤羽に帰るつもりか。妹が拉致されたのを目の前で見ている。そうやすやすと肉親を切り捨てられるものか。

いや、ひょっとして恵比寿駅あたりで宮下と待ち合わせる？

判断を急がなくては。

一刻も早く身柄を確保するしかない。しかし、それは時期尚早だと思い直した。

現時点で唯一の手がかりはファジョンという韓国人妻ひとり。だとしたら、闇雲に手を出すべきではない。泳がせるべきときではないか。公安たる我々は、関係者を捕まえればそれで終わるのではない。救うべきは社会そのもの、そして日本の企業だ。排除するべきはそれらを脅かす韓国企業の影。彼らを一網打尽にしてこそ役目を果たせる。いまこそ絶好の機会だ。まだまだ勝負をかけなくてはならない。

7

長いエスカレーターは人で埋まっていた。ちらちらとファジョンは斜めうしろを振り返る。赤羽中央署の刑事の顔は見えない。

ホテルでのことがよみがえる。ソンエはファジョンより先にホテルの部屋を出た。話し足りないことがあり、慌てて追いかけたのだった。しかし、ひと足違いでソンエは先に降りてしまい、ファジョンは遅れて一階に着いた。

そのとき、目の前にいたチュニックシャツを着た女が、ただ事でない様子で正面玄関のほうに走った。気になりファジョンも駆け出した。

正面玄関の自動扉前で、ソンエが男たちに引きずられるように歩いているのが目に飛び込んできた。そしてチュニックシャツの女が駆け出してソンエに組みついたのだ。でも男たちに倒された。……その横顔が昨日、店にやってきた赤羽中央署の女性刑事のように思えた。

　何が起きているのか、判断がつかなかったが、本能的にその場を離れるしかなかった。

　ホテルに入ったときと同じルートをたどり、裏口から出た。六本木駅に向かう地下道を歩き、とりあえず恵比寿駅方面に向かう地下鉄に乗った。

　ソンエを連れ去った男たちは想像がついた。韓国の電機メーカーの配下にある人間。おそらくチムサン横浜研究所の保安部員たち。大河原聡の顔が浮かんだ。彼もひょっとしたら帰国しているのかもしれない。宮下にチムサン入りを誘った張本人だし、自己保身のために宮下を切り捨てた人間でもある。今回の一件も大河原が指図しているのではないだろうか。

　彼らはホテルに宮下が来ることを見込んで、待ち伏せしていたように思われた。

　でもどうしてホテルがわかったのだろう。赤羽を出たときから、わたしはチムサンの人間に尾行されていた？　どこかで宮下と落ち合うと思って。きっとそうだ。そうに違いない。でも、宮下の姿は見えないから、代わりにわたしを連れ去ろうと目論んでいた……？

　背筋に冷たいものが走った。もし、服を交換していなかったら、わたしが連れ去られていた……。

　ホテルの部屋で、警察に追われているから服を替えてくれと、ソンエに言われて応じた。もともと妹とは顔も体つきもそっくりだった。妹は顔に美容整形をほどこしているものの、遠目に見れば自分と間違われても仕方がない。

さらに、赤羽中央署の刑事にも、赤羽を出たときから、あとをつけられていたのだ。日本の警察と横浜研究所の人間たちに尾行されていた……そうとしか思えない。

まだ尾行されているだろうか。それはないと思う。自分を追いかけてきた人間たちはすべて、ホテルに置いてきたのだ。

これからどこへ行こうか。埼京線に乗れば、二十分ほどで赤羽駅に着く。でも、赤羽には帰れない。

エスカレーターが地上階に着いた。人混みから解放され、厚底靴を履いた足でおそるおそる前に踏み出す。ＪＲ恵比寿駅の構内通路に入った。パン屋のショーウインドウに映る自分の姿に赤面した。水玉模様のブラウスと小学生が穿くようなシフォンのプリーツスカートが揺れている。

厚底靴は歩きづらく、目にとまったブティックでモカシンを買い求めて履き替えた。

駅の構内を出る。駅ビルの太い支柱を背にして、赤いポシェットからスマホを取り出した。六本木駅を出る直前、宮下からスマホの電源を切れというメールがあったが、少しぐらいならいいだろう。スマホの電源をオンにして宮下に電話を入れた。

――電源が入っていないので通じません。

だめだ。宮下は電源を切っている。電源が入っていれば、警察は居所を感知するはずだ。宮下は日本の警察に追われているので切っているのだろうか。では、この自分も……？　ファジョンは慌てて電源を落とした。

そこまで神経質になっている宮下について考えた。ひょっとして、警察もマイクロＳＤカードに収まっているプログラムの中身を知っているのだろうか。だとしたら赤羽中央署ではなく、警察の別のセクションから追われているのではないか。その人たちは、児童福祉法違反容疑のかかっているソンエなど眼中にないかもしれない。……ではマイクロＳＤカードを持っている自分はどうするべきか。

十メートルほど先に交番が見えた。あそこに駆け込めばどうだろう。マイクロＳＤカードの中身を説明してもわかってくれるはずがない。だいいち、ソンエは指名手配されている。得体の知れない男たちに連れ去られたソンエを救い出すなど夢のような話だ。身元のわからない男たちの話をしても、交番の警官など動いてくれない。本署に連れ込まれるのがせいぜいだ。

交番を通り過ぎ、横断歩道を渡った。渋谷方面に向かって歩く。またホテルに籠もろうか。一か所に留まっていては危険すぎる。動いていなければ。腹の虫が鳴った。ラーメン屋と串カツ店が目にとまった。ソンエはいまごろどうなっているのだろう。まだクルマの中か。

コインパーキングの前で、もう一度スマホの電源を入れてみた。一分前に着信が入っていた。自分名義の携帯からだ。

胃のあたりがこわばった。……ソンエが電話を寄こした？

おそるおそる返事の電話を入れてみる。そっと耳に近づけた。

「お姉ちゃん（オンニ）」押し殺したようなソンエの声が聞こえた。

ファジョンは思わず通話口を手で押さえた。「そうよ」

「いまどこにいるの？」

「外よ、外」

「外ってどこ？」

ソンエを取り囲むように、横浜研究所の男たちが耳を澄ましている光景が浮かんだ。ふたりの一問一答は彼らに筒抜（つつぬ）けのはずだ。まわりを見る。

「うーん、わからない」

「持ってるよね？」

「何を？」と訊き返す。

「ホテルで見せてもらったマイクロＳＤカード」

いきなり切り出されて、わけがわからなかった。

「それがどうかしたの？」

「欲しいのよ、それ」

「……あなたが、なの？」

「そう、わたしが」

ソンエは男たちに強制されて電話をかけてきたに違いない。彼らが横浜研究所に所属している人間たちであるとするなら……。

来日して赤羽に店を出す前だ。ファジョンは桜本のバーでしばらく働いたことがある。そのとき、チムサン横浜研究所に籍を置く韓国人たちの相手をした。汚い手段も厭わない保安部員と呼ばれる韓国人たちがいるのも見聞きしている。いざとなれば、暴力を使うのもためらわない人間たちであると。げんに、妹を無理やり拉致している。逆らったらソンエなどひとたまりもない。

はっとした。ホテルの部屋で自分は、ソンエにマイクロSDカードが収まったアダプターを見せてしまった。

ソンエはマイクロSDカードについて、横浜研究所の男たちに洩らしてしまったのではないか。彼らは宮下がマイクロSDカードを持っていないことを知っているのだ。

――妹は自分次第だ。

でも、もうつきあいきれない。こんなことになったのも、元を正せばソンエのせいではないか。あんな恐ろしい男たちの中になど、飛び込んでいけるはずがない。それにこのマイクロSDカードは宮下のものだ。とんでもない値打ちがあるはず。いったん宮下に預けて交渉させるしかないではないか。

メールの着信音を聞き逃すところだった。会話を保留にしたままメールを見る。

下着姿のソンエが写っていた。銀色に光るナイフが喉元に突きつけられている。折り畳み式のものだ。

「……何？」思わずファジョンは洩らした。

「助けて」ソンエが沈んだ声で答えた。

生唾（なまつば）を飲み込んだ。気圧（けお）されたように息を吸い込む。

わたしがマイクロSDカードを渡さなかったら、妹は……殺される。

「……どうすればいい？」

ファジョンが問いかけると、すぐソンエの答えが返ってきた。

「池上の家で受け取る」

「池上……？」

唐突に言われて面食らった。池上の家と言えば、あそこしかないではないか。

「わかってるよね。どれくらいで来られる？」

「あっ……四十分ぐらい」反射的に口にする。

「わかった。先に行って待ってるから」

それだけで電話は切れた。

ファジョンはスマホの電源を落とした。

8

ホテルの正面玄関に滑り込んできたミニバンのドアが開き、疋田と末松は後部座席に乗り込んだ。助手席に折本が乗り込むと、あわただしく発進した。

「恵比寿駅に向かいます」運転手が告げる。若い。三十代前半だろう。

「どれくらいで着ける？」折本が訊いた。

「急げば十分ほどで」

巧(たく)みなハンドルさばきで坂を下り、一分もかからず六本木通りに入った。中央寄りの車線で、スピードを増した。トラック、業務車両と連続して追い越す。

「恵比寿駅付近でファジョンはスマホの電源を入れたようです。三台、恵比寿に向かわせていますが、うちが一番早いかもしれない」折本が地図が表示されたタブレットを見せる。「ファジョンの現在地はここでいいんだね？」

恵比寿駅の北西側。山手線に沿った道路からひとつ西側の通りの中ほどだ。

「ここです」

疋田は身を乗り出し、画面の中ほどに表示されているコインパーキングを指した。

横で見ていた運転手が、「了解」と答える。

「そこで二分前、ファジョンが電話をかけているのを、小宮は見ています」疋田は続ける。

「そのあとは？」

「追って連絡が入ります」疋田は言った。「現場でファジョンを見つけたら、確保させますか？」

「させない」折本は言った。「うちの捜査員を張りつける。そのあとは、小宮さんに離脱してもらう」

末松と顔を見合わせる。間に合うだろうか。

七十キロ近いスピードで走り続ける。南青山七丁目の信号が近づいてきた。

黄色から赤に変わる。交差点では四方向からのクルマの流入が止まっていた。だが、運転手はスピードを落とさなかった。中央の車線から前にいるタクシーをかわし、先頭に出る。

スピードを緩めないので、疋田はシートを手で強く摑んだ。右手からダンプカーが交差点に入ってきた。その鼻先をかすめるように、左方向にハンドルを切る。

六本木通りを離れ、広尾から恵比寿駅へ通じる都道に入った。

追い越し禁止の交通標識など無視するように、運転手は連続して前を走る車両を追い抜いてゆく。

「昨夜、赤羽で吉岡を拉致したクルマだが、ナンバーを照会した」折本が前を見ながら言った。「チムサン横浜研究所と取引のある韓国系商社のクルマだった。名前だけのダミー会社だけどね」

「拉致はやはりチムサン横浜研究所が主導しているわけですね?」

「それしかない」折本は疋田を振り返った。「小宮さんて、どんな人かな?」

「どういう意味です?」

「小宮さんが命綱になっている。訊いておきたい」

「体を張って拉致を阻止しようとした人間ですよ」

「それはわかっている。いざというとき、臨機応変に対応できるかどうか、知っておきたい」

「それはわたしが保証します」疋田はきっぱりと言った。

携帯が震えた。小宮からだった。耳に押しつける。

「恵比寿駅方向に戻ります」

「了解。まだいいな?」

「気づかれていません」

それだけで通話は切れた。

「ファジョンは恵比寿駅に戻っているようです」疋田は息せき切るように言った。「どうしますか? 確保?」

外事の捜査員が間に合わなければ、確保するべきではないのか。

「しない。尾行を続けさせる」折本は運転手を振り返る。「電車に乗る気だ。まずいぞ」

「ぎりぎりです」運転手が言う。

「急げ」

それだけ言うと、また電話がかかってきたらしく、折本は携帯を耳に当てる。

信号が少ない。クルマを飛ばすには恰好の直線道路だ。運転手は対向車両の隙間を縫うように追い越しをかけ、ミニバンを飛ばした。

部下をかばう発言をしたものの、雨雲のような不安が広がってきた。ここまではよかったが、小宮が失尾する恐れはないとは言えない。やはり、一刻も早くファジョンの身柄を確保したほうがいいのではないか。

ただ、小宮ひとりでファジョンの身柄確保に当たらせるのは心許ない。せめて、恵比寿駅交番の警官の助力を得る必要があると思われた。そうすれば、より確実にファジョンの身柄を確保できるはずだ。どちらにせよ、その旨交番に連絡を入れておくべきではないか。

尾行に気づいたファジョンが、動きを止めてしまう可能性も考慮に入れなければならない。そうなってしまえば、ソンエたちの追跡もできなくなる。もうこのあたりで見切りをつけるべきか。

しかし、疋田の思いとはまったく別のところに、折本はいる様子だった。

携帯を耳から離すと、折本は疋田を振り返った。

「警備員の吉岡が見つかりそうです。神奈川県警の外事課がチムサンのセーフハウスのひとつをガサ入れして、床に落ちている血痕を見つけました」

「セーフハウス……隠れ家ですか？」

折本はうなずいた。「三ツ沢の雑木林の中にある一軒家です」

「血痕というと？」

「口を割らせるため、力ずくで尋問(じんもん)に当たったようですね」

連中は暴力団まがいの荒事までするのか。

「で、吉岡は見つかったんですか？」

「まだです。ソンエを拉致している保安部員をパクらないと、わからないかもしれない」

「……保安部員の人定(じんてい)はできているんですか？」

「ヘッドは高容徹(ヨンチョル)という四十になる韓国人です。韓国国家情報院の出で、一時は大統領の側近まで成り上がった男ですが、その後職を解かれて、チムサンの役員に拾われた人間です」

韓国国家情報院と言えば悪名高いＫＣＩＡが前身のはずだ。日本に置き換えれば、この折本と同じ部署にいた人間とも言える。

「昨夜、その高が吉岡の尋問をしたわけですか？」

「のはずです」

「元々外事の監視対象？」

「ええ。ここ数日はさっぱり行方が摑めなくてね」折本は厳しい顔でつぶやいた。「尋問の現場には大河原もいたはずなんだが」

「……チムサンの常務も？　そこまでやるんですか？」

「常務と言っても、十数人いるらしいからね。それに、チムサン電子副社長の崔英大が昨夜、単身で急遽来日しています。おそらくこの件で」

「副社長が？」

「いったん、横浜研究所に向かったようですが、そこには現れなかった。あちこち捜して、いましがた、銀座のホテルに投宿しているのを確認しました」

「陣頭指揮でも執るんですか？」

「指揮は執らないでしょうが、発破はかけているはずです。大河原がチムサンに移るとき、この副社長が直接電話して口説き落としたという噂です。入院しているチムサンの現会長の後釜に座る人間ですよ」

それほどの人間が来日して号令をかけているなら、大河原としては一歩も引けないだろう。どのような手段を使ってでも、Q5を手に入れなければならない瀬戸際に立たされているのではないか。

渋谷橋の交差点を一気に突っ切る。あと三分で恵比寿駅だ。

「その副社長も監視していますか？」

「もちろんです」

公安の監視なら、徹底したものになるはずだ。

行動確認はむろん、部屋での会話、電話の盗聴、それらすべてが行われるに違いない。

9

恵比寿駅の改札を通り、ファジョンは山手線のホームに上がった。あたりを見渡し、うしろを振り返る。目を合わせてくる人はいない。品川方面行きの内回り電車が入線してきた。最後の乗客の背中に張りつくように乗り込む。混んでいた。開閉扉の窓に体を寄せ、外に目を当てる。

ソンエの要請をすんなり受け入れた自分がうそのようだった。断ってほかの場所を指定するべきだったのかもしれないが、とっさには思いつかなかった。

男たちに取り囲まれて、ソンエが口を滑らせたとも思えなかった。池上の地名が出た以上、ソンエが言い出したに決まっているからだ。

行くのをやめてしまえば、ソンエが窮地に陥るのは目に見えている。でも、池上以外の場所を指定されていれば、怖くて行かなかったはずだ。

ソンエは『先に行って待ってる』と言った。もう近くまで行っているのだろうか。ソンエたちはクルマだ。駅からタクシーを使っても、自分が着くのはあとになるだろうか。

保安部員の男が一度も電話口に出ないのが気にかかる。こちらが怖じ気づいて会うのを拒否されては元も子もなくなると思って、妹を使っているのか。

ソンエの真意が読めてきた。池上の家と言えば、かつて、祖父母が暮らしていた家に他ならない。そこを取引場所にしたのは、そこならこの自分が必ず来るとわかっていたからだ。ほかの場所では拒否されると思っていたに違いない。あるいは約束しても姿を見せないと。

どちらにしても、そこで男たちに取り囲まれたソンエと会い、マイクロSDカードを渡す? マイクロSDカードを彼らに与えれば、ソンエは引き渡してくれるのか。祖母たちと暮らしたあの家で。

祖母の一家は慶尚南道出身だ。朝鮮戦争から逃れるため着の身着のまま、メリヤス工場を経営していた韓国人の知人を頼って東京に来た。六十年以上も昔の話だ。十七歳で両親が決めた韓国人の夫と結婚した。それが祖父になる。祖父は朝鮮で教師をしていたが、戦時中に日本に渡り、製鉄工場で働いた。

　戦後は工場から解放されて池上に住み着き、溶接工として働いていた。結婚して祖母はファジョンの母親のソヘを産んだ。ほかに子どもはいなかった。生活は苦しく、祖母はホルモン焼きの屋台を引いてカネを稼いだ。長年の肉体労働と煤煙のせいで肺を病んでいた祖父は、四十歳の若さで亡くなった。祖母は溶接工を引き継いだ。男勝りに働いた。ソヘを民族学校に行かせず、日本人と同じ教育をほどこした。ソヘは母国の大学に入ると言って、家の近くにある製鉄工場の売店でアルバイトをして学費を稼ぎ、ソウル大学に進んだ。そのあと、大邱で父親の孝周と出会い、結婚したのだ。

　ソヘは朝鮮半島の歴史を重んじる人だった。韓国で暮らすことが何よりも大事で、日本には決して戻らないと、幼いころから聞かされていた。

　父親の孝周は無類の酒好きで、たびたび女と浮気をした。ファジョンたちが見ている前で平気で母親を殴った。母親をかばったファジョンにも鉄拳を降らせた。暴力に耐えかねたソヘは、ファジョンとソンエを連れて何度も釜山からフェリーで大阪まで来て、川崎にある祖母の自宅に身を寄せたのだ。

　でももう、祖母は十数年前に他界している。あの小さなあばら屋がいまでもあるのかどうか……。

着いたらどうしよう。どうすればいい……？

　結局、行くしかないとファジョンは思った。宮下は非合法なルートからプログラムを入手したはずだった。男たちはマイクロSDカードさえ入手できれば、ソンエは不要になる。ソンエはマイクロSDカードについて口にすることもない。この自分も同様だ。マイクロSDカードさえ渡せば、ソンエは戻ってくる……。

　でもそのあとはどうする。三百万円はまだ持っているのだろうか。これだけ警察の追及が厳しくなっている中だ。ソンエがいくら韓国に帰りたくても、簡単には帰れない。日本の警察は草の根を分けても、自分たちを捜し出すに違いない。……ソンエのわがままにつきあうのは、もうやめにしたい。これを最後にしてほしい。どうぞ神様お願い。

　それにしても、宮下はいったいどこにいるのか。自分が狙われているとわかって、マイクロSDカードをわたしに預けたくせに。

　彼にも来てもらわなくてはいけない。池上町に祖父母の家があったことは、宮下も知っている。彼さえ来てくれれば、どれほど心強いか。

　ファジョンは宮下の携帯に電話を入れた。今度は伝言サービスにつながった。

「池上に行きます」と韓国語でメッセージを残す。

　電車は品川駅に着くところだった。

10

大河原が乗ったセダンは大森の町を通り過ぎた。あと二十分も走れば、多摩川を越えて川崎に入る。池上町とかいう町に着くには、それからさらに二十分ほどかかるらしい。

高とはさむような形で隣に座るソンエという女は、神経質そうな顔で爪を噛みながら車窓に目を向けていた。

この女が信用できるのか、わかったものではない。池上と言っただけで、高たちはピンときたようだった。大河原は大田区の池上とばかり思っていたが、あとから川崎の臨海部にある小さな町と教えられた。そういえば、そんな名前もあったような覚えはあるのだが。

どうしてそんなところで、取引をしなければいけないのか。

高は緊張している様子はない。自分たちもその近くにある桜本のコリアンバーを利用しているらしく、地元に帰る気軽さすら感じられる。

カネも寄こせ、出国の手助けもしろとは大層な言い草だが、マイクロSDカードのためならその程度は目をつむってもいい。

しかし本当にマイクロSDカードを持っているファジョンがやって来るのか？

高によれば、横浜研究所の口座には、日本人技術者を引き抜くためのカネとして、常時、五億円程度のカネが入っているが、中には現金で寄こせという人間もいるらしく、研究所の金庫にも五千万円ほどの現金が眠っているという。今回はそれを使うらしかった。

二千万円でＱ５が手に入るならタダも当然だった。Ｑ５さえ手に入れば、女ひとりを韓国に逃すぐらいは朝飯前だ。姉妹はマイクロＳＤカードに入っている中身についてまったく知らされていない。万が一、ふたりが警察に捕まろうが、韓国に出国しようが、どちらでもよかった。だが高はどうだろうか。まさか手荒な真似はしないと思うが。

この先もっと激しい暴力行為を行えば、それこそ警察が目の色を変えて追及してくる。そうなれば、マイクロＳＤカードの中身についても、徹底的に探りを入れられる。ましてＱ５とわかってしまえば、外交ルートを通じて正式にチムサンに抗議を入れてくる可能性もある。それだけは体を張ってでも避けなければならない。

ソンエが口にした池上町は、江戸時代の新田開発が起源のはずだ。戦時中、韓国から徴用され、製鉄工場で働かされた朝鮮人たちが、不法占拠と似た形でバラックを建てて住み着いたと、韓国人から聞いたことがある。ソンエとその姉のファジョンも、小さいころ、そこに住んでいたことがあるらしい。取引場所としては安全だろうが、気が揉めて仕方がない。

ソンエを置いて、ひとつ向こうに座る高と目線を合わせる。

「池上町は大丈夫だろうな？」
大河原が日本語で訊くと、高は余裕のある表情で窓際に手を伸ばした。
「問題ないよ」高は日本語で答える。
「どうしてそう言い切れる？　こいつの味方がいるんじゃないのか？」
「いたってどうということはない。住んでる連中はみんな同朋(どうほう)です」
ソンエは日本語が理解できないようで、韓国語で歌いはじめている。
——明日になれば、わが家に帰って
きょうさえすごせばわが家に帰って
恋しいわたしのお母さん
元気に暮らしているかしら
「それならいいが、これ以上は手荒な真似をするなよ」大河原は改めて言った。
高はにやりと笑みを浮かべた。「そりゃ、この女による」
——いつもは短い夜なのに
今夜ばかりはどうして長いの
わかったようなわからない話に終止符を打ち、大河原はソンエが持っていた携帯の電源を入れた。電話帳をずっと下の方まで送ると、宮下の名前を見つけた。しばらく考えてから電話を入れる。

呼び出し音は鳴らなかった。携帯の電源が入っていないというオペレーターの無機質な声が聞こえただけだった。腹立たしさを覚えながら電源を切る。

宮下にしても、今朝、公園で会ったとき素直に取引に応じていれば、ここまでこじれはしなかった。ほしいだけカネはやると言ったのに、断固として応じない。三年前の一件がまだあとを引いているらしかった。器の小さいやつだと思わずにはいられなかった。だいたいが宮下にしても、フロンテを裏切ってチムサンに移った人間ではないか。この自分とどこが違うのか。フロンテからチムサンに、これまでいったい何人が移籍したと思っている。百十二人だ。その中のひとりにすぎない。

フロンテの業績が悪化したのは、会社のトップがだらしないからだ。上の顔色を窺う人間ばかりが出世して、明日の糧になる技術を創造する人間がないがしろにされた。あげくには人が多すぎると言って、追い出し部屋などに放り込む。そんな会社を見限り、チムサンに移籍して何が悪いというのか。

宮下もしょせん同じ穴の狢だ。今回の一件で無様な正体がわかった。棚からぼた餅のように、Q5が手に入ったとたん、エコー電子を呼びつけて売り込みにかかるとは、情けないにもほどがある。どうして我々との取引に応じないのか。フロンテからチムサンに渡り、もう一度フロンテに戻ってきた技術者もいるご時世だ。だだをこねる子どもに等しいではないか。

クルマは多摩川にかかる橋に入った。高がソンエに呼びかける。

「池上町に着いたら、どこへ行けばいいんだ？」

「狭い町だから。ついてきて」ソンエが強気の姿勢を崩さずに言った。

「ファジョンは持っているんだろうな？」

「持っているわよ。何度言えばわかるの。赤いポシェットの中に大事にしまってあるはずよ」

「赤いポシェット？」

「元はわたしのもの。ホテルで交換したの」

高はまた黙りこくった。

ソンエが大河原を振り返る。「おカネは大丈夫なの？」

またそれかと思った。

「もうとっくに着いてるころだ」

ソンエは口の端に笑みを浮かべ、車窓に目をやった。

とんでもない女だと大河原は思った。わざわざ自分が脅されている写真を撮らせて、姉に送りつけるとは。いったいこの姉妹はどうなっている？

本当に姉は言われた通りの場所に来るのか。そのとき懐の携帯が鳴った。崔英大からだった。チムサン電子副社長兼最高執行責任者だ。携帯を耳に押し当てる。

「朗報はいつになったら届くのかね？」高い声で訊かれた。

大河原は背筋を伸ばした。

「はっ、もう間もなく入手する手はずになっていますので」

「病院にいる親父（オヤジ）から呼ばれて、明日の朝一番で会うことになった。見舞いの品として、Q5を持って行きたい。きょうじゅうに頼むぞ」

「それはもう、お任せください」

「本当にできるんだな？」

「大丈夫です」

「それならいい。きょうのソウル行最終便に乗る。それまでに間に合わせろ。高に代われ」

携帯を高に回した。

小声で話し込むのを聞きながら、車窓に目をやる。

腋（わき）の下から汗が噴き出ていた。

11

疋田が乗るミニバンは、戸越のマンション街に入っていた。渋滞はない。ファジョンが品川駅でＪＲ京浜東北線の大船行快速に乗り換えたという報告が小宮から入ったのは五分前。その快速を追いかけるように蒲田方面に向かって五反田から第二京浜を飛ばしているのだ。

助手席の折本は携帯を耳に当てっぱなしにして、第六機動隊本部内に設けられた特捜本部とやりとりしている。

ファジョンは恵比寿駅から赤羽に戻らず、逆方向の品川に向かった。その意図がわかったのは、特捜本部から折本に入ってきた報告によってだった。

ファジョンは宮下の携帯あてに、『池上に行きます』との留守番電話を韓国語で入れたのだ。方向から見て大田区の池上しか考えられない。

電車で池上に行くには、蒲田駅で東急池上線に乗り換えれば二駅で着く。ファジョンはおそらくそのルートを使うはずだ。

折本は携帯を耳から外し、疋田を振り返った。「宮下やファジョンって、池上に知り合いがいますか？」

「わかりません」疋田は言った。「宮下はまだ自分の携帯の電源を切っているんですか？」

「つけては消しの繰り返しで、とても追えない。ファジョンも同じです。ただし、ファジョンが恵比寿駅近くでスマホを使ったとき、自分名義の携帯あてに一度だけ電話をかけています。その携帯はおそらくソンエが持っています」

話の中身については、盗聴が間に合わなかったが。

「姉妹がホテルで服を交換したとき、ファジョンから渡されたのかもしれませんね」

「だと思います。その電話をしている最中、ソンエはファジョンのスマホあてにこんな写真を送っている。たったいま本部から転送されてきました」

折本は自分の携帯にその写真を表示させて、疋田に見せた。

下着姿のソンエだ。首にナイフを突きつけられている。

ナイフを握りしめる男の指も写っていた。

疋田は折本と顔を見合わせた。

「ソンエは、拉致された男らに脅されている？」

「そのようです」折本は答えて、携帯を手元に戻した。「チムサンの連中は何としてでもマイクロSDカードを手に入れる腹だ」

マイクロSDカードを寄こさなかったら、妹の命を奪うと脅すために送りつけてきたのだ。

「ソンエは池上にいるんですか？」

「のはずです」

「池上にチムサンのアジトがあるんですか？」

「うちが把握している限り、池上にはありません。疋田さん、宮下やソンエがそっち方面に潜伏しているとして、心当たりはないですか？」

「まったくありません。特捜本部はどうするんですか？」

「小宮さんが乗った二本あとの大船行快速に捜査員を乗り込ませた。勝島の本部からもクルマを出して電車を追いかけています。いま、我々より少し先の平和島(へいわじま)あたりを走っています」

それなら、自分たちよりも池上に早く着くだろう。外事が大量の捜査員と車両を投入すれば、優位に立てる。しかし、ソンエたちのいる場所が特定できなければ、その限りではない。問題はそれが小宮ひとりの肩にかかっている点だ。

折本はまた携帯で話し込んでいる。「そうか」と驚きの声を上げ、しばらく相手の言葉に耳を傾けてから通話を終えた。

「疋田さん」折本が振り返る。「吉岡の遺体が見つかった」

「どこですか？」

「三ツ沢のセーフハウスの裏山。連中焦(あせ)っている」

黄色になりかけた戸越三丁目の交差点を直進する。交通量が増えた。疋田は腕時計を見た。ファジョンと小宮が乗っている電車は、品川駅を出てから八分以上経過している。もう間もなく蒲田に着くはずだ。いや、もう着いている？　軽く腰が浮いた。

そのとき疋田の携帯に、小宮から着信が入った。

「……りません」

電波状況が悪く、うまく聞こえない。

「聞き取れない、もう一度」

「蒲田で降りません」

耳を疑った。

「ファジョンは電車に乗ったままか？」

「……たったいま扉が閉まりました。彼女は降りません」

「了解」

それだけで通話が切れた。

こちらを向いていた折本の顔に、不信感が顕わになった。

「蒲田で降りなかったのか？」

「降りていません」疋田はそう答えるしかなかった。

引き続き第二京浜を横浜方面に向かって走る。

折本にも特捜本部から電話が入ってこなくなった。

小宮から連絡が入ったのは、きっかり四分後だった。

ハンズフリーで通話しているせいだろうか、相変わらず電波状況が悪かった。

「……降りました」

「降りたって、どこだ？」

「川崎駅です。彼女は電車を降りました。張りつきますから」

それきり通話は終わった。

疋田は携帯のオフボタンを押して、折本の肩に手を当てた。

「連中が向かっているのは大田区の池上じゃない。川崎です」

言うと折本の目が大きく見開かれた。

12

宮下を乗せたＪＲ東海道本線快速のアクティー熱海行は、品川駅のホームをあとにした。次の川崎には、十分以内に着くはずだ。ファジョンはもう、川崎に着いているだろうか。

携帯の留守番電話を確認したのは六本木駅の構内だった。韓国語で『池上に行きます』というファジョンの声が残されていた。やはりホテルで連れ去られたのはファジョンではなく、ソンエだったのだ。

ソンエは姉のファジョンとホテルで落ち合い、逃げ延びるために姉と服を交換していた。そのため、チムサンの連中にファジョンと勘違いされて連れ去られたのだ。それがやっとはっきりした。

とにかく、こんな状況でファジョンが池上と言うからには、川崎の池上町以外にあり得ない。急ぎ六本木駅から電車を乗り継いで品川駅に向かった。そして一番早く川崎に着く電車に乗り込んだのだ。

留守録を聞いて、すぐファジョンの携帯に電話を入れたが、電源は入っていなかった。宮下の言うことを聞いて、携帯の電源を落としている。

わざわざ韓国語で伝言を残したのは、ファジョンも通話が警察に盗聴されていると認識しているためだろうと思われた。

韓国語で話したところで、警察にはわかってしまうだろうが。

それにしてもホテルにマイクロSDカードを残してきたのが元で、このような事態になるとは予想もできなかった。万が一を思ってしたことが裏目に出てしまった……。

ソンエは拉致したチムサンの保安部員たちとともに池上町を目指しているだろう。おそらく、そこでファジョンと落ち合い、マイクロSDカードを奪還するつもりなのだ。

池上町については、ファジョンから何度も聞かされている。まだ姉妹が韓国の大邱に住んでいた十代のころだ。父親の暴力から逃れるために、たびたび祖母が住んでいた川崎にやってきて、長期間滞在したという。夏休みと冬休みはほとんど池上町に住みつき、姉妹と母と祖母の四人で暮らしたようだ。

池上町は川崎の臨海地区にある。北側を産業道路と貨物線、南側を巨大な製鉄工場で囲まれた三ヘクタールほどの狭い土地だ。いま、住んでいるのは朝鮮人だけのはずだ。大正時代から、工業の町として発展した川崎には、併合された朝鮮から多くの朝鮮人が流入してきた。戦中から製鉄工場が建設された池上町もその例外ではなく、多くの朝鮮人が住み着いた。産業道路をへだてた北側に、工場へ電気を供給していた群馬電力があったために、群電前とも呼ばれている。終戦直後、水道がひとつしかなかった池上町は、川崎の中でも住むには一番厳しい地域だったらしい。

バラック小屋がひしめきあっていた往時の土地柄は、区画の整理もされないまま、いまに至っている。道なのか庭なのかもわからないほど、無秩序に林立する家々が迷路のように入り組んだ町は、一切表情を変えてはいない。その中のどのあたりにファジョンたちが住んでいたのかは、宮下にもわからなかった。

だがファジョンたちがあえてその場所を選んだとするなら、なにかきっと考えがあるに違いないと思った。

とにかくそこに行ってみるしかなかった。行けば姉妹は見つかるだろう。

ソンエを連れ去った男たちと直に会い、きちんと話をすれば、何かしらの結論が出るはずだ。Q5が取引材料にされるとしても仕方がない。自分が犯した過ちに姉妹を巻き込むわけにはいかない。何としてでも、そこで決着をつけなければ。

13

　ファジョンは川崎駅東口のタクシー乗り場からタクシーに乗った。初老の運転手に、「群電前」にお願いしますと日本語で伝える。あっさりわかりましたと言われた。

　広い通りを南に走る。十分ほどで産業道路との交差点にぶつかった。左手に取り、首都高速横羽線の高架下を走った。桜本歩道橋の手前で路肩に停まってもらい、料金を払ってタクシーを降りる。

　天気のいい日になった。歩道橋を渡った向こうは池上町だ。もう、ソンエたちは着いているだろうか。

　潮と錆びた鉄の臭いが漂ってきた。懐かしい臭いだ。

　十七年、いや十八年ぶり……中学三年生のとき以来になるだろうか。

　歩道橋を渡り、産業道路に沿って北に歩いた。一方通行になっている最初の角を右に曲がる。

　貨物線のガード下に入った。貨物線を支える太いコンクリートの柱が延々と続いている。ガード下は駐車場になっているが、停まっているクルマは少なく、ずっと先まで見渡せる。

二階建ての民家や町工場が軒を連ねる一角が目の前にあった。池上町だ。道も家の形も昔と変わっていなかった。奥行き百メートル、東西に三百メートルほどのエリアに民家やアパートが密集している。道と呼べるものはほとんどなく、空き地をへだてた向こう側には、昔よく遊びに行った製鉄工場がある。

ガード下を抜ける手前で立ち止まり、支柱の陰から左手を窺う。

高架に沿って車道がある。東京方面からクルマで来るとすれば、少し先にある車道からこの道に入ってくるはずだ。しかし、いくら待っても、人もクルマも見えなかった。ガード下の駐車場も同様だった。ファジョンは小走りに道路を駆け抜けて池上町に入った。

無人の町のように人の姿がない。昔、遊び暮らしていた町とは別のように映る。

青く塗られた鉄工場のシャッターは下ろされている。プレハブ建ての古い家の二階の手すりにずらりと布団が干されていた。左右に連なるトタン張りの家を眺めていると、少しずつ記憶がよみがえってくる。

突き当たりから道なりに右に曲がった。潮の臭いがきつくなる。道の先に突堤が見えてきた。その向こうは運河だ。ぐるっとひとまわりして元の場所に戻ってきた。それらしいクルマや人は相変わらず見えなかった。それでも油断はできない。

高架に沿って続く車道を歩き出す。この辺りもかつてはトタン張りの家が軒を連ねていたが、新築した家も目立った。

レンタカー屋の横手から、ピンクのショートパンツにグレーのTシャツを着た若い女が出てきた。大きな黒いバッグを提げている。ちらっとファジョンに一瞥をくれると、車道を歩き去っていった。

女が出てきた路地に足を踏み入れた。アスファルトで簡易舗装された狭い道が斜め方向に延び、左右にアパートが連続している。ふいに懐かしさがこみ上げてきた。

先に進むにつれ、道は細くなる。家々の軒先を縫うように路地とも呼べない空間が続く。あたりの建物は道を無視するように、勝手な方角に玄関を向けて建てられている。トタン張りの古い家やバラックが連続する。

傾いた小屋の先だ。錆びついた鉄柱が立っていた。六メートルほどの高さの先端部分から、蜘蛛の巣のように電話の引き込みケーブルが八方へ延びている。

もう家は近かった。昔と変わっていない。

小屋の中にいた総白髪の男がこちらを振り向いた。コットンパンツにサンダル履きだ。半袖シャツの細い首元に筋が浮かび、シワの寄った浅黒い顔が胡散臭げににらみつけている。見つめ合っていると、男のメガネの奥にある用心深そうな目が和んだ。

「……ファジョン？」

男の口から洩れた。

「ペクさん」

ファジョンが答えると男はうれしそうに目を細めた。

「やっぱり、ファジョンか」ペクは頭の天辺(てっぺん)から足の爪先(つまさき)まで眺めてから日本語で言った。「大きくなったなあ」

引きつけられるように小屋の中に入った。

「もう三十すぎたし」ファジョンも日本語で答える。

「びっくりした」まだ信じられない顔付きで言う。「どうした、きょうは？」

「近くに来たもんだから」

「そうか、そうか」ペクは真顔になった。「でも、ばあちゃんはいないぞ」

「うん。どうなったのかなあと思って」

やはり来てよかったとファジョンは思った。祖母と母と妹の四人で暮らしていたとき、ペクは何かと世話を焼いてくれたのだ。

「とにかく上がりなさい」

言いながら、小屋の裏手に出かかったペクの腕を摑んで中に留めた。

「少し困ったことがおきて」

ファジョンが口にすると、ペクの顔が曇った。

「どうした？」

「ソンエなんだけど」おそるおそる口にしてみる。

「あのいたずらっ子？　どうしてる？」

桜本のコリアンバーで働いていたが、悪い同国人の男たちに引っかかって借金を無理強いされ、払えなくなって追われていると即興で話した。

「また連中が悪さしてるのか」困り顔でペクは言った。

桜本に住んでいる朝鮮人たちは、戦後新たに入ってきた人間がほとんどだ。戦前から住んでいる池上町の住民は彼らのことをよく思っていない。ことに水商売で生計を立てている人たちは。

「もうじき、ここに来るの」ファジョンはペクの腕を離さないで言った。

「おまえの実家に？」

「うん」

「そこで悪さする気だな……」

勝手にペクが判断したが否定せずにいた。

「わかった。みんなを集めよう」ペクはファジョンの手の甲を叩いた。

「ありがと。二階に上がらせてもらうね。わたしはそこから見ているから」

「わかった、行け行け」

ペクとともに小屋の奥から、トタン張りの家に入った。電話を取り上げたペクの脇で靴を脱ぎ二階に上がった。廊下を進み、物干し場に出る。

ペクの家の脇にある細い路地が見通せた。

左手だ。電柱の横に板塀(いたべい)の平屋が建っている。屋根のトタンはぼろぼろに錆びつき、板塀が波を打つようにそり返っている。ガラスの引き戸の玄関は半分ほど開いたままだ。

黒々とした廃墟さながらの家が、かつてのファジョンらの住まいだった。

どこからともなく人の声と足音が聞こえてきた。ひとりではない。大勢いる。

その声が近づくにつれ、ファジョンは確信した。

ソンエと保安部員たち……。

物干し場に腹ばいになり、路地を見下ろす。

背広姿の男たちに取り囲まれるように、ストライプのシャツの女が歩いている。

ソンエだ。男に腕を摑まれている。

「どこまで連れていく気だ」男たちの中から声が上がった。

「もうすぐよ」ソンエが声を張り上げる。

ソンエの前とうしろに男が張りついている。三メートルほど離れて、背の高い男がついてきていた。

「そこよ、それ」

ソンエが実家を指さしたので、前をゆく男が荒れ果てた玄関から中を覗き込んだ。

そこから見える光景は容易に想像できる。家中、祖母の持ち物で溢(あふ)れているかもしれない。

ファジョンはふと我に返った。こんなところで見張っていて、どうすればいいのか。ペクが言う通り、加勢を待つしかないだろうか。そのうえで実家に上がり込む。……それしか道はない。

ふと視界の左手に動くものが見えた。ベージュのチュニックシャツ。女がペクの家の角から、路地を覗き込んでいた。そこから動こうとせず、スマホを耳に当て話し込んでいる。

その顔を見つめているうちに、ふいに思い当たった。昨日、店にやって来た女の刑事……？

気づかれていないのに、ファジョンは顔を引っ込めた。

どうしてあの女がこんなところに？

ひょっとして、赤羽からずっとわたしのあとをつけてきた？

わけがわからなかった。女はひとりだけのようだった。警官であるにもかかわらず単独行動をとるのだろうか。携帯で仲間を呼んでいるに違いない。

実家に目を戻した。男たちがソンエとともに中に入っていく。しんがりについた長身の男も、同じように中に消えた。

もう一度、角を見下ろした。

動かないでいた女が、一歩路地に踏み出した。

あの女の刑事は、わたしが目当てではなくソンエ？

ソンエをわたしと勘違いしている？

ソンエは、あんなにたくさんの男たちと一緒にいるのに。

いったいどうする気なのか。

物干し場の下を女の刑事が通りすぎていく。実家の玄関にたどり着くと、そっと中を覗き込んだ。しばらくその様子を見つめるしかなかった。

14

小宮は川崎駅でタクシーに乗ったファジョンを尾行するため、ひとりで後に続いた。外事課や疋田たちは到着しておらず、単独での行動を余儀なくされたままだ。電話で連絡をするたび、外事課の人間が出て、絶対に見失うなと言われた。いつ応援が来るのですかと問いかけると、もうじきだという苛立った声が返ってくるだけだった。

六本木を出てそれほど時間は経っていない。スマホあてに、何度か外事課から関係者の写真が送られてくるばかりである。

産業道路との交差点でファジョンが乗ったタクシーは左折した。すぐ路肩に停まったのでそのまま追い越してもらい、五十メートル先の脇道に入らせた。急いで料金を精算し、産業道路に戻った。

ファジョンは肩から提げた赤いポシェットをひらひらさせながら、歩道橋の階段を上っていた。小宮も歩道橋に向かった。少し時間をあけて階段を上がり、先を見やる。

ファジョンは歩道橋を下りて道路沿いの歩道を進んでいた。すぐ右に曲がった。小宮もあとを追いかけて歩道橋を駆け下りる。

ファジョンが消えた道の先を見た。

古代ローマのアーチ橋を思わせる貨物線のガード下だ。ファジョンはガードをくぐる手前で立ち止まり、左方向を見ている。

しばらくして、すぐ前の道路を横切り、民家が密集する一帯に入っていった。みるみる姿が小さくなる。人もクルマも通っていない。見つかってしまえば尾行は終わりになる。そのときは、急いで身柄を確保するしかないだろう。

息を殺すようにガード下を抜ける。ファジョンは突き当たりを右に曲がった。うしろを気にしている様子は見えなかった。距離を置き、そのうしろに張りつく。道路を渡り町並みに入った。郵便ポストに池上町と記されている。

スマホで疋田に連絡を入れる。

疋田はすぐ出た。

「……そこは朝鮮人たちがまとまって住んでいる町だ」疋田が言った。「ファジョンの動きはあるか？」

「尾行を気にしないで歩いているように見えます」

「見失うなよ。もうじき着くから」

「了解」

電話を切り、ファジョンが消えた突き当たりに達する。

ファジョンは運河まで出ると元の場所に戻ってきた。高架下の車道を東京方面に向かって歩く。しばらく行ったところで路地から出てきた女とすれ違った。

その女が出てきた路地に、ファジョンは入っていった。小宮も急いでそこに向かった。

狭く斜め方向に延びる路地だ。民家やアパートがぎっしり建ち並んでいる。

ふた昔前の東京の下町のようだった。民家の軒先を借りたような路地がずっと先まで続いている。しばらく行ったところで、ファジョンは左手にある小屋の中に入った。

アパートの陰から窺った。

なかなか小屋から出てこない。出て行って確かめるべきだろうか。

迷っていると、自分が入ってきた方向から人の話し声が聞こえてきた。

少しずつそれが大きくなり、足音が伝わってきた。小宮は奥に引っ込み、停められていた自転車のうしろに隠れた。目の前の路地を、男たちに囲まれた女が通りすぎていった。

その横顔を見て心臓が跳ね上がった。

ソンエではないか。

わけがわからなかった。

でもどうしてこんなところに？

ファジョンに呼ばれて来たのだろうか。

最後に長身の男が通りすぎていった。その男の横顔を見てふと思い当たるものがあった。スマホを取り出し、外事課から送られてきた写真を見てみる。

あった。チムサン常務の大河原聡となっている。ではいま通りすぎて行った男たちはチムサンの人間？

しばらくやりすごしてから路地を見やった。

男たちはファジョンが入った小屋の向こう側にある路地を曲がっていった。しんがりにいる大河原も見えなくなり、小宮はあとを追いかけた。

ファジョンが入った小屋の中を覗いた。人はいなかった。

小屋から路地を見てみた。

三十メートルほど先を男たちは歩いている。しばらくして、壊れかけた廃墟のような家の中に入っていった。

小宮はもう一度、スマホで疋田に電話を入れた。

「何かあったか？」疋田は訊いてきた。

「ソンエが来ました」

「ソンエも？」

「はい。男たちに囲まれて。大河原聡という人間もいます」

「そこで連中は会うつもりなのか」

「かもしれません」

「で、どこにいる？」

「場所がうまく説明できなくて……たぶん池上町の真ん中あたりだと思うんですが。どうしますか？」

しばらく間が空いてから、

「もう少し近づいて様子を見てくれと折本さんが言っている。できるか？」

「たぶんできると思います」

「くれぐれも注意してくれ。もうあと三分以内に着くから」

小宮は通話を切り、ゆっくりと路地に足を踏み入れた。

15

ソンエは男らに引き立てられるように家の中に入った。饐(す)えた臭いが漂っていた。薄暗い土間に横向きに倒れたちゃぶ台がある。キムチ作りのための大きなボウルがすっかり埃(ほこり)をかぶっている。壁際に味噌(テンジャン)や醤油(カンジャン)を詰めて置いておく壺(つぼ)が五つ、固まって置かれていた。どれも祖母が使っていたものだ。

上がり間は床一面が黄色いビニールで覆われていた。高に促されて、土足のまま上がった。狭い居間の中央に三十センチほどの高さの長いテーブルが置かれたままになっている。

居間の向こう側は台所だ。天井から裸電球が垂れ下がっている。

吸い寄せられるように台所に入った。男たちはついてこなかった。

小さなテーブルとひとり掛けの椅子が背中を見せる形で置かれている。ひとり暮らしをしていた祖母が食事を取っている姿が目に浮かんだ。

棚の中には茶碗や皿が積まれたまま残っている。テーブルの上に籐籠(とうかご)があり、ハサミがふたつとピンク色のビニール手袋が収まっていた。その横には小さなニンニク潰(つぶ)しがあった。まるで昨日までここで生活していたふうにも見える。

部屋の端の床が朽ちて抜け落ち、梁だけがむき出しになっている。蛍光灯の先の天井が破れて空が覗いていた。

肩を摑まれ居間に戻された。ふたりの保安部員が土間に残り、ほかは居間に上がっている。みな所在なげだ。ビルのアジトにいたときの、ぴりぴりした雰囲気はない。

高はテーブルに足を乗せ、「ここが住んでいた家か？」と訊いてきた。

「下ろしてよ」ソンエは指さした。「わたしの祖母が住んでいた家なのよ」

高は飼い猫に爪をかけられたような顔で、言われた通りテーブルから足をはずした。

「ここなら警察なんぞに見つからんな」高が土間に残っている大河原に声をかけた。

大河原は落ち着きのない顔でソンエに声をかける。「本当に来るのか」

「来るに決まってるじゃない」

大河原は玄関の引き戸の前に立った。

「この腐った家におまえの姉が来る？」大河原が言った。「そんなもの、信じられるか」

「あなたの勝手。好きにすればいい」ソンエは言い放つ。

高は面白そうにふたりのやりとりを見つめている。

そのときだった。表から警官と韓国語で告げる女の声が聞こえた。聞き覚えのある声だった。ファジョン……。

姉は先に来ている？　警官って何？

男たちもいっせいに声のしたほうを振り返った。土間に残っていた保安部員に続いて、居間にいた保安部員も家を飛び出た。

——その女。

——捕まえろ。

保安部員たちの怒号が聞こえた。女の悲鳴も。

——ちょっと何なの。

姉ではない。日本人の声だ。ファジョンではないの？

戸口に下りた高と大河原が、緊張した面持ちで外を覗いている。

ソンエはじっとしたまま見守るしかなかった。

「やめなさい」

気の強そうな女の声が聞こえた。

「黙れ」保安部員が怒鳴りつける。

両脇を保安部員に摑まれて、女が入ってきた。地味なチュニック姿。青くこわばった表情であたりを見ている。

この女が警官？　でも、どうしてファジョンは知っている？

女を正面から見据えていた保安部員が言った。「こいつホテルにいた警官だ」

「本当か？」高が女に見入った。

「おれが叩きのめしたのに」保安部員が納得のいかない顔で続ける。

女は韓国語がわからないらしかった。ソンエに気づくと、表情が一変した。信じられないという顔でまじまじと見つめた。

「どうして、あんたがここに？」女は切羽詰まった顔で言うと、ソンエをにらみつけた。

ソンエは思わず顔をそむけた。

……この女は赤羽で何度か見ている。働いていたリップス66に客として顔を見せていた。一昨日の晩、店に警察が踏み込んできたとき、その一員としてちらっと顔が見えた。赤羽中央署の刑事のようだ。

「いい加減にしなさい」吠え立てるように女が言った。

保安部員が驚いて、女を摑んでいた手を緩めた。

女の右肘が動き、保安部員の顔に食い込んだ。左側の保安部員の手をふりほどき、身を翻して表に出た。

保安部員たちが慌てて外に出る。脇にいた高も飛び出ていった。

大河原もそれについていこうとして戸口に手をかけたが、そこで立ち止まり、ソンエを振り返った。

いま、家の中は大河原とソンエがいるだけだった。不安を覚えたらしく、大河原はその場で動かなくなった。

「ソンエ」風呂場から女の声が聞こえた。

ファジョン……。

風呂場に走り込む。

真っ黒い水が溜まった風呂桶の横にある窓から、ファジョンの顔が覗いていた。

ソンエはためらうことなく風呂桶に足をかけた。窓の手すりを摑み、身を縮めた。窓をくぐり抜けて下に落ちた。

着地と同時にファジョンの手が差し伸べられた。尻餅をついただけですんだ。そのまま引き起こされる。

風呂場の窓から、大河原の引きつった顔が覗いていた。

「早く」ファジョンのかけ声とともに駆け出す。

「ソンエが逃げたっ」大河原が叫び声を上げた。

狭い路地を駆け抜ける。家の際に置かれたLPガスボンベを回り込み、壊れかけたレンガ塀に沿って家の裏手を横切る。

ソテツや雑草が茂った狭い路地に出た。ファジョンは迷うことなく、右に曲がった。突き当たりのトタン塀に張りつき、人ひとりしか通れない隙間を横歩きする。

「どこ行くのよ?」ソンエが声をかける。

「いいから」

ソンエは自分がどこにいるのか、わからなかった。ソンエもかつては姉と一緒にこうして、狭い路地から路地、人の庭から庭へと伝って町中を探検し遊び回ったのを思い出した。

ここに住んでいたときファジョンは中学生になっていた。小学生だった自分より、家の位置や形を鮮明に記憶しているようだ。

ファジョンは迷いがない様子だった。コンクリートの門柱が立っている家の前を通りすぎる。中にある二階建ての家もコンクリート造りだ。ぼんやり地図めいたものが浮かんできた。自分たちはいま、町の北側にある自動車修理工場の方角に向かっている。このあたりは道はおろか路地すらないはずだった。家々のあいだの狭い空間を縫うように移動しているのだ。

「お姉ちゃん（オンニ）、その中に何が入っているのよ?」ソンエが声をかける。

「何?」うるさそうにファジョンが言う。

「その赤いポシェットの中にあるマイクロSDカード。何のプログラムなのよ」

「わかるわけないでしょ」ファジョンは言い、ソンエが肩にかけているセミショルダーバッグを一瞥する。「あんたこそ、貸したおカネは?」

「持ってるわよ。渡すわけないじゃない」

「あんたらしいわ」

ファジョンに続き、家と家のあいだに身をはさみ込む。五十センチ足らずしかない。カニの横歩きのように進む。ようやく出たそこは、家の庭とも路地ともつかない空間だった。片方の家は玄関になっていて、もう片方は家の裏手だ。正面は赤く塗られたトタン屋根のバラック。どん詰まりだ。路地はもうない。

ここまで追っ手は来ないだろう。ファジョンはもう走れないというふうに、エアコンの室外機の横にしゃがみ込んだ。

ソンエはファジョンの肩に提げたポシェットを摑み、無理やり首から引き抜いた。ファスナーを引いて中をひっかき回す。ふたつに折り畳んだ白い封筒が目に飛び込んできた。引き抜いて逆さにすると、手のひらに青いものが落ちた。

ファジョンの横にしゃがんでそれを見た。

ファジョンは何も言わない。

青いプラスチックは、マイクロSDカード用のアダプターだ。中にはさみ込まれている黒っぽいものを引き抜いてみた。黒い小さなマイクロSDカードだ。この中にいったい何のプログラムが入っているのか。

大の大人たちが目の色を変えて奪い合っている。とんでもない代物に違いない。それがいま自分たちの手の中にある……。

いったいどれほどの価値があるのか。

　チムサンの保安部員たちのもとに戻ろうか。衝動的にそう思ったものの、いまさら無理な話だとあきらめた。連中はただ奪うだけで一ウォンも寄こさないだろう。元の持ち主に返すしかないだろうか。ファジョンの夫の宮下に。

　彼こそカードの中に収まっているものの価値がわかっている。奪われたそれを結果的に取り戻してやった形にもなる。見返りにカネを要求すれば払ってもらえるだろうか？

　ソンエの考えがわかったみたいに、ファジョンの手が伸びた。慌ててアダプターを持った手を引っ込める。封筒に入れポシェットに放り込む。

「どうする気なの」ファジョンが詰め寄ってくる。

「わたしから返す」ソンエが答える。

「返す？　あんた何言ってるの？　もともとそれは宮下のものなのよ」

「でもわたしがいなかったら、チムサンに奪われていたのよ。さあ」

　ソンエはポシェットを肩に提げ、ファジョンを引き起こすようにその腕を取った。

「やめてよ」とファジョンはふりほどく。

「何言ってるの」ソンエは言った。「こんなところに、いつまでいる気？」

「しばらく様子を見るしかないでしょ」

「冗談はよして」ソンエはファジョンの眼前にポシェットをちらつかせた。「お姉ちゃん、これほしいのね？」

　ファジョンはじっとそれを見つめる。

「じゃ、こっちは返すから」ソンエはもうひとつ肩に提げていたセミショルダーバッグを叩きつけるように地面に置いた。

「ちゃんと中を見てよ。借りたおカネは返すからね」

　言われてファジョンは仕方なさそうにバッグの中を調べた。三百万円がきちんと収まっているのを確認するとファスナーを閉め、それを肩に提げた。

「あんたの頭の中はどうなってるの……」ファジョンは言った。「こんなことばかりして、お母さんが聞いたら泣くよ」

　ソンエは整形で尖らせた鼻の穴をふくらませるように、「どっちが泣くのよ」と捨て台詞を吐いた。

「お母さんだって苦しいのよ。毎月毎月仕送りしている身にもなってよ」

「え、お姉ちゃんが仕送り？　はじめて聞いたわ」

「どうだっていいでしょ」

「さあ行くよ」ソンエはファジョンを置いて背中を向ける。

　しかし、どの方角に行けばよいのか見当がつかなかった。振り返ると仕方なさそうに、ファジョンが腰を上げた。

　入れ替わるようにファジョンが前に出る。バラック小屋の前にある洗面台に向かって歩き出した背中にソンエはついていった。

16

疋田を乗せたミニバンは貨物線のガード下をくぐった。右手に自動車修理工場がある。道路の左側には冷凍倉庫が続き、三百メートルほど先で行き止まりになっている。その先は製鉄工場になっているようだ。

右にとり、ガードに沿って車道を走る。

疋田はもう一度、小宮の携帯に電話を入れた。呼び出し音が鳴るばかりで、応答がない。

ガード下は駐車場になっている。道路をはさんだ左手に雑草の茂った空き地があり、狭い脇道が工場側に延びていた。道路際のゴミ置き場をすぎると民家が密集する一帯になった。

「このあたりのはずだが」助手席の折本が言う。

カーナビの画面には池上町と表示が出ていた。

前方に二台のセダンが停まっていた。四、五名の男たちが見える。折本が「神奈川の連中だ」と運転手に言った。

セダンの後方にミニバンをつける。折本が素早くクルマを降りた。

疋田と末松も続いた。

背広姿の男たちが駆け寄ってくる。その中の三十前後の若い男に、折本が塚原さんと声をかけた。

折本が電話で連絡を取り合っていた神奈川県警の外事課長だろう。年恰好から見てキャリアだ。

「いつ着きました？」折本は塚原に声をかけた。

「ほんの五分前」塚原が答えた。「連中、もう来てます」

塚原はガード下に停まっていた、黒いミニバンを示した。

「このナンバー、赤羽で吉岡を拉致したクルマです」塚原はナンバーを指しながら言った。

疋田は末松を見た。

「これですよ。このナンバーだ」末松は言った。

彼の目の前で拉致が行われたのだ。

「そっちのクルマも同じ会社の登録になっているし」と塚原がミニバンの隣に置かれたセダンを指した。

「連中は二台で分乗してきたか」折本がクルマから視線を外し、車道をへだてて連なる池上町の家屋を見やった。

「多くて八人、たぶん、五、六人ではないかな」塚原が苛立ちを隠さず早口で言う。「この中のどこかにいるはずなんだが」手にカラー印刷された池上町の地図を持っている。ネットの地図のカラーコピーのようだ。

「とにかく捜すしかない」折本が言った。「もう課員は入ってますか？」

「四人ずつ」塚原は地図の運河のある側を指した。「運河側からと、こっちの空き地の側から入れていますが、見ての通り道がないから……」

地図には戸建ての家とアパートがびっしりと並んでいた。集落の中は、東西に道が一本、自分たちがいるレンタカー屋の脇から小さな円を描くように路地らしきものがあるだけだ。

「わたしと塚原さんは後続部隊が来るからここに残る」折本は言うと疋田を見た。

「小宮が気にかかります」疋田はためらわず言った。「われわれは先にそこから入ります」

レンタカー屋の脇から斜め方向に延びる路地を指す。

「そこはまだ誰も入っていない」塚原が言った。「行ってみてください」

「了解。何かあればすぐ電話をします」そう言い残して、疋田は末松とともに路地に入った。

17

大河原はふたりの女を追いかけて、その路地にたどり着いた。珍しくコンクリート造りの家があった。そのとき、自分が歩いてきた路地の奥手から人の話し声が聞こえた。大人数だ。振り返ると、背広姿の男たちが固まって横切るのが見えた。保安部員ではなかった。この町の住人ではないように思える。

警察？

どうしてこんなところにいる？　先ほどの女の警官が仲間に知らせたのか？　ソンエは赤羽中央署から、風俗関係の取り締まりで追われている。だとしたら、警視庁の警官か。風俗の取り締まりだけでここまで追ってくるか？

いや、外事課ではないか。赤羽中央署から警視庁の本部に連絡が入ったのかもしれない。外事課とすれば、Ｑ５を察知したとしか思えなかった。

……吉岡だ。外事課は彼を追いかけていた。自分たちが宮下のマンション前で吉岡を拉致したとき、目撃者がいた。彼らは赤羽中央署の刑事だったのだ。そしてそれが警視庁の上層部に流れ、外事課に届いたと思われた。

いずれにしろ、外事課がＱ５の取引を察知しているとするなら、Ｑ５をチムサン側に渡すまいとして躍起になっているはずだ。

しかし自分は違う。もっと切実だ。Q5こそ、これからの命運を決める。あれがなければ、明日にでもチムサンを放り出される。そうなったら、終わりだ。日本に帰って働けるはずもない。

Q5さえ手に入れれば、これまで通りの待遇を得られる。いやもっと重要なポストに就ける可能性だってある。たとえばアジア地区すべてを統括する担当取締役になれるかもしれない。

まだQ5を手にできる可能性は残されている。ソンエたちが持っているに違いない。警察よりも先に彼女らを見つけければそれですむ。何としてでも見つけなければ。

ひそひそ声が聞こえて耳をそばだてた。

窓の外に吊された洗濯物の向こうから、ふたりの女が出てきた。大河原はアパートの陰に入り、そっと先を見た。ふたりのうちのひとりは、肩に赤いポシェットを提げている。

……あれだ、と大河原は思った。あの中にQ5が入っている——。

ふたりの女は身を寄せあうようにして、路地の奥に消えようとしている。

大河原は路地に出て、壁に張りつくように追いかける。

女たちの話し声が伝わってくる。韓国語だ。

——この先の自動車工場から逃げるのよ。

——そんなところから。

間違いない。ソンエとその姉だ。

懐のスマホを取り出し、ワンボタンで高に電話をかける。高はすぐ出た。

「女だ。見つけた」

呼びかけるとすぐに高は反応した。

「どこだ」

「自動車修理工場の裏手だ」

「そこなら知っている。近くにいるぞ」

「警察が来てるぞ?」

「知ってる。やりすごした」

通話を切る。

ふたりは二階建ての民家の手前で、ふっと消えるように左手に入った。大河原は慌ててそこに走った。消えた場所を覗き込むと、一メートル足らずの狭い空間の先を回り込む女の後ろ姿が見えた。その向こうはアパートの壁だ。

息を殺すようにその空間に身をはさみ込む。こんなところにまで警察が来るはずがない。あのボロ民家のあたりでうろちょろしているはずだ。勝ちだと大河原は思った。

もうあと一歩でQ5は自分の手に落ちる。

あと少しの我慢だ。いざとなったら女のひとりぐらい、ねじ伏せてやる。

だいたい価値も何もわからず、逃げ回っている女たちだ。あっさりと手放すに違いない。手に入れれば、さっさとこんな場所から退散するのみだった。じっとりとワイシャツの襟元に汗がにじんできた。顔がほてり、心臓の動悸が激しくなった。

角を回り込む。女のひとりが雑草の茂る中にさっと消えた。

そこまで急いだ。自動車のテール部分が目に入ってくる。複数だ。

女が消えたところまでたどり着く。

二台のクルマが縦列駐車されている先は、自動車修理工場の構内だ。広い敷地の先にトラックが複数停まっている。女たちは工場の左手に入ってふたたび見えなくなった。これまでだと思った。逃してはならない。

「高っ」声を限りに叫んだ。「こっちだ。女がいる」

18

狭い路地だ。道と向き合っていないアパートや家々のあいだの狭い空間を歩く。

しばらく行ったところで、家の陰から男がふたり現れた。ひとりはバールのようなものを握っている。

疋田が声をかけると、男たちは背中を見せて立ち去ろうとした。

手前の男に追いついて、警察ですと声をかけ腕を摑む。

顔の長い四十前後の男が振り向いた。先を行くバールのようなものを持った男が勢いよく走り出していった。

「警官ならいるよ」男はおどおどした感じで言った。

「警官？」疋田は訊き返した。

先に入った神奈川県警の警官だろうか。

「この奥に」男は自分たちが現れた路地を指した。「女の警官だった」

「案内してくれ」男の背中を押す。

路地とも呼べない民家の軒先の狭い空間を歩いた。

小屋を回り込み、左に曲がった。

背広姿の男たちが狭い路地で格闘を演じていた。疋田は駆け出した。神奈川県警の警官とチムサンの保安部員と思われた。警察だと大声を上げながら突進する。塀際で胸ぐらを摑まれていた男が疋田を振り向いた。

「神奈川県警です」男が叫んだ。

とっさに、押さえ込んでいた男を羽交い締め（はがいじめ）にした。

次の瞬間、男の頭が視界から消えた。膝の内側に力がかかった。足が地面から離れ、体が宙に浮いた。背中からもんどり打って倒れる。首に力を入れ、後頭部をかばった。

短い韓国語とともに、みぞおちに男の肘打ちが食い込んだ。

息ができずエビ反りになって横を向く。

ふいに解放された。横目で見ると、末松と神奈川県警の警官がふたりがかりで、男を取り押さえていた。激しく男が抵抗しているものの、うしろ手に手錠がはまり込んだ。顎を突き出すように、その男が疋田をにらみつける。

「女だ」疋田は手錠をかけられた男を正面から見下ろした。「女の警官はどこにいる?」

男は観念したらしく、嫌々首を横に向けた。

バラックとも見える板塀の家があり、木戸が開いていた。近くに白いショルダーバッグが落ちていた。小宮のものだ。

疋田はバッグを拾い上げ、末松とともに家の中に駆け込んだ。

居間の奥だ。さるぐつわをかまされ、しゃがみ込んでいる小宮の姿があった。靴を履いたまま上がり込み、さるぐつわを外す。手首にはめられた結束バンドも取り外した。

「大丈夫か?」

「……はい」小宮は立ち上がる。「すみません、大丈夫です」

見たところ怪我はしていないようだ。

「ファジョンは?」

小宮は首を横に振った。

「わかりません。見失いました。でも、ソンエがいて」

「ソンエがここに？」

「ソンエです。ほんの二分前までここにいました」

末松が家の中を調べはじめた。

疋田は携帯で折本に電話を入れ、自分たちがいる大まかな場所を伝えた。

「いませんよ、誰も」調べを終えた末松が言った。

「とにかくここを出よう」

疋田は小宮の腕を取り家から出た。

狭い路地を歩き、いくらか広い道に出た。右手の先から外事課の刑事たちが走り込んでくる。そのときだった。

左手の方角から、叫び声が聞こえた。——女がいる、というように聞こえた。

近くだ。ジグザグに入り組んだ路地の先。

民家の庇（ひさし）が張り出た先に、二階建ての民家が道を塞（ふさ）ぐようにして建っている。声はその左手から聞こえたのだ。

疋田と末松、そして小宮はそこに向かって駆け出した。突き当たりに道はなかった。

左手に幅五十センチ足らずの狭い空間が延びている。その中に入った。

横歩きに近い形で進み、家を回り込む。草の生えた駐車場が見えてくる。

そこまで達すると先を見た。自動車修理工場の構内だ。背広を着た男が血相を変えて右手に走っていった。それきり姿は見えなくなった。

疋田も慌てて構内に走り込んだ。右の方向だ。ずっと先に女の姿が見えた。ふたりだ。それを背広を着た男が、ふたりで追いかけている。

いきなり後方から体当たりをかまされた。コンクリートの上に、疋田は倒れ込む。

疋田を突き飛ばした男は、一目散に女たちのいる方角へ駆け抜けていった。

遅れてやってきた末松と小宮に腕を掴まれた。引き起こしてもらいながら先を見た。

女たちは鉄製の低い門を乗り越えて、向こう側の草地に降り立った。

19

「そこだ、そこを左に曲がってくれ」宮下は身を乗り出して運転手に声をかける。

カーナビの画面には池上町と表示されているのだ。

急ブレーキをかけるように減速し、運転手はハンドルを左に切った。アーチ式の高架をくぐる。突き当たりで、「右に曲がれ」と声を上げる。

自動車修理工場の横を通りすぎる。高架下の道路はわずかに左へクランクしていて、それまで見えなかったところに、複数のクルマが停まっているのが見えた。その周辺で背広姿の男たちが動いている。

「停まれ」

宮下は運転手の肩に手を押しつけると、勢いよくタクシーが停まった。

前方に目を凝らした。男たちの中には、無線のようなものを使っている者もいる。セダンのほかにミニバンもあり、その先にパトカーも見えた。

遅かったかと宮下は思った。もう、ファジョンもソンエも、ひょっとしたら大河原たちも警察の手に落ちているのではないか……。

カーナビの画面によれば、タクシーはいま池上町の真北にいる。川崎駅から乗り込んだタクシーの若い運転手は、池上町を知らなかった。川崎競輪場に沿って何度も道を確認し、ようやく産業道路に出た。運転手はカーナビの画面をしきりと動かし、ようやく池上町を見つけてやって来られたのだ。

二百メートル先にいる男たちの動きを注視した。池上町の中に走り込んだり、そこから出てくる者もある。あわただしい。

ひょっとして、まだ警察はファジョンたちを捜しているのではないか。とするなら、まだ彼女たちは見つかっていない？　大河原をはじめとするチムサンの連中はどうなのだろう。彼らにしても、こんなところに来るだろうか。

待つように言ってタクシーを降りた。自動車修理工場を離れ、高架下の道を歩く。そのとき、ふとかすかな声が聞こえた。

——女がいる。

声のした方角を振り返る。自動車修理工場の向こうからだ。

工場の門まで戻った。広い構内の右手は大型トラックの整備場になっていて、複数のトラックが停まっている。その構内の端、百メートルほど先だ。柵らしきものを乗り越えようとしている女の姿が見えた。ふたりいる。ぴっちりしたズボンを穿いた女が柵の向こうに消えた。赤っぽいものを下げていた。もうひとりの女も柵に飛びつき、体が横向きになったかと思うと、スカートがぱっとはだけて向こう側に落ちた。

整備場の横手から、背広姿の男たちが飛び出してきた。構内を駆け抜けていく。女たちを追いかけているようだ。

その場に立ち尽くした。いまのはと思った。

ファジョンとソンエ？

警察に追いかけられているのか。それとも、チムサン？

どうして逃げている？　どこへ向かう？

カーナビの画面を思い起こした。あの向こう側は製鉄工場の敷地ではなかったか……。

そんなところに入って、どうする気なのだ。……いや、追われていて、そちら側しか逃げ場がなかったのだ。

いったんタクシーに戻ると、助手席に強引に乗り込んだ。わけのわからない顔で見守る運転手を無視して、カーナビを見る。画面に手を触れ、左下にずらした。地図が同時に動く。自動車修理工場の北側が映り込んだ。

工場のとなりに公園があり、北側に東扇島方面に向かう幹線道路が走っている。その道路の五百メートルほど先に製鉄工場の正門がある。

迷っている時間はなかった。表示されている正門に指を当てる。

「ここだ。行ってくれ」

運転手は顔を近づけて見入った。「ここでいいんですね?」

乗り込んですぐ三万円渡しているので運転手は素直に応じてくれる。

「早く」

急かすと運転手はアクセルを踏み込んだ。高架下に警察車両が並んでいる方向だ。失敗したと思った。停めようと思ったが、カーナビではこのルートを取るしかない。進めだ。

警察車両がだんだんと迫ってくる。そのうちのセダンの脇をゆっくりと通りすぎる。耳に受令機らしきものをつけている。やはり警官だ。

別のセダンの横で話し込んでいた数人の男たちが、タクシーを避けて左右に散った。無線機を手にした男もいた。

ミニバンの脇を通りすぎたとき、青いワイシャツを着た男が、こちらを覗き込んでいるのに気づいた。ストライプのネクタイが風に揺れている。

そこを通りすぎても、男の視線が追ってくるのを感じ、目立たないように後ろを見た。

違和感を覚えながら、前方に視線を戻す。

四辻が迫っていた。貨物線に通じる階段の下に、パトカーが二台縦列駐車している。そのあたりにいた四、五人の制服警官たちがタクシーに向かって大声で叫んでいた。ひとりが飛び出してきて、制止するように前に立ちふさがった。運転手が何事かつぶやいたが聞き取れない。

ブレーキを踏むかわりに、ハンドルが切られた。警官たちが車窓の左側に流れる。

二十メートル先に産業道路があり、小さな信号がずっと先に見えた。猛スピードで走るトラックやクルマの車影が前方にちらつく。

振り返ると、警官たちが追いかけてきていた。

運転手に早くしろとけしかける。

信号が青になった。左右を確認せずに、タクシーは産業道路に突っ込んだ。三車線分を一息に走り抜け、すぐハンドルを右に切った。

東京方面に向かって走った。追いかけてくるクルマはない。

ひとつ信号待ちをしたものの、すぐ青に変わった。大きな交差点を右折し、水江町と標された方角に向かった。貨物線の高架をふたたびくぐった。

視界が広がり、百メートル先の右手に製鉄工場の入り口が見えた。門はなく小さな守衛小屋が脇にあるだけだった。いま小屋の中に人影は見えない。

「あそこから入ってくれ」

宮下が声をかけると運転手は減速させた。

対向車線を走ってくるトラックを一台やりすごしてから、ゆっくり道路を横切り、入り口に進んだ。小屋の中に紺色の制服を着た守衛の背中が見えた。角度の具合で、さっきは見えなかったのだ。守衛はこちらに気づいていない。

運転手の肩を叩き、進むように指示した。

小屋をすぎたとき、守衛が気づいて振り返ったが、すでにタクシーは工場の敷地に入っていた。こんもりした植栽(しょくさい)の手前で、道が二股に分かれていた。

右側を選ばせた。赤茶けたベルトコンベアの下を走り抜ける。直線道路が続き、左手に三角屋根の巨大な工場群が建ち並んでいた。

ファジョンがいるとしたら、この先だ。

20

腰ほどの高さの雑草の中にファジョンは分け入った。必死で漕いでも、硬い枝にスカートが絡みつく。前をいくソンエがみるみる離れていく。スキニーパンツを穿いているので、動きやすそうだ。ショルダーバッグを背中に回した。

ちくっとすねに痛みを感じた。何かが足に引っかかり、前のめりに倒れた。

「待って」

声をかけるとソンエが振り返った。差し伸べられた手にしがみつく。起き上がり、また雑草を手でかき分けながら進む。

どうにか草むらから抜ける。工場の真裏に出た。駐車場を駆け抜ける。左手に母が若いころアルバイトをしていた建物が見える。人は見かけなかった。

自分たちが這い出てきた草むらのあたりで、背広姿の男たちがひとり、またひとりと湧き出るように姿を見せていた。

工場の周回道路に入った。建物の右手に回り込む。あちこちにクルマが置かれている。

「どこ行くのよ」ファジョンは前を走るソンエに声をかける。

パンプスを履いた足が陸上選手のように動き、息ひとつ切れていない。

「とにかく前に進むのよ」

自分はだめだ。息苦しい。心臓が喉元に迫り上がってくるように感じられる。男たちに追いつかれてしまう。ベルトコンベアの下をくぐり、三角屋根の工場に吸い込まれるように入った。

地鳴りのような音が押し寄せてくる。耳が痛い。顔にふりかかる熱風で真夏のような暑さだ。熱気ごと吸い込み、胸が焼けつきそうに熱くなった。

緑色に塗られた十メートルほどの巨大な機械が延々と先まで続いている。その横を狂ったようにソンエは駆けている。

もうだめだとファジョンは思った。とても逃げおおせない。

それが伝わったのかソンエが立ち止まり、振り向いた。

手を握りしめられ、また歩き出す。小刻みにスピードが増す。作業服を着た男がいきなり現れ、肩がぶつかった。ソンエの手が離れる。

何事か男はわめいたが、騒音でかき消された。

前を走るソンエの姿が、白い蒸気の中にふっと消える。

顔の右半分が焼けるように熱かった。機械の中を、オレンジ色に焼けた鉄が流れていた。目を向けると眼球が溶けてしまいそうなほど熱かった。

またスピードが鈍る。額から汗が噴き出る。

「お姉ちゃん(オンニ)、そこ、ほら」

ソンエが指した先に出口らしいものが見えた。

あそこから出られる。こんなところにいたら体に火がついて燃えてしまう。

うしろを振り返る。白い蒸気の中にちらほらと黒い影が動いている。

チムサンの男たちに捕まったら、今度こそ最後だと思った。

鉛が入ったように脚が重くなる。ソンエが遠のいていく。息ができなくなった。これ以上走るのはおろか、歩くこともできそうにない。

張り出した鉄骨の陰に隠れる。

しばらくして、煙る中を男たちが駆けていった。ひとり、ふたり、三人……また、ひとり——。暗くて顔の区別がつかない。しばらくして、背の高い男が通っていった。

重い脚をふり出そうと、ファジョンが手をかけたそこは階段になっていた。見つかるのが恐ろしくて、力をふりしぼり駆け上がった。

ずっと先にある丸い炉の中から、オレンジ色に焼けた長方形の鉄の塊が吊り上げられて、巨大な機械の中に落とし込まれた。ぱっと火花が散る。

くすんだ音とともに、そのあたりから蒸気が噴き出した。渦巻(うずま)いた蒸気が床を這い回る。熱風に顔を擦(こす)られ、目をつむった。

騒音に混じり、悲鳴が聞こえた。出口の方角で、黒っぽい人影が見えた。

ファジョンは声のした方をまじまじと見つめる。

赤いものを振り回す姿が見える。ソンエだ。

ソンエのまわりを、法衣(ほうえ)のような黒い影が少しずつ距離を縮めていた。

21

草地の中に入り込んだ女たちが見えなくなった。少し遅れて鉄の柵にしがみついた男たちが、次々に乗り越えていくのを疋田はうしろから見ていた。

韓国語らしい声で互いを呼び合っているのが聞こえる。チムサンの男たちだ。

柵の手前で見守っていた背の高い男が、怖々(こわごわ)乗り越えて向こう側に降り立った。どことなく見覚えのある顔だった。

男はゆっくりした足取りで草地の中に入っていった。

……あれは、大河原というチムサンの執行役員ではないか。

警察がいるにもかかわらず、女たちを捕まえようと躍起になっているようだ。

疋田が鉄柵に到達したとき、女たちが草地から飛び出したのが見えた。

「あんなところに行って、どうする気ですかね」追いかけてきた末松に声をかけられる。

「あっちしか逃げ場がなかったんだ」

それにしても、工場に入れば何とかなると思っているのだろうか。

後方からミニバンが走り込んできた。

助手席から折本が顔を出して、手を振っている。

「疋田さん、乗ってくれ」

言われるまま、末松とともに後部座席に飛び込んだ。

運転手がその場で切り返し、広い構内を通り抜ける。

「工場に先回りしよう」折本は言った。

突き当たりを左手に取り、貨物線の高架に沿って走った。パトカーが停まっている四辻で右に曲がる。産業道路の交差点が目の前に迫っていた。信号は赤だ。

「ファジョンの旦那が来た」

折本が言っている意味がわからなかった。訊き返す。

「ほら、フロンテを辞めた宮下」

「あ、赤羽の？」

「タクシーに乗っていた。たぶん、あいつだと思う」

折本は、待機していた自分たちの目の前を、タクシーが通りすぎて行ったとつけ足した。

信号が青になり、ミニバンが飛び出した。

「ファジョンを助けに来たんですか？」

「そうだろう。例のマイクロＳＤカードを取り戻すつもりかもしれん」

どっちが目的なのだ。

「そのタクシーはどこに？」

「行き先はわからん。警察がいたのはわかったはずだ」

女たちを確認できたなら、いまの自分たちと同じように工場に向かっているのではないか。

「連中の入った工場は高炉じゃない。特殊鋼をやってる圧延(あつえん)工場ですよ」折本は言った。

「いろいろな硬さの鋼を作っているみたいです」

そういえば、工場に高い煙突のようなものはなかった。鉄そのものを作る溶鉱炉があるわけではないようだ。

折本が続ける。「工場はグループ全体で、戦時中、二千人近い朝鮮人を徴用していたらしいけどね」

「池上町も、もともとは製鉄会社の敷地だったんでしょ？」

「そんな話だね」

ファジョンやソンエたちが、池上町までやって来た理由はわからない。だが、家族なり、頼りになる人が池上町にはいたのではないか。彼女たち自身も半世紀以上昔の歴史とつながりがあるのだ。

そしていま、韓国随一（ずいいち）の家電メーカーが喉から手が出るほど欲しがっているソフトウェアを、彼女たちは携えている。

「自動車修理工場のクルマが盗まれたみたいだ」折本は言った。「たぶんチムサンの連中だ」

「じゃ、宮下が乗っているタクシーを追いかけている？」

「かもしれない」

「折本さん。わたしも見ましたよ。たぶん大河原を」疋田は言った。

折本が驚いた顔で振り向いた。「大河原を？　やつがいた？」

「間違いないと思います。女を追いかけて工場に向かっていきました」

折本は前を向きながら、「そうか、やつも来たのか」とつぶやいた。

大きな交差点を右に曲がった。ミニバンはスピードを上げ、貨物線の高架下を通り抜けた。

22

「あっちいけ（チョチヨゲカラ）」

ソンエは豆粒のような汗を顔に浮かばせ、大河原をにらみつけた。

大河原が一歩踏み出ると、ソンエは手にしたポシェットを鞭(むち)のように振り回した。

「いいかげんにあきらめろ」大河原は日本語で呼びかけた。

ソンエは意味がわかったらしく、「あんたこそ、消えな」と声を張り上げた。

左右から保安部員が間合いをつめていく。ソンエは後ずさりしながら、肩を怒らせた。

時間がない。日本の警察が迫っている。

「捕まえろ(チャパラ)」

大河原が言い放つと、右手にいた男がソンエに飛びかかった。

ひとりに腰を摑まれ、その場で抱き上げられる。地面からソンエの足が離れて宙に浮いた。

「連れてこい」

熱くてたまらず、大河原は先んじて工場の出口に向かった。

ソンエは抱きかかえられたまま、あとについてくる。

大河原のスマホが鳴り、慌てて取る。騒音のせいで声が聞き取れなかった。

外に出ると騒音が小さくなった。

スマホを耳に押し当てる。高の上ずった声がした。

「どこにいるんだ(オディイッタ)?」

「工場から出た」大河原は言った。「もう片方の出口だ」

「女は？」

「ひとりは捕まえた。ソンエだ」

「ファジョンは？」

「わからん。工場の中だ」

「見つけろ」

「わかった」

大河原はその場でふたりの保安部員に、工場に戻ってもうひとりの女を捜せと命令した。

男たちが工場の中に走り込んで行くのを見送りながら、「警察はどこにいる？」と電話口にいる高に訊いた。

「知るわけないだろ」

「うそつけ」

あそこまで迫っていて、警察が簡単に逃がすはずがない。

「とにかく、そこに行くから待ってろ」高が怒鳴った。

「わかるのか、ここが？」言いながら、大河原はあたりを見やった。

工場の名前が入ったライトバンやバンが斜めに五台停まっている。道路をへだてた工場の壁沿いに、二本のパイプがずっと先まで続いている。地名はおろか工場の名前すら見つけられない。

自分たちは工場の敷地の北側にいるはずだった。それ以外はわからない。

「マイクロSDカードはどっちが持ってるんだ?」高に訊かれた。

「わかるわけない」

そうだ、目の前にいるソンエの身体検査をしなければ。

いや――何よりもまず、ここから逃げる術を確保しなければならない。

警察に捕まったら終わりだ。

停まっているクルマを一台ずつ覗き込む。道路際にあったライトバンのキーがついたままだった。

「放せったら」

ソンエが暴れて保安部員から離れそうになったので、大河原は慌ててソンエの腕を握りしめた。

「おとなしくしろ」大声を上げると、ソンエは噛みつきそうな顔で、「こんなやり方おかしい」と言い返してきた。

大河原はむっとして、顔をはたいた。

それでも効き目がなく、ソンエは体をねじ曲げて保安部員から逃れようとした。

ソンエの脇腹に手を回して、横から抱きかかえた。

保安部員にキーがついているライトバンを指さし、あれを動かせと声をかける。

「早くしろ」怒鳴ると、保安部員はライトバン目指して駆け出した。

道路に黒いセダンが停まっていた。いつ来たのかわからなかった。

屋根にタクシー灯がついている。運転手がこちらを見ていた。

大河原はソンエの腕を握りしめたまま、うしろに隠した。

するとタクシーがゆっくり動き出した。助手席に人が乗っている。

窓ガラスが下がり、中にいる人間が身を乗り出した。大きな目が見開かれ、じっとこちらを見つめている。

なぜこんなところに？

「宮下さん――」

ソンエがその名前を呼んだとき、後方でタイヤのきしむ音がした。振り返ると、工場の角からシルバーのセダンがこちらに向かって走り込んできた。見たことのないクルマだ。

セダンはタクシーの横に停まり、勢いよく後部座席のドアが開いた。高が飛び出してくる。

「何もたもたしているんだっ」高が言った。

「だから――」

セダンの向こうにいるタクシーが走り出していった。

説明する間もなく高がソンエに歩み寄る。「マイクロＳＤカード、あるのか？」

「まだ調べてない」

答えると高はソンエの腕を取り、自分が乗ってきたセダンに連れ込もうとする。

「まだ、もうひとり見つかっていないいんだぞ」

大河原が呼びかけたが、高はかまわずセダンの後部座席のドアを開ける。

片腕を取られたソンエが引きつったような顔で大河原を振り返った。

「のろのろするな」高はソンエの肩を摑んで押し込もうとした。

その肩に下げた赤いポシェットが目にとまり、大河原は慌ててそれを摑んだ。

気づかない高がソンエを無理やりクルマに押し込んだ。はずみでポシェットの紐がちぎれて、ポシェットは大河原の手に残った。

ソンエに続いて乗り込んだ高が、「早くしろ、警察が来てる」と言うと、運転手の肩を叩いて行けと叫んだ。

セダンは勢いよく走り出した。タクシーもいなくなっていた。

工場の出口から中に入っていた保安部員たちが、転がり出るように姿を見せた。

「いません、どこにも見えなくて」肩で息をしている。

バックで切り返してきたライトバンが目の前で停まった。

乗り込むように命令し、大河原も後部座席に収まった。

「出ろ」大河原は命令した。

運転手はおろおろしながら、「どっちに」と左右を振り返る。

「こっち」大河原は右手を指した。

高の乗ったセダンが走り込んできた方角だ。

走り出そうとしたとき、同じ角を黒いミニバンが曲がって来るのが見えた。

慌てて、運転手にとどまるように命じた。

ミニバンは大河原が乗るライトバンの前を、猛スピードで走り抜けていった。

四人の男たちが乗っていたのが見てとれた。全員が前のめりになり、前をゆくセダンを追いかけている雰囲気が感じられた。ひょっとしたら警察……？

「よし、行け」

大河原はミニバンの走ってきた方角を示した。

あの角を右手に取れば、工場の敷地から出られるはずだ。

振り返ると、スカートを穿いた女がよろけるように道路に出てきた。

急いでポシェットの中を確認した。

白い封筒があった。中に青いものが見えたので、慌てて取り出した。アダプターだ。中にマイクロSDカードが差し込まれている。

……これだ、と大河原は思った。

唾を飲み込もうとしたが、からからに渇いた喉に通るものはなかった。

とうとう、手に入れた。Q5に間違いない。

これさえあれば、もう何もいらない。しかし、ようやく……。

「どけ」運転手が言っている。

目の前を白い大型トラックの荷台がさえぎっていた。

「追い越せ」

運転手に声をかけると、いきなりスピードを上げ、またたく間にトラックを追い抜いた。

道がまっすぐ続いていた。ずっと先に守衛小屋のようなものが見えてきた。警察車両は見えなかった。小屋の先に一般道があるらしく、行き交うクルマが見える。門も何もない。あそこを突っ切れば警察から逃れられる。

とりすましたチムサン電子副社長の崔英大の顔が浮かんだ。マイクロSDカードを見せる瞬間を思った。うれしさがこみ上げてくる。ようやく、摑んだと大河原は思った。もう自分のものだ。誰にも渡さない。これさえあれば、何も怖いものはなくなる。

23

疋田が乗るミニバンの二百メートル先をシルバーのセダンが走っていた。猛烈なスピードだ。道がやや左方向に曲がり、明るくなった。右手に続いていた工場がなくなり、運河が開けたのだ。

「見えたんです」運転手が言った。「女を無理やり押し込むところが」

「あの女たちか？」折本が訊いた。

「わかりませんが」

「ふたりとも乗ったのか？」

「わかりません」

ファジョンたちに違いないと疋田は思った。

折本が警察無線のマイクを口に当てる。「こちら、外事2折本、各局応答せよ」

〈こちら外事6、現在、圧延工場の北側道路を西進中、外事2、いまどこですか？〉

「こちら外事2、そこのどん詰まりを左折した先だ。現在、Q5を持っている女が乗ったセダンを追尾中」

〈こちら外事6、了解、あとを追います〉

〈こちら神奈川3、工場入り口を封鎖します〉

「了解、一台も通すな」折本が怒鳴る。

〈こちら外事4、ただいま外事2のいる道から、ひとつ工場をへだてた道路に入る。繰り返す、外事2と並行する道を南進する〉

「こちら外事2、了解。セダンの前に回り込め。いいか、そっちへ追い込むぞ」

〈了解、通せんぼします〉

ふっと前をゆくセダンが消えた。

ミニバンの速度表示計が百十キロを超えた。

セダンが消えた場所まで到達する。目の前が運河だった。

ブレーキが踏まれ、疋田は体ごと前にもっていかれた。

一気に速度が落ち、突堤ぎりぎりのところで鼻先をかわした。

セダンがまた突堤を回り込むように左側へ消える。

乗っているのはチムサンの保安部員とファジョンたちと思われた。

セダンがスピードを保ったまま、左に曲がる。

ミニバンの運転手は、大きく右側にふくらみながらカーブに突っ込んだ。

体勢を立て直したとき、すでに百メートル先をセダンは走っていた。

道が先でクランクしていた。テールを振りながら、セダンはスピードを上げ、斜め左に切り込んだ。ミニバンもスピードを増しながらクランクをかわす。

四百メートルほどもある直線道路になった。両側には圧延工場が続いている。セダンの先に黒っぽいものが見えた。外事のクルマだ。

はさみ撃ちにできる。

そう思ったのも束の間、セダンは狂ったようにスピードを上げた。ぶつかる……。黒い塊がすっと右に動いた。かろうじて衝突を免れる。

「気をつけたほうがいいぞ」疋田は身を乗り出して言った。

セダンはスピードを緩めなかった。外事の黒いセダンが切り返す脇を通過する。

「急げ」折本が声をかける。「このままじゃ入り口は突破される」

ミニバンがふたたび加速した。またたく間にセダンと同じ速度になった。

セダンは圧延工場の端まで達していた。目前に周回道路が見える。その向こうはまた工場だ。

セダンはスピードを緩めず、周回道路に突っ込んでいった。

そのとき、右手の工場の端から長いものが割り込んできた。トラックだ。

セダンのテールが左右に振れた。制動をかけている。

トラックがゆっくりと周回道路を横切る形でセダンの前をふさいだ。

セダンは頭からトラックの腹部に突っ込んでいった。激しい衝突音とともに、ガラスが飛び散った。セダンの前部分がひしゃげ、車体が横向きに振られた。ドアらしきものが宙に舞い、車体がトラックにめり込んだ。コンマ五秒足らずの出来事だった。

声も出なかった。トラックはまだゆっくり前進していた。それに引きずられてセダンであった金属の塊が動いた。

運転手が衝突現場の手前でミニバンを停めた。

疋田はクルマから飛び出た。トラックのエンジンが低く唸っていた。

セダンのフロント部分がなくなり、左半分がトラックの腹部の下側にはさまっていた。車体部分から、人の手らしきものが上がっている。

ハンドル付近に人が埋まっているのがわかった。後部座席に男女がいた。男の黒々とした髪が乱れて、額に張りついている。まだ息をしている。その脇で、赤黒く血に染まったストライプのTシャツが垣間見える。生白い首に長い髪が巻きついていた。こちらは息をしていない。ファジョン……いや、ソンエ……？　それ以上見るのは耐えられなかった。

折本がひしゃげた車体の中を覗き込んでいた。男たちの中に大河原はいないようだった。

24

入り口をどうにか通過して一般道に入った。入れ替わるように黒っぽいバンが入り口に走り込んで、そこで停まるのがバックミラーに映った。ひょっとして、あれは警察車両……。

そう思っている間もなく、見えなくなった。

それにしても、宮下はどうしてあんなところに姿を見せたのか。女たちと連絡を取っていたのだろうか。

貨物線の高架を抜けて、ふたたび産業道路に入った。

SDカードアダプターを握りしめながら、大河原は感慨に耽(ふけ)った。きょう一日のことが脳裏(のうり)を駆け巡った。とうとう、こうしてQ5を手に入れることができた。幸運だったとしか思えない。チムサンに移って以降、最大の功労になるはずだ。

池上町を通りすぎる。止めていた息を吐いた。心臓の鼓動が耳に届いていた。

これからの段取りを考えた。研究所まで十五分足らずだ。崔英大は研究所にいるだろうか。いてほしいと思った。この自分の掌中(しょうちゅう)にある成果をその目で見てほしかった。

研究所にはひととおりの機材が揃っている。試験用テレビにつないで、Q5を見てほしかった。何よりもまず、この自分の目に収めたかった。世界で最も進んでいるとされるフロンテの画像エンジンを見れば、副社長はどれほど驚くか――。

産業道路を離れて北に進路を変えた。そういえばと思った。

高はどうしたのだろう。電話がかかってこないが。

気になりスマホで呼び出してみたが、つながらなかった。

まあいい。副社長と会うときは自分ひとりのほうがいい。高は遠ざけるべきだ。いれば、自分の手柄だとわめき立てるに違いないからだ。

運転手も気になるようで、信号で停まるとスマホで高を呼び出した。やはり出ないようだ。

実物を見たくなった。Q5のプログラムだ。どれほどの量があるだろう。大方の見当をつけながら、ブリーフケースに収まったモバイルパソコンを取り出す。SDカードアダプターからマイクロSDカードを引き抜いた。

小さい。こんなものに世界を変えるようなものが入っていると思うと、畏敬の念すら覚えずにはいられない。

パソコン用のアダプターを取り出して、マイクロSDカードを差し込む。

モバイルパソコンの電源を入れて画面が立ち上がるのを待つ。

わずかな時間でデスクトップ画面になった。

わくわくしながら、付け替えたSDカードアダプターをパソコンの差し込み口に挿入する。ポインターを操り(あやつ)マイクロSDカードの中身にアクセスする。

一秒とかからずカードの中身を表示するウィンドウが現れた。

──間違いか？

画面に顔を近づけた。アダプターを引き抜き、もう一度差し込んだ。

同じ手順で見てみる。

空(から)のウィンドウが現れるだけだった。

体じゅうの血管に冷水が注ぎ込まれたように、気分が悪くなった。

もう一度、同じように引き抜いて差し込み、ポインターを合わせる。

何度やっても同じだった。

こんなこと……あるのか。

これだけの思いをして手に入れたのに……ないのか？　空なのか？

マイクロSDカードの中身は空だ。ただの1バイトも入っていない。

これまでの苦労が水の泡ではないか。

つい、いましがた見た宮下の顔がよみがえってくる。

あいつは、いったい何をしたのだ……。おれたちは間違ったのか。

「と……停まれ」

クルマは走り続けている。

横浜研究所へショートカットする路地に入った。「おい、停めろよ」

大河原は運転手の背もたれに右手を伸ばした。

民家の前でゆっくりとクルマが停まった。

「……戻ってくれ」大河原は言った。

運転手は怪訝そうな顔でうなずくと、クルマを発進させた。

二百メートル足らずのショートカットから本道に出る。

「戻るんですね？」

運転手から確認を求められた。

「そうだ、何度言えばわかる」大河原はつい声を荒らげた。

とにかく、戻るしかないではないか。

クルマが途切れたところで、運転手はハンドルを右に切った。

腸（はらわた）が煮えくり返った。このままではすませないと思った。

紐のちぎれたポシェットから、ガラケーを取り出した。ファジョンのガラケーのようだ。

登録されている電話番号を順に見ていった。韓国語で〝みやしたまさよし〟と記された名前を見つけたとき、熱いものがこみ上げてきた。

こうなったら、直接取引するしかないと思った。警察に盗聴されていようがいまいが、構っていられなかった。

その電話番号にかけた。五回の呼び出し音のあと、切れた。

もう一度かけてみる。三度目の呼び出しで相手が出た。

「宮下」大河原は呼びかけた。

「……なんだ」押し殺した宮下の声。

やはりそうだ。

「どういうつもりだ？」

「何が？」

「空のマイクロＳＤカードを寄こして、どうなるっていうんだ？」

相手は答えなかった。

「おい、聞いているのか？」

いきなり通話は切れた。それから何度もかけてみたが、つながらなかった。

25

外事課のセダンが停まり、助手席から小宮が出てきた。セダンの後部座席には、水玉模様のブラウスを着た女が男性の捜査員に左右をはさまれて座っていた。ファジョンだ。

「工場から出てきたところを捕まえました」小宮が言った。

「怪我していないか？」疋田は訊いた。

「足にかすり傷程度で、ほかは大丈夫です。末松さんは？」

「外事と一緒に捜索に出ている。大河原はどうだ？」

「それらしい男を見かけたようですが、彼女は工場の中に隠れていて、チムサンの連中には見つからなくてすんだようです」小宮はセミショルダーバッグを差し出した。「これを後生大事に抱えていて。彼女のです」

疋田は渡されたバッグのファスナーを引いた。四角い紙包みが目にとまり、開けてみた。一万円札の束が三つ入っていた。

「三百万？　今朝、引き下ろしたやつか？」

小宮に訊くと、うなずいた。「そのはずです」

「こいつを渡すために……」疋田は衝突したクルマを見やった。

逃走資金として三百万円をソンエのために用意した。それを渡すために、ファジョンはソンエと六本木のホテルで会ったのだ。

バッグの中には化粧品の入ったポーチやスマホ、そして韓国で作成された預金通帳が収まっていた。アメリカの大手銀行のロゴが入っている。マイクロＳＤカードらしきものは見当たらなかった。

「マイクロSDカードはあったか？」

「調べました。ないです」小宮は言うと、ファジョンを振り返った。「彼女に訊きましたが、どこにいったのかわからないと言っています」

「マイクロSDカードについては認識しているんだな？」

「充分に。何が収まっているかもわかっているようです」小宮は言うと、衝突現場を見た。「あれですか」

疋田も振り返った。「三人乗っていた。全員即死だ」

「ソンエは？」

「だめだ」

小宮は不意に食べ物が喉に詰まったような声を洩らし、顔をそらした。

「あの中に大河原はいない」疋田は言った。

「どこに？」

「いま、あたりを捜索中だがわからない」疋田は答えた。「宮下もタクシーで入ってきたようだが姿が見えない」

「宮下もここに？　タクシーは？」

「外事がこの向こうで捕まえた。宮下に間違いないと言っている。無理やり工場の中に入れと言われたらしいが」

工場内に外事課の捜査員が二十名近く入っていた。係員の案内で、工場の内外を調べているが、まだ大河原も宮下も見つかったという報告は入ってきていない。

わきで聞いていた折本にバッグを渡して、中身を調べさせたが、やはりマイクロSDカードらしいものは見つからなかった。預金通帳について訊くと、折本は表紙に書かれた韓国語を読み、これはソンエの通帳ですと言った。

折本も韓国語はできるようだ。

「ソンエので間違いないですか？」疋田は訊いた。

「ええ」折本は言いながら通帳をめくった。「けっこう、韓国へ送金しているな」

折本の指している箇所を覗き込んだ。数字以外はわからなかった。毎月、一度ずつ引き落とされているようだ。毎回十万円ほど。引き落としているのは、日本の大手通信会社名が入った長い名前の会社だ。ソンエは肌身離さず持っていたのだろう。

「日本の資金移動業者に振り込んでいるんですよ」折本は言った。「その業者があらかじめ指定された韓国人に、ウォンで支払ってくれるんです」

指定された韓国人というのは誰だろう。母親だろうか。彼女たちの父親はもう亡くなっているはずだが。

通信会社の系列会社なら、銀行に行かなくてもスマホで払えるのかもしれない。通帳の記帳はＡＴＭでやったのだろう。

「まだお礼を言っておりませんでした」折本はかしこまった顔で小宮に向き直った。「あそこまでマル対を引っ張ってもらって助かりました。恩に着ます」

折本は軽く頭を下げてから、セダンに歩み寄り、後部座席にいる捜査員に声をかけた。

「現場統括の折本さんだ」と疋田は小宮に教えた。

「名前はお聞きしました」小宮が答える。

ふたりの捜査員にはさまれて、ファジョンが降りてきた。疲れ切った顔だ。折本のあとについて、衝突した車両に近づいていく。

プリーツスカートは黒く汚れ、数か所、裂けている。頰と額に黒っぽい煤のようなものがついていた。遺体の確認をさせるのだろうか。家族に見せるには惨すぎる。緊急事態なので、やむをえないかもしれないが。

覚束ない足取りでトラックまで歩くと、折本がひしゃげた車体の前側を指した。ファジョンがそこを覗き込んだ。しばらく、そのまま固まったように動かなかった。

わっと怒号のような声を発したかと思うと、その場に倒れ込むようにしゃがんだ。妹の名を呼ぶ声が何度も続く。韓国語で何事かをしきりに喋ると、しまいに嗚咽に変わった。

折本の指示で捜査員に抱きかかえられて、ファジョンはクルマに戻った。

折本が近づいてきた。壊れたクルマに目をあてながら、二枚の在留カードを疋田に見せた。一枚は血がついている。

「あれに乗っていたふたりの男のものです」折本は言った。

在留カードはどちらも韓国人のものだ。

「こっちが」折本は高容徹と記載されているカードを指した。「チムサン保安部員の親玉になる。ソンエの横にいた男だ」

たったいま、クルマから出され、救急車で搬送されていった。

目つきの険しそうな男だった。在留資格は国際業務となっている。

「運転していたのは部下だろう」折本はつけ足し、ファジョンが乗っているクルマを指した。「あっちは姉さんだろ？ 何か言っている？ マイクロSDカードについても？」

小宮はふと我に返ったように、「そういえば、妹が赤いポシェットに入れたと言っていましたが」

「ポシェット？」

疋田は壊れたクルマを見やった。後部座席で死んでいるソンエが持っていたのか。

折本は失望した顔で首を横にふった。「赤いポシェット？ そんなものはどこにもないな」

「大河原が持っていったと思います」小宮が言った。

「どうしてわかる？」折本が訊いた。

「彼女、自分は五人に追いかけられたと言っていましたから」小宮が答える。「ふたりは生きのびて、逃げたはずです」

「そのうちのひとりが大河原か」悔しげに折本が言った。

「たぶんそうだと思います」小宮が言った。「その人がマイクロSDカードを持っているはずです」

言われて折本はうつむいた。絶望的な顔色だった。

そのとき、捜査員が近づいてきて、折本の耳元に何か吹き込んだ。

すると折本は正気づいたように、顔を赤らめた。

「確かか？」折本は捜査員に訊いた。

「はい、そう言っています」

「よし」折本は言うと、疋田を振り返った。「大河原が持っていったマイクロSDカードは空です」

疋田は耳を疑った。

「空ってどういうことですか？」

「宮下の携帯の盗聴を続けていますが、たったいま、ファジョンのガラケーから、宮下の携帯に電話が入りました。大河原らしい男の声で、宮下に『空のSDカードを寄こして、どうなるっていうんだ？』との呼びかけがあったようです」

「じゃ、Q5は宮下が持っているんですか？」

「そのはずです」言うと、折本は疋田から離れて、神奈川県警の外事課長の元に歩み寄っていった。

疋田は小宮とともに事故現場を眺めた。所轄の交通課員による現場検証がはじまろうとしていた。

26

「空のマイクロSDカードを寄こして、どうなるっていうんだ？」

大河原の声は怒りに震えていた。

「おい、聞いているのか？」

慌てて宮下は通話を切った。

束の間、なぜ大河原がファジョンの携帯を持っているのか理解に苦しんだ。しかしすぐ腑に落ちた。

なにより、まるで取引しているような大河原の言い方が腹立たしかった。マイクロSDカードを渡す約束など、これっぽっちもしていない。

反論できないのは、ソンエが乗っていたはずのクルマがトラックの腹部に突っ込んでいったのをこの目に収めたからだ。それを見届けてからタクシーを捨て、工場の裏門から逃れて池上町に戻った。産業道路で別のタクシーを拾い、いまこうして東京方面に向かって走らせている。

あれだけの事故だ。ソンエは即死だっただろう。あのクルマに大河原は乗っておらず、別のクルマで逃げた。その前にソンエから携帯とマイクロSDカードを奪い取ったに違いない。

ファジョンはどこにいるのだろう？　ソンエと一緒ではなかったのか。

宮下は自分の携帯に、ファジョンのスマホの電話番号を表示させる。オンボタンを押しかけてやめた。

ファジョンがチムサンの保安部員の手に落ちたとは考えにくい。警察は圧倒的な人員を繰り出している。あのような場所からファジョンがひとりで逃げおおせるはずがない。やはり警察に捕まったと見るべきだ。スマホも取り上げられているに違いない。

ソンエは風俗営業法違反容疑で赤羽中央署の生活安全課の刑事から追われていた。しかし、池上町にいた警察の陣容は明らかに違っていた。やはり、大学で日野が死んだのを受けて、警視庁の公安部はQ５の存在を嗅ぎつけたに違いない。チムサンの保安部員が関わっていることも知っているはずだ。そして、ファジョンを尾行して池上町までたどり着いたのだろう。はっとして携帯の電源を切ろうと思ったが、そのままにしておいた。

もう、自分には逃れるべき場所も家もないと思った。

フロンテの日野は、Q5をチムサン横浜研究所の久保に流した。それを警備員の吉岡が奪い、めぐりめぐって宮下の手に落ちた。そのあと、再就職を目論んで大学にエコー電子の人間を呼びつけた。そうした事情を知っている加納教授を通して、警察はすべて摑んでいるに違いない。

いま、ここでファジョンのスマホに電話を入れれば、たちどころに警察は自分の居所も察知するだろう。……それはそれで構わない、と宮下は思わずにはいられなかった。自分はいったい何の罪に問われるというのだ。

いや……それは自分に都合のいい甘えでしかないと思い直した。

盗まれたものとわかっていて自分のものにした。それを追及されたら言い逃れなどできない。

警察に捕まったにしろ、そうでないにしろ、ファジョンから電話がかかってくるかもしれない。そう思ってもやはり恐ろしく、携帯の電源を落とした。

タクシーは多摩川に架かる橋に入った。

この先どうすればよいのか、判断が定まらなかった。

警察に出頭すればどうだろう。問題はその先だ。Q5を入手した顚末(てんまつ)をどう説明すればよいのかわからなかった。いずれにしても、このままQ5を持っていれば、懲役刑が待っているのではないか……。宮下は途方に暮れた。

第五章　最終便

1

「Q5はどこの誰が持っているんだ?」電話口で相川外事一課長の声が響く。

「宮下が持っているはずです」折本は答える。

「やつがホテルで女房に渡したのはダミーだったのか?」相川が続ける。「どうしてそんな真似(まね)をした?」

「万が一、チムサンの保安部員が嗅(か)ぎつけたときのための保険だったとしか考えられません」

折本はその理由について話した。

宮下は自分と同じように、妻のファジョンもチムサンの監視下にあったと推測した。ファジョンが赤羽の自宅を出たときから尾行され、落ち合うホテルもチムサン側が知るはずだと。その場合に備えて、宮下はダミーのマイクロＳＤカードを用意し、ホテルのフロントを通じてファジョンに渡し、いったん姿をくらました。チムサン側がファジョンに接触すれば、マイクロＳＤカードは一も二もなくチムサン側に渡り、ファジョンはその場で解放される。危害は加えられないと判断した。

　予想は当たったものの、チムサン側は手荒い方法でファジョンを連れ去ろうとした。そこにソンエという邪魔者が入り、マイクロＳＤカードの奪い合いという思わぬ事態に発展した……。

「それが現実になったわけか」

「ええ。女房のほうは妹を逃がすので頭が一杯だったはずです。実際、マイクロＳＤカードの中身については知らなかったのですから」

「でも、ここまでチムサンの保安部員や警察が血眼(ちまなこ)になって追いかけ回していたんだ。うすうす、わかっていてもいいはずだろ」

「かもしれないですが」折本は言葉を継いだ。

「宮下の現在地はわかっていますか？」

「多摩川の大師(だいし)橋手前あたりで携帯の電源が落ちた」

「東京に向かっているのですか？」

「そうだ。産業道路の上り線だ。おそらくタクシーに乗っている。うちの連中を蒲田のインターチェンジまで送り込んだ。携帯の電源さえ入っていれば、捕まえられるかもしれんが」

タクシーというだけでは捕まえるのは無理かもしれない。

「赤羽に帰るつもりでしょうか？」

とりあえず、東京に入ったところでタクシーを乗り捨てるのだろう。

「やつがあっさり自宅に帰ると思うか？」

「それはないかもしれませんが」

当面は逃げ隠れするとしても、長くは続かないはずだ。

「とにかく、全力で宮下を捕捉するしかない。おまえたちも急行しろ」

「了解しました。すぐに向かいます」

スマホを切ると、赤羽中央署の疋田が近づいてきた。

「ソンエの送金先がわかりましたよ」疋田が言った。「ソウルに住んでいる母親あてのようです」

「十万円も？」

たしか毎月一度の割合で送っていたはずだ。

「ええ、日本に来て毎月、送っていますね」

「彼女、そんなに実入りがよかったの？」

　ソンエはガールズバーに勤めるかたわらで、日本人相手に体を売っていたはずだが。

「そこそこの稼ぎはあったはずですが、さすがに十万円の仕送りはきつかったんじゃないかと思いますよ。ファジョンも驚いていますから」疋田はミニバンにいるファジョンを振り返った。

　預金通帳を手にしたファジョンが肩を震わせながら泣いていた。それを小宮が横から抱きかかえるようになだめている。

「疋田さん、風営法違反容疑のかかる妹の犯人隠匿の疑いで彼女を連行しますか？」あらためて折本は訊いた。

「まだそのつもりはありません」疋田は答えた。「こちらの件が終わってからということで、課長から指示されています。ちなみに、宮下については現状、どのような容疑がかかっていますか？」

「Q5の意味を知っていて彼がそれを持っているとしたら、不正競争防止法上の営業秘密侵害罪の容疑がかかります」

「宮下は積極的にQ5を奪おうとしたわけではないですよね。むしろ、棚ぼた式で手に入ったと見るべきでは？」

「入手経路はともかく、いまの時点で中身を知っていて警察に通報してこなかったら、やはり同様の容疑がかかりますね」

「……刑罰は？」

「個人の場合だと十年以下の懲役もしくは二千万円以下の罰金。法人なら最大で十億円の罰金です」

「今回は法人の関与も立証できるんじゃないですか？」

「もちろん。チムサンの保安部員には、吉岡勝義の誘拐殺人をはじめとして、監禁、傷害、公務執行妨害——ほかにも限りなくあるでしょうから。もはや、産業スパイどころではない。疋田さん」折本は声を低めた。「われわれは、さらに上を目指していますよ」

「上？」疋田は目を丸くした。「チムサン電子副社長がターゲットになる？」

「昨日、副社長が来日した段階で考えました。今度ばかりは黙って見ていられないということで、公安部長から督励が入っています」

「外交問題に発展するのも辞さないと？」

「政府上層部も腹をくくったんです」

「ところで、宮下ですが、大河原と一緒にフロンテからチムサンに移籍したのに、どうして彼だけ早く日本に帰国したのですか？」疋田は神妙な顔つきで訊いてくる。

「大河原にはめられたんですよ」

折本は詳しい経緯を説明した。

「日本人同士が骨肉相食むという図式ですか……」疋田は言った。「いや、弱肉強食か」

「大河原という男がワルなんですよ。宮下は声をかけられて、ついていっただけですから」

「となると、今回のヤマは敵討ちになるわけか……」

「宮下にとっては、そう言っていいでしょう」

　宮下が警察に通報してこないのは、様々な理由が考えられる。技術者としての夢もあるだろうし、Ｑ５を元にして第三の人生を切り開く目論見も持っている。どちらにしても、大河原に対する復讐心が強く働いているはずだ。

「簡単にはＱ５を手放さないわけだ」疋田は言った。「これからどちらへ行きますか？」

　折本が向かう先を伝えると、疋田は同乗して行ってもいいですかと訊いてきた。

「もちろん構わないですよ」

　彼らのほうがファジョンとの人間関係がある程度できている。彼女を説得する場面があるなら、一緒にいてもらうほうが好都合だ。

「とにかく、Ｑ５を取り戻すことが先決です」折本は言った。「できれば疋田さん、あなたから彼女を説得してもらえませんか？」

　疋田は意外そうな顔をした。「それって、わたしが臨時で外事課員になれっていうことですか？」

「どう思ってくださってもけっこうですよ。わたしがアシストしますから」

「わかりました。やってみましょう」

その場で簡単な打ち合わせをしてから、ミニバンに近づいた。

最後列にファジョンと小宮を移動させ、二列目に折本は疋田とともに座った。運転手に産業道路まで急げと折本は命令した。

2

クルマが走り出してからも、ファジョンは泣き通しだった。

「母さん(オモニ)に何て言えばいいの……」

ファジョンの肩を抱く小宮がしきりと声をかける。「それはもう少しあとにしましょ」

「だめよ、だめ。死んじゃったんだよ。すぐ来させるようにしてよ」ファジョンが激しく首を横に振る。

「わかった。わかったから」

「お願いだから、ね」ファジョンは小宮に懇願(こんがん)する。「母さんを呼んであげて」

「うん、うん」小宮がファジョンを引き寄せると、その胸元でさめざめと泣き出した。

「……ソンエはね、わたしよりもずっとたくさん仕送りしていたんだよ」ファジョンが続ける。「どうして、わたしに教えてくれなかったのよ、あの子ったら」

小宮が困り顔で疋田の顔を見たので、疋田は小さくうなずいた。

自分より妹のほうが多額の仕送りをしていたのだろう。その妹が事故で亡くなり、二重のショックに陥（おちい）っているようだ。

しかし、心を鬼にしてファジョンを誘導しなければならない。

「ファジョンさん」疋田は声をかける。「ソンエさんのご遺体はいったん司法解剖させていただいてから、赤羽のご自宅に届けるということでよろしいですね？」

ファジョンは小宮の胸に顔を埋めたままうなずいた。

「それともうひとつ」疋田は呼びかける。「宮下さんにすぐに連絡して、ソンエさんが事故に遭（あ）ったことを報告しないと」

ファジョンはようやく気がついたように、顔を上げる。「あ……はい」

とりあえず、その気はあるようだ。

疋田はファジョンのバッグから彼女のスマホを取り出した。

「さっきからご主人の携帯に電話を入れているんですけど、出てくれません。かけてもらえますか？」言いながら、スマホを差し出す。

ファジョンは気を取り直したように受け取った。

疋田は両手で操作して電話をかけるのを注意深く眺（なが）める。

二回ほど宮下の携帯に電話を入れたが、出ないようだった。

ファジョンは首を横に振り、「だめです。電源が切ってあります」と小声で言った。

そのあとふと思い出したように、「あの大切なプログラム……」と洩らした。

となりにいる折本がうなずいたので、疋田はファジョンに問いかけた。「そうなんですよ。日本のフロンテから盗まれたQ5というプログラムを、宮下さんは持っているかもしれません」

「……盗まれた?」

疋田はQ5がフロンテから持ち出されて宮下の手に渡った経緯や、そのあと宮下の取った行動を話した。すると、赤らんでいたファジョンの顔から血の気が引いた。

「そのQ5を宮下が持っていたら、警察に捕まるんですか?」ファジョンが訊いてくる。

「残念ですが、そうなるかもしれません。高度な技術の持ち出しは重罪ですから、十年以下の懲役が科せられます」

「十年も……」

「でもね、ファジョンさん、まだそうだと決まったわけじゃないから」疋田は言葉をつなぐ。「あなたの話次第では、宮下さんは無罪放免になるかもしれない」

ファジョンは身を乗り出した。「何て言えばいいの?」

「宮下さんはマイクロSDカードを奪うつもりなどはじめからなかった。そうだね?」

「あ……だと思います」

「知り合いから、たまたま手に入れたというのは、われわれもわかっているんですよ」疋田は続ける。「だから、元の持ち主に戻してやればいいと思うんです」

「そうすれば宮下は無罪なの？」

「彼が持ってさえいなければ、罪には問えない。だけど、宮下さんは宮下さんなりに思いがあるかもしれない。そこまでわれわれ警察は立ち入ることができないんです」

ファジョンはわかったようなわからないような顔つきで、疋田を見ている。

「とにかく、宮下さんと連絡がつくまで、しばらくわれわれと一緒にいてくれますか？」

「わかりました。でも」ファジョンは訝しげな目で疋田を見る。「何て宮下に話せばいいの？」

「それはわれわれにお任せください」

ファジョンはようやく納得したように、背もたれに上体を預けた。

クルマは大師橋に差しかかっていた。西の空に赤く焼けた夕日が沈みかかっている。

3

ラッシュに入った蒲田の街は、ネオンが灯りはじめ、通りは人で溢れていた。蒲田駅まであと五分ほどだろうか。あたりは薄暗くなっていた。五時を回っている。手にしたままの携帯がまた震(ふる)えた。見るとまた、ファジョンからだった。

思い切って宮下はオンボタンを押し、耳に押し当てた。

「……あなた」か細いものの、しっかりしたファジョンの声がした。

「そうだよ、いまどこにいる？」

「もうじき蒲田」

やはり警察はこの自分の動きを察知していると、宮下は思った。

「ソンエは……すまなかった……」

「事故、見たのね？」

「……ああ」

それから先の言葉が浮かばない。

「いいの、あとはわたしがやるから」ファジョンは続ける。「それより聞いてほしいの。まだあなた、Q5を持ってるよね？」

この電話はおそらく警察が盗聴している。宮下は答えなかった。

それを予期していたようにファジョンが続ける。「それを持ったままでいると警察に捕まるのよ」

刃物を喉元(のどもと)にあてがわれたように冷たいものが走る。

なぜ、そこまでファジョンは断言する？　警察にそう言えと命令されているのか。

黙ってているとまたファジョンが言った。「でもね、聞いて。それを大河原さんに渡せば、あなたは罪に問われないの」

ファジョンの口から大河原の名前が出たので、驚いた。やはりファジョンは警察の庇護下にあると悟った。

「罪に？」とだけ返した。

「わたしを信じて」ファジョンは呼びかけてくる。「方法は問わないの。やり方はあなたに任せると警察は言っているの」

「任せるって……」

タクシーはJR線の高架手前にある交差点を右に曲がった。もう間もなく蒲田駅だ。

「ただし、大河原さんと会う場所を前もって知らせてもらいたいらしいの」

息が止まりそうになった。何を言い出すかと思えば。

警察はこの自分と大河原をひとまとめにして逮捕する気だ。そんな子ども騙しのような真似を、信用すると思っているのだろうか。

「ね、信じてほしいの。あなたがきちんとQ5を渡せば、不正競争防止法の罪には問われないのよ。わかる？」

法律の名前まで出て絶望に近いものを感じた。

Q5を持っているだけで、この自分は刑務所に送られるのか……。

「……いや、無理だ」

「あなたはもう拒めないの。そうするしかないの、ね、わからない？」

一方的にまくし立てられて、判断がつかなくなった。

「ソンエのことで」ファジョンは続ける。「わたしにも逃がした疑いがかかっているの」

宮下は耳をそばだてた。

「逃がすって……」

風営法違反容疑のかかっている妹を逃がした罪か？

「このままだと、わたしも逮捕されそうなの、でも」少し間を置いてファジョンは続ける。「あなたが協力してくれれば、うまく解決できそうなのよ」

束の間、言っている意味がわからなかった。警察からそう言われているのだろうが、信じてよいものか。

「ソンエはね、わたしよりもたくさん母さんに仕送りしていたのよ」電話口で思い出したように、ファジョンが泣き出すのが聞こえた。

いまごろになって妹の話など、と思わずにはいられなかった。

通話を切り、携帯の電源を落とした。

タクシーが蒲田駅東口のタクシー乗り場に着いた。

料金を支払い、タクシーを降りた。

駅ビルの正面玄関に大勢の人が吸い込まれていく。それとは逆に、横断歩道を渡り、ロータリーの中ほどまで歩いた。

ファジョンとの会話を反芻した。逃げ場がないと思った。自分は追いつめられたのだと。このままQ５を持っていれば、確実に懲役刑が待ち受けている。

ここはファジョンの言葉を信じるしかないのではないか……。

携帯にこれまでの着信を表示させる。ここ三十分で、四回ほどファジョンのガラケーから着信が入っていた。

しばらく迷ってから、そのうちのひとつを押した。

相手はすぐ出た。

「どうした、待ってたぞ」大河原は言った。

「……用か？」

「だからわかっているだろ。そっちが持っていたって仕方ないって。な？」

「どうだろうな」

「そんなこと言うなって。どうだ、昔みたいに一緒にやらんか？」

また性懲りもなく、何を言い出すかと思えば。

「会ってやる」宮下は言った。

「そ、そうか、どこで？」

その場所を告げると、大河原は納得した声で、「じゃあ六時半に」と答え、あわただしく通話を切った。

4

疋田が乗るミニバンは首都高速横羽線を走り一路横浜を目指していた。宮下は携帯の電源を切っていたが、彼にとってもほかに手段はないはずだった。どこにも逃げ隠れする場所がないのは、宮下自身がいちばんよくわかっている。

三列目にいるファジョンはぐったりした様子で小宮にもたれかかっていた。

指示を繰り出す折本の言葉に耳を澄ます。

落ち合う場所は、宮下も大河原も文字通り逃げ場のないところだった。

あと四十分もあれば、外事課の捜査員たちの張り込みが完了し、彼らの一挙手一投足を把握するための準備が整うだろう。

電話を切った折本に、「大河原は来ますか?」と疋田は問いかけた。

「間違いなく来ますって」自信たっぷりに折本は言った。

一抹の不安を覚えながらも、おそらく大河原は来るだろうと疋田は思った。

ミニバンは横浜市の高層ビル街に入った。金港ジャンクションを横浜公園側に取る。カーナビによれば、到着まで八分と表示されていた。

5

エレベーターでは男女のペア二組と乗り合わせた。最上階の七十階までたった四十秒ほどで着いた。扉が開くと狭い通路の先に店の入り口が構えていた。最上階には店はひとつしかない。宮下は最後にエレベーターを降りた。

店の入り口で二組が案内されるのを待っていると、コンシェルジュらしき男が近づいてきて、ご予約でしょうかと尋ねてきた。大河原の名前を告げると、男は「お見えです。どうぞこちらへ」と丁寧に頭を下げ、先に立って歩き出した。

そこそこに混み合っている。保安部員の姿は見えなかった。

通路の窓からベイブリッジが遠望できた。右下に大桟橋と赤レンガ倉庫が見えている。窓にそって奥に歩いた。

突き当たりのコンパートメントに背の高い男が立っていた。コンシェルジュがいなくなる。丸テーブルをはさんで、宮下は大河原と向き合った。ほかにも三つテーブルがあるが客はいない。

眺望のいい席を勧められ、腰を落ち着かせた。肩に提げていたデイパックを足元に降ろす。

「やっぱり、ここだったんだな」大河原はしみじみとした口調で言った。

「やっぱりって?」

「五年前のちょうどいまごろ。ここで話し合ったよな」大河原はうれしそうに目を輝かせながら言い、窓を振り返った。

東京都心のビル群が見える。スカイツリーの明かりもまぎれていた。手前に横浜港の埋立地があり、風力発電のプロペラが回っている。

ここは地上二百七十七メートルの高さにあり、京浜工業地帯から東京都心までひとつなぎで見下ろせるのだ。

「そうでしたね」宮下は言った。

まさにこのコンパートメントで大河原に説得され、チムサンに移る決心をした。あれから五年がまたたく間にすぎた。長くて短い五年間だった。

グラスにシャンペンが満たされる。

「ともかくも乾杯」

大河原の音頭でひといきに飲み干す。

「料理はもう頼んである」大河原は言った。「しかしよく来てくれたな」

「来ないわけにはいかないでしょ」

「そうか、そうか」大河原がグラスを置き、媚(こ)びるような笑顔で、「やっぱりきみはわかってくれると思っていたんだ。なぁに、悪いようにはしないからさ」

「きつい三年間でしたよ」無表情で宮下は言った。「あなたに追い出されて」

大河原はわざとらしく驚いた表情で、

「おれにだって？　違う違う。あのときは会社も厳しかったんだって。おれも切られる覚悟でいたんだしさ。まあ、おあいこといこうじゃないの」

あまりの調子のよさに怒りを通り越してあきれ果てた。

「それでもあなたはこうして、チムサンの役員に収まっている」

「役員なんて名ばかりだって。何十人もいる中の石ころだよ。そんな話より宮下くん」大河原は言葉遣いを改めた。「きょうはきみの話をしようと思ってきたんだからさ」

「わたしの話？」

大河原は真剣な顔で、「ああ、きみのこれからの身の振り方だよ」と続ける。

「それは思いもしなかったな」わざと驚いたように答える。

「世間じゃ４Ｋテレビがもてはやされているが、一部ではもう値崩れしている。人の欲望もきりがない。これからは何と言っても８Ｋテレビだ。もう臨場感が半端じゃないぜ。水原(スウォン)では８Ｋテレビ専門の工場が建設予定だ」自分の手柄のように大河原は言う。

「日本勢だって黙ってませんよ。中国の追い上げもきついし」

「だからこそじゃないか。この業界の連中は、みな、来たるべき8Kテレビ市場でトップを目指しているんだ」

「ほかにありませんからね」

スマホも中国の追い上げがきつくなり、チムサンに残されたのは4Kテレビだけなのだ。

「そうだとも。そこできみだよ」真顔で大河原は続ける。「おれと一緒にもう一度、工場で働かないか？　昔のきみのように、毎日ラインに出ずっぱりになって、発破をかけるんだ。きみには相応の地位を約束する。どうだ？」

「相応の地位と言うと？」

「工場長だよ。役員待遇だ。もちろん専用車もつく。きみと一緒に工場を稼働させて、世界シェアトップを目指そうじゃないか。どうだ？」

宮下は相手の顔に見入った。「どこまで信じていいんですかね？」

その言葉を待っていたかのように、何度もうなずきながら大河原は、「副社長の許可は取り付けてある。いつ戻ってきてくれてもいいんだ」と意味深に言った。

相も変わらず、この男は五年前と同じようにこの自分を陥れようとしていると宮下は思った。憑き物が落ちていた。こんな男に関わっていた自分がつくづく情けなかった。

「信じていいんですか？」自嘲気味に訊く。

「もちろんだとも。何なら電話で話してみるか？」

「わたしが副社長と？」

「そうだ。嫌か？」

「雲上人(うんじょうびと)ですからね。会話にならないと思いますよ。それに」宮下は続ける。「副社長もあなたも、ほしいのはこれでしょ」

宮下はポケットからＵＳＢメモリを取り出して、テーブルに置いた。

通常のものとは違い、胴体の背のところに、書き込み禁止のスライドスイッチがついている。

大河原は触ってもいいかという目で宮下を見てから、手を伸ばしてつまみあげた。

「……マイクロＳＤカードからこれにＱ５を移したのか？」

宮下はうなずいた。

大河原は一瞬、こぼれそうな笑みを浮かべたものの、顔を引きしめた。

「このＵＳＢメモリ、ひょっとしてセキュリティーがかかるやつか？」

「そうですよ」宮下は答えた。「ここに来る前、買いました」

大河原が身を乗り出してくる。「どんなのがかかってる？」

「三重のパスワードを設定してあります」

「中身は本物なんだな」大河原は胡散臭(うさんくさ)い顔で訊いてくる。「どこで入れ替えた？」

「ついましがた。タクシーの中で」

宮下はデイパックからモバイルパソコンを取り出してスイッチを入れた。ひとつだけ残してあるQ5のプログラムを表示させて、大河原に見せた。

大河原は自分の膝にのせて、食い入るように眺めてから顔を上げた。

「プログラムの本数はぜんぶで何本ある?」

「十四。いま、そこに表示してあるのは一番最初の基本プログラム」

「……ほかはこの中にあるんだな?」と大河原はUSBをつまんだ。

「十四本、すべて入っていますよ。パソコンの中に残っているのは、それだけです」宮下は続ける。「ちなみに移し替えたときの操作は、パソコンの中に記録してありますから」

ステップを記録するツールを使って移したのだ。クラウドやほかの媒体にプログラムをコピーしたりすれば、それも記録として残ってしまうから、うそのつきようがない。

「よし」大河原はパソコンの電源を落とし、自分の前に置いた。

もう宮下に返すつもりはないようだ。

大河原は踏ん切りをつけたような顔で、「さて、パスワードは?」と訊いてきた。

「わたしを雇う正式な契約書が届いた時点でお教えします」

大河原はほっとしたような顔で、「それぐらい、たやすいことだ」と言った。「それで、宮下、いまの言葉に間違いないな」

「わたしだって、技術者のはしくれです。あなたがいちばんよくそれを知っている。現場なしでは生きていられないんですよ。報酬なんかどうでもいい。胸が躍るような製品開発の最前線にいたいだけなんだ」

それは掛け値なしの本音だった。カネが目的ではない。最新の技術に触れ、それをさらに高める最前線に身を置きたいだけなのだ。

大河原は納得したような顔で何度もうなずいた。「よく言ってくれた。やっぱり会えてよかった。これからまたふたりで世界中の市場を引っかき回そうじゃないか」

「……できればいいですね」適当に調子を合わせる。「契約書はいつになりますか？」

「これからすぐ韓国に舞い戻る」大河原が勝ち誇ったような顔で、懐から航空券を取り出して見せた。

今晩のソウル行最終便のチケットだ。韓国の航空会社の便で、羽田空港八時十五分発のビジネスシート。ウェイターがシーフードサラダを持ってきてテーブルに置くと、去っていった。

「明日の午前中に契約書を作ってすぐに送るから」大河原は言った。「パスポートを持っているか？　一緒に出国してもいいぞ」

「パスポートは持っていませんよ」

「そうか、契約書はきみがいるところまで部下に持って行かせる。それでいいか？」

「わかりました。お待ちしています」

大河原は破顔し、USBメモリを大事そうに懐に収めた。

「よし、まだ出発まで時間がある。盛大に前祝いといこうじゃないか」

言いながら、二杯目のシャンペンをなみなみとグラスについだ。

ゆっくりと顔を近づけ、こぼれそうになった液体に口をつけた。

「今晩は羽田で副社長と落ち合う」大河原は言った。「どうだ、ついてくるか?」

「わたしが」宮下は大げさに驚いたふりをした。「こんななりです。滅相もありません」

「そう言うなよ。副社長だって会いたがってるぞ」

「……わかりました。お伴させてもらいます」

「そう来なくっちゃ、さ」

大河原がグラスを合わせてきた。乾いた音を立てて黄色い液体が磨き抜かれた器の中で揺れるのを、宮下はじっと見つめた。

6

羽田空港国際線ターミナルの税関エリアの一室には、警視庁外事一課の相川課長をはじめとして、警察庁警備局外事課理事官の服部、そして神奈川県警の塚原外事課長らが顔を揃えていた。警視庁と神奈川県警の外事課員たち総勢五十名ほどが、ターミナルに散らばり、そのときが訪れるのを待ち受けている。

午後七時四十五分。大河原と宮下が駐車場に到着したとの報が入り、部屋にいた捜査員らがあわただしく動き出した。

「疋田さんはおれと一緒に来てくれ」

折本に言われて、疋田はあとについて部屋を出た。

「副社長はもういるんですね？」疋田は訊いた。

「います。四階の専用ラウンジに」

別働隊が任意で事情聴取を呼びかけ、身体捜検する手はずになっているようだが、いつどのようなタイミングでやるのかまでは、疋田も聞かされていない。

税関エリアから三階のターミナルに出る。発着ロビーはがらんとして、人は少なかった。

そこにはまだ大河原の姿はなかった。

「また、いるな」折本が列から離れた場所にぽつねんと立ち尽くしているスーツ姿の男を顎で指してつぶやいた。

四十歳前後だろうか。ショルダーバッグを肩から提げている。重圧に耐えているような、青くこわばった表情だ。

折本は日本の電機メーカーの名前を口にし、そこに籍を置く三宅という技術者だと言った。

「またというと?」

「ふた月前にも、ああやって列に並ぼうとして、結局やめた男ですよ。チムサンから、再三、週末は韓国に渡って工場を見学してくださいと勧められているようですね」

きょうは金曜日だから、土日を韓国ですごすのだろう。

「まだ、搭乗手続きをすませていないのかな」疋田は言った。「何か、迷っているように見えますが」

「一度韓国に渡ったら、もうあとには引けないとわかっているからですよ。やつの心の中は、台風が荒れ狂っている」

「見学するだけで?」

「それは口実でね。実際は土日と工場で技術指導をさせるわけです。で、日曜の夜に帰国させる。そのあいだに本人の実力を見たり、正式な移籍を勧誘したりする」

「接待攻勢をかけたり、カネで釣ったりするというのは聞いたことがあります」

「でしょ。四、五年ほど前から、半導体を作る日本のメーカーは大リストラがはじまっていて」折本が続ける。「三宅もその対象になっていて、そういう連中をまとめておく専門の部屋に押し込められていてね。ネットで自分の転職先を探すのが仕事なんです。でも、国内じゃ転職先などひとつもない」

「それでチムサンに移る？」

「一千万から二千万のあいだの年俸で、よくて二年。下手すれば一年でポイ捨てされるでしょうね」

「それでも、行くんですか？」

折本はうなずいた。「ひとり息子はまだ大学生だし、父親は認知症で施設に入所しています。カネがかかるんですよ。三宅に限らず、ちょっと前まで、週末の今頃の時間帯は、ソウル行最終便に乗ろうかどうしようかと迷っている技術者たちが、額にシワを寄せて並んでいましたよ」

「いまでもいるわけですか……」

「もちろんいますよ。いまは韓国より中国のほうが多くなったけどね」

「しかし、汚いやり口ですね。日本政府は韓国政府に文句を言わないのですか？」

「言えないでしょうね。元々は日本が言い出したんですから」

「日本が何をですって？」

疋田が訊くと折本は日本の元総理大臣の名前を口にした。一昔前、保守勢力とリベラル勢力が連立内閣を作り、その代表に祭り上げられた総理大臣だ。

「ＶＨＳのビデオ規格をご存じですか？」折本は言った。

「もちろん」

アナログ時代のテレビの映像を記録する方式だ。

「その総理大臣は、とある日本の大手電機メーカーの役員を呼びつけて、VHSビデオ規格を韓国の企業に教えてやれと命令したんですよ」

民間のあいだで統一された基幹技術を無償で譲れと、一政治家が命令することなど可能なのか。それが、たとえ総理大臣であっても。

「実行されたのですか？」

「要請という形をとったのでしょうが、いやしくも一国の総理です。企業が断れると思いますか？」折本は珍しく熱い口調で続ける。「VHSだけでなくて、8ミリビデオも同様だったんです。たとえばビデオカメラのオートフォーカス技術があるでしょ。動いているものに焦点を合わせるのにはとてつもないノウハウがいる。実験をないがしろにする韓国人に生み出せるはずがないんですよ」

日本は戦後、韓国に対して、巨額の経済援助を行っているはずだ。それに加えて、工業製品の根幹になる技術を無償で提供していたのかもしれない。そうした措置が、韓国政府を甘やかし、韓国の企業を増長させたのだろう。そのかなりの部分を目の当たりにしている折本にとって、今回の事件は最大の山場になるだろう。警官人生としても。

「ようやく、われわれはそれにストップをかけることができるかもしれない」

折本は言うと、携帯式のICレコーダーを懐から取り出して再生させた。

韓国語によるふたりの男の電話の応答のようだ。意味はわからないが、かなり興奮している。

折本は途中で止めた。「崔英大と高容徹の会話です。吉岡の死体の始末について話し合っている」

驚いた。そこまで、チムサン電子副社長が絡んでいたとは。

高は命を取り留めた。崔も言い逃れはできないのではないか。

駐車場とつながっている通路の手前まで来て引き返し、エスカレーターで一階分上がった。発着ロビーを見渡せるカフェテリアに入り、窓際に陣取る。

目立たないが、外事課員たちがフロア全体に散らばっているはずだ。間違っても大河原と宮下を見逃すはずがない。

横浜のランドマークタワーの最上階にあるラウンジでの密会は、一言残らず盗聴され録音されていた。ラウンジの店員に化けた外事課員がふたりのサービスにあたり、大河原の航空券も目の当たりにしていたのだ。ラウンジをあとにしてからも、ふたりの乗るクルマには盗聴器が仕掛けられ、会話は筒抜けだった。

「あなたにこれをお願いしたい」

折本が懐から茶封筒を取り出し、中身を広げて疋田の前に差し出した。

大河原聡に対する不正競争防止法違反容疑の逮捕状だ。

「わたしが執行するんですか？」

「こっちがゴーサインを出すから、そのときに」

「……いいんですか？」

外事課員でもないこの自分が、逮捕状執行という晴れ舞台に立ってしまって。

「あなたの部下の小宮さんにその役目を担(にな)ってもらおうと思いました。ただ、彼女は疲労が激しいようです。それならば、あなたに引き受けてもらおうと思ったまでです」

小宮はホテルからファジョンを尾行し、チムサンの保安部員と二度にわたって果敢に戦っている。彼女の働きを抜きにして、事件の解決はなかったのだ。いまは、ひと足先に赤羽署へ戻っている。

「わかりました」疋田は言った。「喜んで引き受けさせていただきます」

折本の顔に緊張が走った。受令機を付けている耳元に手を当てる。

疋田も同じように受令機に耳を澄ました。

〈……大河原と宮下がロビーに出ます〉

駐車場とつながる通路からふたりの男が姿を現した。

背の高い男の顔は遠目からでも判断がついた。大河原だ。肩を並べて歩いているのは宮下に間違いないだろう。

「さ、行きますよ」折本が低い声で言うと席から離れた。

7

チェックインカウンターで搭乗手続きをすませ、大河原は宮下とともにエスカレーターで四階に上がった。日本の航空会社のラウンジに入る。今晩利用する便の航空会社と提携している会社だ。ファーストクラス専用の利用券を差し出し、係員に案内される。

ゆったりした空間にひとり掛けの黒革のシートが並んでいた。その一番奥のあたりで、四人の男たちが向き合って座っていた。壁際にいる男のメガネが鈍く光り、大河原たちに向けられた。

崔英大だ。となりに座っているのは、秘書室長。手前のふたりはガード役の男たちだろう。きょうになって、韓国からやって来たのだ。

近づくにつれ胸の高まりが抑(おさ)えきれなくなった。様々な障害はあったものの、何とか約束を果たすことができた。多少手荒い真似もしたかもしれないが、日本の警察が正式な捜査をはじめるころには、自分はもう韓国にいる。ほとぼりがさめるまで、しばらく日本には帰って来られないかもしれないが、それは些細(ささい)なことだった。

向こう数年間のチムサンの屋台骨を支えるプログラムを持っている。そう思うだけで誇らしく感じられた。どれほど喜ばれるだろうか。病院で臥（ふ）せっている会長の元に胸を張って英大は見舞いに行けるではないか。

歩み寄りながら、大河原は奇妙な間を感じた。英大は自分たちが入ってきたのをたしかに見ている。しかし、目を合わせようとしない。

指呼（しこ）の距離まで近づいたとき、手前に座っていた男がさっと立ち上がり、大河原の前に立ちふさがった。大河原と同じ上背がある。睨みつけられそれ以上前に進めなかった。

「出て行け（ナガラ）」男は短く言った。

「……でも」

大河原は男の肩越しに英大に助けを求めるような視線を送った。しかし無視された。いったい何があったというのだろう。

「向こうに着いてからにしろ」続けて男から呼びかけられ、どうにか合点がいった。

横浜にいたときから、二度ほど英大のスマホに電話を入れたが応答はなかった。

日本の警察を警戒しているのだろうと思い、さほど気にはならなかった。

それはそれで仕方がないだろう。二時間もすれば韓国にいる。そのとき、ゆっくりと報告すればいい。

大河原は宮下を促してその場から引き下がった。

8

疋田は大河原と宮下がラウンジに入っていくのを見届けた。ファーストクラス専用のラウンジのようだ。あの中なら逮捕状の執行はスムーズに行くだろう。チムサンの副社長もいるに違いない。すでに内部は外事課の捜査員たちが固めているはずだ。あとは大河原が副社長の崔英大にQ５の収まった記憶媒体を渡す瞬間を待つだけだ。渡したその瞬間に全員を逮捕する手はずになっているのだ。

思いがけない役回りに疋田は全身がこわばっていた。非行少年や風営法違反容疑者を逮捕するときとは比べものにならない緊張を感じていた。

受令機に入感があった。ラウンジ内からのようだ。

〈……大河原と宮下がラウンジを出る〉

しばらくすると、受付カウンターにふたりの男が姿を見せた。

「疋田さん、行くぞ」

折本に促され、足早にラウンジへ近づく。後方から三人の男が追い抜いていった。男たちはラウンジから出てきた大河原の前に立ちふさがり、そのうちのふたりが警察手帳を見せ、何事か話しかけた。

急ぎ足で男たちの背後についた。

「……警視庁の者です。身体捜検させていただきますので」男のひとりが言うと、有無を言わさずボディチェックをはじめた。

宮下がひとりだけ離れてラウンジの入り口まで後退する。

外事課の捜査員の手が大河原の懐に入った。そのとき、大河原のこめかみが脈打った。そこから抜き出された捜査員の手に、小さなプラスチックの棒らしき物が見えた。USBメモリだ。これか？

捜査員は素早く手にしたタブレットにUSBメモリを接続した。

「あ、やめろ」大河原が悲鳴に近い声を上げた。

捜査員はそれを無視して、USBメモリの中身を確認した。

十四本のプログラムが画面上に表示された。エディターを使い、そのうちのひとつを表示させる。

/*　Q5 ver.1.2　　2017.9.21　*/
/*　　　　　　　by M.M　*/

穴の開くような目で大河原が画面を覗き込んでいる。パスワードを入れないのに、どうして表示されるのか、不思議でならないという顔だ。

「これ、何のプログラムですか？」捜査員が訊いた。

「……知らないよ」大河原はつぶやき声を発した。

「フロンテから盗み出された8Kテレビ用のプログラムですね？」

「だ、だから……」大河原はそれ以上、言葉にできなかった。

捜査員が振り返ったので、疋田は大河原と対峙した。

懐から逮捕状の入った封筒を取り出し、中身を引き抜いて大河原の眼前にかざした。じっと文面を読む大河原の顔がみるみる蒼白になっていく。

「大河原聡だな」疋田は呼びかけた。「おまえに不正競争防止法違反容疑がかかっている」腕時計を見て、現在時刻を告げる。「営業秘密侵害罪容疑で逮捕する。いいな」

疋田はポケットから手錠を取り出し、大河原の手を前に差し出させた。冷たい金具を骨太の両手首に食い込ませる。蠟人形のような顔でただそれを大河原は見つめるだけだった。

ラウンジの入り口から、品のよさそうな男が姿を見せた。疋田はその場で固まって動けなくなった。折本から写真を見せられたばかりだ。チムサン電子副社長の崔英大ではないか。

通路に出てきたところで、英大の左右に男が張りついた。さらに別の男が露払いのように三人の先頭に立ち、固まって近づいてきた。

手錠をかけられた大河原の脇を、何事もなかったような顔で通りすぎていく。

英大に気づいた大河原が、目をむいて呼びかけようとしたが、言葉が出てこなかった。

そのとき、通路の先の角から、男たちが足早に歩いてきて、一行の前に立ちふさがった。外事課の刑事たちだ。七人いる。先頭は折本だ。英大を取り巻く男たちとにらみ合いになった。

英大の右手にいる男が前に出かかったとき、英大自身が腕を上げて押しとどめた。

折本が韓国語で「崔英大」と呼びかけるのが聞こえた。すると、英大はわずかにうなずいた。

そのあとは、日本語だった。「……あなたを逮捕監禁、並びに死体遺棄の容疑で逮捕します」

英大は驚いた様子で、左右にいる男たちを振り返った。

七人がそれぞれ、あらかじめ決めてあったように、男たちに向かっていった。ふたりが激しく抵抗した。それを四人がかりで床にねじ伏せた。ほかは、壁に押しつけられた。

通路の中央に取り残された英大に、折本が手錠をかけるのを疋田は信じられない面持ちで見守った。折本はすばやく英大の腕に手を回し、歩くように促した。歩き出したふたりは、角を曲がり見えなくなった。

英大を取り巻いていた男たちが、刑事たちに引き立てられて、こちらにやってくる。入れ替わるように、外事課の捜査員たちが大河原の左右につき、肘(ひじ)を摑んで歩き出した。

魂の抜け落ちたような顔で大河原は黙って連行されていく。

それを見届けてから、疋田は、ラウンジの前でその様子を見守っていた宮下の前に移動した。

「宮下さんですね」

疋田が声をかけると、宮下はうなずいた。

「ご協力ありがとうございました」

プログラムの入ったＵＳＢメモリに、パスワードなど仕掛けていなかったのだ。その段取りはあらかじめ目の前にいる宮下が伝えてきたのだった。

「あ、はい」と小さく言い、宮下は疋田の顔に見入った。「これで……」

「そうです。すべて終わりました」

「わたしは……」

「お伝えしている通りです。きょうのところはお引き取りくださってけっこうです」

そう言ってやると宮下は安堵(あんど)の表情を浮かべた。視線が疋田のうしろにそれたかと思うと、宮下は疋田の横を通り抜けた。

人のいない通路にファジョンが立っていた。そこに向かって、宮下が歩み寄る。ファジョンの目に涙が浮かんでいた。宮下がその腕を取ると、ファジョンはたまらないといった感じで宮下の体に抱きついた。宮下の顔は見えなかったが、その表情は疋田にも手に取るようにわかるような気がした。

《参考文献》

『日本人が知らない韓国売春婦の真実』　中村淳彦　宝島社
『ヤバイ！　韓国経済』　別冊宝島　宝島社

取材にあたり、小黒正樹氏から多大なご助言をいただきました。記して御礼申し上げます。

（本作品は、平成二十八年四月に単行本として刊行されたものに、加筆・訂正したものです）

ソウル行最終便

一〇〇字書評

切り取り線

購買動機（新聞、雑誌名を記入するか、あるいは○をつけてください）	
□（　　　　　　　　　　）の広告を見て	
□（　　　　　　　　　　）の書評を見て	
□ 知人のすすめで	□ タイトルに惹かれて
□ カバーが良かったから	□ 内容が面白そうだから
□ 好きな作家だから	□ 好きな分野の本だから

・最近、最も感銘を受けた作品名をお書き下さい

・あなたのお好きな作家名をお書き下さい

・その他、ご要望がありましたらお書き下さい

住所	〒				
氏名		職業		年齢	
Eメール	※携帯には配信できません	新刊情報等のメール配信を 希望する・しない			

この本の感想を、編集部までお寄せいただけたらありがたく存じます。今後の企画の参考にさせていただきます。Eメールでも結構です。

いただいた「一〇〇字書評」は、新聞・雑誌等に紹介させていただくことがあります。その場合はお礼として特製図書カードを差し上げます。

前ページの原稿用紙に書評をお書きの上、切り取り、左記までお送り下さい。宛先の住所は不要です。

なお、ご記入いただいたお名前、ご住所等は、書評紹介の事前了解、謝礼のお届けのためだけに利用し、そのほかの目的のために利用することはありません。

〒一〇一－八七〇一
祥伝社文庫編集長　坂口芳和
電話　〇三（三二六五）二〇八〇

祥伝社ホームページの「ブックレビュー」からも、書き込めます。
http://www.shodensha.co.jp/bookreview/

祥伝社文庫

ソウル行最終便

平成30年 3月20日　初版第1刷発行

著　者　安東能明
発行者　辻　浩明
発行所　祥伝社
東京都千代田区神田神保町3-3
〒101-8701
電話　03（3265）2081（販売部）
電話　03（3265）2080（編集部）
電話　03（3265）3622（業務部）
http://www.shodensha.co.jp/

印刷所　堀内印刷
製本所　ナショナル製本
カバーフォーマットデザイン　芥 陽子

Printed in Japan ©2018, Yoshiaki Ando ISBN978-4-396-34399-6 C0193